楽しい川辺

The Wind in the Willows

楽しい川辺

The Wind in the Willows

ケネス・グレアム 作

杉田 七重 訳　　ロバート・イングペン 絵

西村書店

作◆ケネス・グレアム　Kenneth Grahame

1859年、イギリスのエジンバラ生まれ。5歳で母親を亡くし、以来バークシャーで祖母に育てられる。勉学と運動に秀で、オックスフォード大学への進学を希望したが叶わず、1879年にイングランド銀行に就職。単調な仕事の憂さ晴らしに創作を始め、雑誌に作品が掲載されるようになる。1893年に最初の著作『Pagan Papers』を刊行、続いて『The Golden Age』『Dream Days』を出版（いずれも未邦訳）。『楽しい川辺』は、息子のアラステアに就寝前に語って聞かせた話と、その続きを息子に書き送った手紙がもとになっている。1908年に刊行され、大ベストセラーとなった。1932年、73歳で永眠。

絵◆ロバート・イングペン　Robert Ingpen

1936年、オーストラリア生まれ。世界的に有名な画家、作家。ロイヤル・メルボルン・インスティテュート・オブ・テクノロジーで挿し絵と装丁の技術を学ぶ。1986年には児童文学への貢献が認められて国際アンデルセン賞を受賞。本書のほかに、『不思議の国のアリス』『鏡の国のアリス』『聖ニコラスがやってくる！』（以上、西村書店）、『宝島』『ピーターパンとウェンディ』など、多数の作品に挿し絵を提供している。

訳◆杉田 七重（すぎた ななえ）

東京生まれ。東京学芸大学教育学部卒業。児童書、YA文学、一般書など、フィクションを中心に幅広く活動。主な訳書に、『不思議の国のアリス』『鏡の国のアリス』（以上、西村書店）、『クリスマス・キャロル』（角川書店）、『月にハミング』（小学館）、『キルトでつづるものがたり』（さ・え・ら書房）、『青空のかけら』（鈴木出版）、「怪盗紳士モンモランシー」シリーズ（東京創元社）など多数。

THE WIND IN THE WILLOWS by Kenneth Grahame
Illustrated by Robert Ingpen

Illustrations © 2007 Robert Ingpen
Original design and layout © 2007 Palazzo Editions Ltd.
Created by Palazzo Editions Ltd., Bath, United Kingdom

Japanese edition © 2017 Nishimura Co., Ltd.
All rights reserved. Printed and bound in Japan

楽しい川辺

2017年4月11日　初版第1刷発行

作＊ケネス・グレアム　　絵＊ロバート・イングペン　　訳＊杉田 七重

発行者＊西村正徳　　発行所＊西村書店　東京出版編集部
〒102-0071　東京都千代田区富士見2-4-6
TEL 03-3239-7671　FAX 03-3239-7622　www.nishimurashoten.co.jp
印刷＊三報社印刷株式会社　　製本＊株式会社難波製本
ISBN978-4-89013-980-4　C0097　NDC933　226p.　22.7×18.8cm

目 次

ケネス・グレアムについて　　6

挿し絵画家からのメッセージ　　7

第1章　川　辺　　8

第2章　街　道　　26

第3章　森　　44

第4章　アナグマの家　　60

第5章　懐かしの我が家　　78

第6章　ヒキガエル　　96

第7章　あかつきの笛の音　　114

第8章　ヒキガエルの冒険　　128

第9章　南をめざす旅人たち　　146

第10章　ヒキガエルの冒険は続く　　166

第11章　涙は夏の嵐のように　　188

第12章　勇者の帰還　　208

訳者あとがき　　226

ケネス・グレアム (1859-1932) について

　ケネス・グレアムは1859年、弁護士の父親の第3子としてイギリスのエジンバラに生まれた。母親が急死したとき、彼はまだ5歳で、兄弟そろってテムズ河畔にある祖母の家で暮らすよう、父親に送り出された。
　バークシャーのテムズ川河畔に広がる牧歌的風景は、幼い少年の心に、イギリスの田園への生涯変わらぬ愛を植えつけ、それがのちに『楽しい川辺』の背景となった。
　グレアムはセント・エドワーズ・スクールに入学し、勉学と運動の両面で優秀な成績を収めた。オックスフォード大学への入学を希望したが、学費を出してもらうことができずに断念し、代わりに1879年にイングランド銀行に就職し、一行員から出世して要職につく。銀行の業務に

励みながらも、単調な仕事の憂さ晴らしに文章を書きはじめ、まもなく「ナショナル・オブザーバー」を始めとする雑誌に掲載されるようになる。1893年には初の著作、『Pagan Papers（異教徒のことば）』と題したエッセイ集を出版。続いて、『The Golden Age（黄金時代）』『Dream Days（夢見る日々）』の短編集2冊を出版し、どちらも大変な成功を収めたものの、現在ではほぼ忘れ去られている。

　1899年、グレアムはエルスペス・トムソンと結婚。ずいぶんと取り澄ました女性で、結婚生活は幸せなものではなかった。子どもは男の子がひとりだけ生まれ、アラステア（愛称マウス）と名づけられた。グレアムはこの息子の無鉄砲な性格に着想を得て、ヒキガエルの物語を生み出した。これをアラステア4歳の誕生日から毎晩寝る前に語って聞かせることになり、息子が遠くにいても、物語の続きを何通もの手紙に書いて知らせた。物語を本にまとめた『楽しい川辺』は1908年に出版されてまもなく、大ベストセラーになった。

　その数ヵ月前、グレアムは体調が優れないことから銀行を早期退職する。それからも書くことを続け、田園生活を楽しんだが、これといった重要な作品を生み出すことはなかった。アラステアは20歳の誕生日の直前に悲劇的な死を迎え、以降グレアムは隠者のような生活を送る。1932年、バークシャーの自宅で穏やかに息を引き取った。

挿し絵画家からのメッセージ

　『楽しい川辺』が出版されてから百年余りをへた今も、イングランド南部ののどかな川べりに暮らす想像上の動物たちは、子どもたちに最も愛された物語の大事なキャラクターとして不動の地位にある。物語はそのままに、テレビや映画やビデオといった文明の利器にならされた現代の子どもたちを夢中にさせる絵を生み出す——その任にあたる挿し絵画家が感じるプレッシャーはいかばかりか？

　並みの絵ではすまされない。いっそ挿し絵などまったくつけないほうが好ましいと思う向きもあろう。結局のところわれわれは、「自分ならでは」のモグラ、ネズミ、アナグマ、ヒキガエルを頭のなかに描いているのだから。川も、ヒキガエル屋敷も、森も、パーンの神の島も、グレアムの文章から自ずと絵が浮かび上がることを思えば、現代の子どもたちにも、百年以上前に出版された、挿し絵のない初版で十分だと言うこともできる。

　アーサー・ラッカムやE・H・シェパードを始め、数多の画家たちが、高解像度のカラー印刷技術や世界規模の出版もまだ存在しなかった時代に、この偉大な物語をいっそう魅力的にする挿し絵をつけるという難題に挑んできた。挿し絵をたっぷり入れたこの版を、ケネス・グレアムの創造的才能と、こうした画家たちの仕事に捧げる。

第1章 川辺

　そ の日モグラは、朝からずっと、小さな家の春の大掃除にかかりっきりだった。

　ほうきでちりをはき、ぞうきんでほこりをふきとったあと、漆喰を入れたバケツとハケを手に、脚立や踏み台や椅子に上がって、壁や天井を白く塗っていく。するとしまいには、ほこりが喉や目に入り、飛び散った漆喰で黒い毛皮は白く汚れ、背中は痛み、腕も重くなってきた。地上の空気のなかでも、足の下の土や壁土のなかでも、もういっときも待てないというように春がそわそわ動きだし、このわびしく暗い住みかにまで入りこんでいる。そうであれば、モグラだってもうじっとしてはいられない。いきなりハケを床に放り出し、「ああ、めんどくさい！　やってられるか！」と叫んだかと思うと、「春の大掃除なんて、もうやめたっ！」と言いすてて、上着も着ないで勢いよく外へ飛び出したのも不思議ではなかった。まるで早く出てこいと地上から呼ばれているかのようだった。

　もっとお日様に近いところに暮らす動物なら、家から出た先には、日差しの降りそそぐ砂利道が続いているものだが、地下にあるモグラの家では、地上へむかって斜めにのびる細いトンネルを進んでいかねばならない。小さな前足をせっせと動かし、かりかり、ごりごり、ざくざくと土をひっかいては、壁に押しつけ、それからまた、ざくざく、ごりごり、かりかりやりながら進んでいく。「よいしょ！　こらしょ！」かけ声をかけながら、ずんずん上がっていくと、いきなりスポン！　日差しの下に鼻が飛び出したと思ったら、次の瞬間にはもう、モグラは広々としたあったかい草地をころげまわっていた。

　「ああ、気持ちいい！　壁塗りなんかよりずっといい！」降りそそぐ日差しがモグラの毛を温め、ほてったひたいをそよ風がひんやりとなでていく。暗い穴ぐらにずっとこもっていたせいで、にぶくなった耳に、小鳥たちのさえずりが歓声のように聞こえてくる。生きている喜びと、大掃除をしないで春を楽しめるうれしさに、モグラは４本の足でぴょんと飛び上がると、草地をずんずん進んでいった。と、まもなく生け垣のあるところに出てきた。

第1章　川　辺

「おい待て！」年配のウサギが声をかけてきた。「ここはうちの道だ。通りたいなら通行料の6ペンスを支払ってくれ」言ったとたんに、ウサギはひっくりかえった。先を急ぐモグラに、邪魔だとばかりに、はね飛ばされたのだ。なんのさわぎかと、巣穴から頭を出したほかのウサギたちの顔をかすめて、モグラはとっとことっとこ駆けていきながら、「ウサギのパイには、オニオンソース！」とからかっていく。ウサギが何か言いかえしてやろうと頭をひねっているあいだに、モグラはもう姿を消していた。

たちまちウサギたちのあいだで責任のなすりあいが始まった。「ばかだな！　どうして言ってやらないんだよ」「そういうおまえこそ」「ガツンとひと言──」口々に言い合うものの、いつものように、もう手遅れだった。

モグラには何もかもがすばらしく感じられ、夢を見ているような気分だった。散歩にはせわしすぎる足どりで、草地のあちらこちらを抜け、垣根の脇を進み、雑木林のなかをつっきっていく。見れば、小鳥は巣づくりにはげみ、花はつぼみをふくらませ、草はぐんと葉をのばしている。あらゆるものが喜びにわきたって、新しい季節の準備に忙しい。仕事を放り出してきたモグラも、壁塗りのことを思い出して、ちょっとは心が痛みそうなものなのに、そんなことはない。どこもかしこも忙しくしているなか、自分だけのらくらしているのがうれしくてならなかった。休みで何がうれしいって、自分は何もせずに、みんながあくせく働いているのを見ていることなのだ。

最高に愉快だと思いながら、ぶらぶら歩きまわっていたモグラは、いつのまにか、水をまんまんとたたえた川の前に立っていた。生まれて初めて見る川。大きな体を自在にしなわせる動物のようだ。つややかな肌に白い筋を浮かせ、クックッと笑い声を上げながら、いろんなものに飛びかかっていく仲間を追いかける。喉をごぼごぼ鳴らしてつかみかかったかと思うと、すぐ放して、先に進む仲間に飛びかかっていく。相手は身を揺すって逃げるものの、すぐまたつかまって押さえつけられてしまう。ちらちら、ゆらゆら、きらきら、つやつや。光を跳ねかえしながら、さらさら進むかと思えば、ぐるぐる渦を巻き、ぶくぶく、ごぽごぽ言っている。

うっとり見つめているうちに、モグラはすっかり川のとりこになってしまった。わくわくする話をしてくれる大人に、もっと聞かせて、と夢中でついていく幼子のように、土手をたったかたったか走って川についていく。そのうちくたびれてきて土手に腰を下ろしたが、そのときに

なってもまだ川はモグラにぶくぶく語りつづけていた。川が山奥から運んでくるとっておきの話の数々は、ついには果てしない海へ流れこんでいく。

　草の上にすわって川をながめていると、むこうの土手の、ちょうど目の高さに黒い穴が見えた。モグラはそこをじいっと見つめながら、川べりにある、ああいうこぢんまりした住まいで暮らせればいいだろうなあと、うっとりする。それだけで、あとは何も望まない。そういう欲のない動物が住むのに、まさにうってつけの穴だった。水面より高い位置にあるから洪水の心配はないし、うるさくてほこりっぽい都会からも遠く離れている。そんなふうに思いをめぐらせていると、穴の中心で何か小さなものがきらりと光って消え、さらにもう１度、小さな星のように光った。まさか星ではないだろう。じゃあホタルかというと、それとも違う。もっと小さくてぬれたように輝いていた。見ていると、今度はこっちに向かってウインクをしてきたので、目だとわかった。その目を中心に、丸い顔の輪郭が額ぶちのように浮かび上がった。

　茶色い小さな顔に頬ひげが生えている。

　きまじめそうな丸い顔のなかに、きらきら光る目。さっきモグラの注意を引いたのはそれだった。小さな耳をきりっと立てて、みっしり生えたつややかな毛がふさふさしている。

　川ネズミだ！

　そこでふたりは立ち上がり、たがいに相手を用心深く見つめた。

　「こんにちは、モグラくん！」ネズミが言った。

　「こんにちは、ネズミくん！」モグラも言った。

　「こちらへいらっしゃいませんか？」ネズミがすかさず誘った。

　「そんなこと言われても」モグラはちょっぴりすねて言った。川にも、川暮らしにもなじみがなく、どうやって川をわたればいいのか、さっぱりわからないからだった。

　ネズミは何も言わず、背をかがめてロープを１本ほどくと、それをぐいとひっぱって小舟をたぐりよせ、軽やかに飛び乗った。そんなものがどこに置いてあったのか、モグラは気づかなかった。外側は青、内側は白と、ペンキで塗り分けてあり、ちょうど動物が２匹乗れる大きさだ。どうやってつかうのかよくわからないながら、モグラはたちまちそれに心を奪われてしまった。

　ネズミはオールを器用にあやつって小舟を進め、川をわたりきったところでしっかり舟を固定した。おっかなびっくり舟に近づいてきたモグラに、「はい、つかまって！」と手を差しのべる。「ぴょんと、とびこえて！」気がつくとモグラは、舟のともにある座席に腰を下ろしていた。本物の舟に一人前の顔をして乗っている自分に驚きながらも、うれしくてたまらない。

　「ああ、やっぱり今日は夢のような１日だ」モグラが言うそばから、ネズミが土手を押しやって、またオールで舟をこぎだした。そこでモグラは打ち明ける。「じつはぼく、舟に乗るのは初めてで」

楽しい川辺

「えっ？」ネズミが口をぽかんとあけた。「舟に乗るのは——初めて——じゃあそれまでは——いったい何を？」

「舟ってそんなにいいものでしょうか？」モグラは照れかくしにそう言ったものの、本当は聞かなくてもわかっていた。座席の背にもたれてクッションやオールやオール受けといった舟の付属品を見ているだけでわくわくしたし、体の下で舟がかすかに揺れるのも心地いい。

「いいものか、ですって？　最高ですよ」まじめな口調でネズミは言い、背をぐいと倒してオールで水をかく。「うそじゃありません。こうして舟の上で、ただぶらぶらしているだけで楽しくてたまらない。どこをさがしたって、この半分も楽しいことなんてありませんからね」ネズミは夢見心地でうっとり続ける。「舟のうえで——ぶうらぶら——ふーねのうえで——ぶーらぶら——ふーねのうえで——」

「ネズミくん、うしろ！」モグラがふいに大声を上げた。

しかしもう手遅れで、舟は土手にどしんとぶつかった。夢見心地でオールを動かしていたネズミは舟の底にひっくりかえって両足を宙に投げ出した。

「ふーねのなかで——すってんころり——」そう言うとネズミは笑いながら身を起こし、何もなかったように先を続ける。「ぶーらぶらでも、すってんころりでも、どっちだってかまわな

第1章　川　辺

い。何をどうしたって楽しいのが、舟のすばらしいところですからね。どこかへ行っても行かなくても。目的地へ着いても別のところへ着いちゃっても。どこにも着かなくたってかまわない。みんないつでも忙しくしているけど、実際何もしちゃいない。したところで、また別にすることが見つかる。やりたきゃやってもいいけど、やらないほうがいいとぼくは思いますね。そうだ！　さしせまった用事がないなら、一緒に川下りをして、のんびりすごしませんか？」

　モグラはあまりのうれしさに爪先をぐねぐねと動かした。幸せで胸がいっぱいになり、はーっとため息をついて、ふかふかのクッションにゆったり背をあずける。「今日はほんとにすごい1日だ。じゃあ、さっそく行きましょう！」

　「それじゃあ、ちょっと待っててください」ネズミが言った。浮き桟橋についた輪っかにもやい綱を結んでから、水面から少し上がったところにある自分の家に入っていく。しばらくすると、ぱんぱんにふくらんだバスケットをかかえてよろよろと出てきた。

　「これ、足の下につっこんでおいてください」そう言って、ネズミはバスケットを舟に下ろした。もやい綱をほどくと、再びオールを握る。

　「何が入ってるんです？」モグラがわくわくしながら聞いた。

　「チキンのハム」と、あっさり言ったかと思うと、続けて一気にまくしたてる。「それにタンのハムとビーフのハムとキュウリのピクルスとサラダとロールパンとクレソンサンドイッチとミートペーストとジンジャーエールとレモネードとソーダ水と――」

　「ちょっと、ちょっと！」モグラはもうびっくり。「それ、多すぎるでしょ！」

　「えっ、そうですかね？」ネズミはまじめに考える。「ちょっとしたピクニックに出かけるときは、たいていこれぐらい持っていきますよ。それでもほかの動物たちによく言われるんです。おまえはシミッタレだとか、ケチンボウだとかね」

　しかしモグラは聞いていない。きらきら波立つ川面にみとれ、香りも音も日の光も、すべて初めての経験にうっとりして、片手を水にひたしたまま、ずっと夢の世界に遊んでいる。心優しいネズミは舟をゆるゆるとこぎつづけ、モグラの邪魔をしないようにする。

　「いい服を着てますね」30分ほど過ぎたころに、ネズミがぽつりと言った。「ぼくもいつか、黒いベルベットの室内着を手に入れようと思ってるんです。それだけの余裕ができたらすぐに」

　「あ、ごめんなさい」モグラははっとして現実にかえった。「ほかに気を取られていました。見るもの聞くもの、何もかもがめずらしくて。これが――つまり――川――とかいう――ものなんですね！」

　「川とかいう、じゃなくて、ずばり川」ネズミが正す。

　「で、きみは本当にこの川のそばで暮らしているの？　だとしたら楽しいよね！」

　「川のそばで、川と暮らし、川の上を進み、川のなかにもぐる」とネズミ。「ぼくにとって、

川は兄弟であり姉妹であり親戚でもあって、食べ物にもなれば飲み物にもなり、(もちろん) 洗濯の場でもある。ここがぼくの全世界であって、足りないものは何ひとつない。ここにないものはいらないし、ここにいてわからないことは、わからなくていい。本当ですよ！ ずっとここで暮らしてきたんですから。冬でも夏でも春でも秋でも、それぞれに季節の楽しみがあって胸がわくわくする。2月に大水がやってくると、困ったことにうちの倉庫も地下室も水であふれかえって、一番いい寝室の窓辺を茶色い水が流れていく。でもね、また水が引いてしまえば、あとにはプラムケーキみたいな匂いの泥がそこここに残ってる。イグサや雑草が水路をふさいでしまうと、干上がった川床の上をどこでも歩きまわって、新鮮な食べ物や、おっちょこちょいなやつが舟から落っことしたものなんかを見つけることもできる」

「でも、ちょっと退屈になるときもあるんじゃない？」モグラは思いきって聞いてみた。「川しかなくて、おしゃべりする相手が通りかかることもないんだから」

「話し相手がいないだって？——まあ、そう思うのも仕方ないか」ネズミは感情をおさえて言った。「きみは川は初めてなんだから、知らないのも当然だ。だけど最近じゃ、川辺も大混雑で、みんなどんどんよそへ移っていってるくらいなんだ。すっかり変わったよ。昔はカワウソ、カワセミ、カイツブリ、バンなんかが日がな1日川辺に集まって、あれをやらないか、これをやらないかと誘ってきたもんだ。まるでこっちには何の仕事もなくて、暇だと思っているみたいにね！」

「あのむこうには何があるの？」川の片側に広がっている草原のむこうを手で示してモグラが言った。黒々とした森のようなものが見える。

「あれ？ あれはただの森」ネズミはあっさりと言った。「あそこへはあまり足をむけない。ぼくらの住みかは川辺だから」

「あそこには——あんまりよくない動物が住んでるの？」モグラはちょっと不安になった。

「うーん、そうだね」とネズミ。「まあ、リスたちは心配ない。それにウサギは——たいてい無害だけど、いろいろ種類があるからね。それにもちろん、アナグマもいる。アナグマは森のどまんなかに暮らしていて、がんとしてそこから動かない。お金をやるからよそへ移ってくれと言われても動かないだろうね。たいしたもんだよ！ アナグマには口出しをしないこと」ネズミはそう言うと、意味ありげにつけくわえる。「それが一番」

「えっ、口出ししようとする動物がいるの？」とモグラ。

「そりゃあ——川にはほかにも——いろいろいるからね」ためらいがちにネズミが説明する。「イタチやオコジョ——キツネ——とかさ。みんな悪いやつじゃないんだ——ぼくはずいぶん仲よくしてて——顔を合わせればあいさつもする。それでも連中ときたら——ときにおかしな気を起こすことがある。気の迷いとしか言いようのないことをしでかすんだ。だから——油断は禁物、とまあ、そういうことなんだ」

楽しい川辺

動物の世界では先のことをくよくよして相手に心配顔を見せるのも、心配を口に出して言うのも礼儀に反する。モグラはそれをよくわかっていたから、すぐ話題を変えた。

「森のむこうには何があるの？ 青くかすんで、ぼんやりとしか見えないけど、あれは丘かな。いや、違うな。町の煙みたいなのも見えるけど、ただの流れ雲？」

「"森"のむこうは"別の世界"」とネズミ。「あっちの世界はぼくらには関係ないから、きみもぼくも気にしなくていい。これまで１度だって行ったことはないし、これから先も足をむけるつもりはないよ。きみだって少しでも物がわかっていれば、ああいうところへは行かないと思う。頼むからあっちの世界のことは口にしないでくれ。そうこうしているうちに、ほら到着だ！ この静かな淵で、お昼ごはんにしよう！」

川の本流を出て、ふたりを乗せた小舟が入ったのは、陸に囲まれた小さな湖のように見える場所だった。両側の斜面には青々とした芝生が生えていて、静かな水面に目を落とせば、そのすぐ下に、曲がりくねった茶色の木の根がつやつや光って見える。行く手には、泡立つ水を肩からザーザーあふれさせている堰が、日差しを跳ねかえして銀色に光っている。その堰と腕を組むようにして立つ水車の車輪は、たえまなく水をこぼしながら回転し、灰色の破風づくりの水車小屋に力を送っている。ごぼごぼ、ぶくぶくと、まるで息をつまらせているようなにごった音があたりいっぱいに満ちていて、聞いていると眠くなりそうだが、よく耳を澄ましていると、その音の合間をぬって楽しげにおしゃべりをする、澄んだ声がかすかに聞こえる。あまりに美しい光景に、モグラは両手をあげて息をのむばかり。「うっわーーー！」

ネズミは小舟を土手に寄せて固定すると、まだ足取りのおぼつかないモグラに手を貸して岸に上がらせてやり、それから昼食の入ったバスケットをひっぱりだした。「準備はぼくにまかせてもらえませんか」と、モグラが気をつかって言うと、ネズミはふたつ返事で了解し、友がいそいそとテーブルクロスを広げているのをよそに、草の上に長々と寝そべって休んだ。モグラは何が入ってるのだろうとわくわくしながら包みをあけ、新たな中身が出てくるたびに「うわっ！ うわっ！」と驚きつつ、クロスの上にきれいに並べていく。

第1章 川辺

　用意がすべて整ったところで、「じゃあモグラくん、どんどん食べよう！」とネズミが言うと、モグラは大喜びでそれに従った。春の大掃除は朝早くからやるものなので、モグラもずいぶん早くから起きて飲まず食わずで働いていた。それがずっと前のことのように思えるのは、それからさまざまな経験をしたからだった。
　「何を見ているんだい？」しばらくしてネズミが聞いた。ふたりとも空腹がいくぶん収まってきて、モグラもテーブルクロスの外に目をむける余裕が出てきた。
　「川の表面に、あぶくが筋を引いてるんだけど、こっちへむかってくるみたいで面白いと思って」
　「あぶく？　ああ！」そう言うと、ネズミは誰かを呼びよせるようにチュッチュッと陽気に口を鳴らした。
　土手のへりから、ぬれて光る横長の鼻が突き出したかと思うと、水からカワウソが上がってきた。ぶるぶるっと身をふるわせて、体から水を払う。
　「食いしん坊たちめ！」そう言うとカワウソはさっと食べ物に手をのばした。「ネズくん、どうしてぼくを誘ってくれなかったんだい？」
　「いや、急に決まってね」ネズミが説明する。「紹介するよ——友だちのモグラくんだ」
　「やあ、お会いできて光栄です」カワウソとモグラは、あっというまに友だちになった。
　「それがさ、どこもかしこも大さわぎなんだ」カワウソが続ける。「まるで世界中の動物が、今日この川で集会でもやるみたいに集まってるよ。それで、心穏やかにくつろぎたいと思って、この淵にやってきたんだが、そうしたらなんと、きみたちがいるじゃないか！——いや、失礼、いけないって言ってるんじゃない。気を悪くしないでくれ」

楽しい川辺

　するとみんなの後ろで、かさこそと音がして、生け垣のあいだから何かが出てくる気配があった。そのあたりにはまだ去年の落ち葉が分厚くつもっている。まず、たてじまもようの頭が出てきて、それに続く、いかった肩が見えた。その姿勢で外の様子をうかがっている。
　「アナグマさん、こっちこっち！」ネズミが大声で呼びかけた。
　アナグマはそろり、そろりと、数歩前に進み出たものの、すぐにうなり声をもらして足をとめた。「おっと！　連れがいたか」そう言うなり、くるりと背をむけて姿を消してしまった。
　「まったくアナグマさんらしいよ！」ネズミはがっかりして言う。「群れるのが大っ嫌いなんだ！　今日のところはそっとしておくしかないな。で、カワウソくん、川辺には誰がいた？」

　「まずは、ヒキガエル」とカワウソ。「真新しいレース用ボートに、真新しい上着を着て乗ってたよ。何もかも新品！」
　ふたりは顔を見あわせて、どっと笑った。
　「帆かけ舟に夢中だったときもあったよね」とネズミ。「それに飽きると、次は長い枝１本でこぐパント舟。来る日も来る日も、朝から晩までパント舟を乗りまわして、あちこちで迷惑をかけてたっけ。そして去年は屋形船。みんな招待されて、一緒に乗りこまなきゃいけなくなって、居心地がいいふりをしながら何日もそこで過ごすはめになった。本人は大まじめに、わたしはもう一生屋形船で暮らすぞ、なんて言ってたけど。毎回同じことの繰りかえしだ。なんでも興味を持つけど、すぐ飽きて、また新しいものに夢中になる」
　「いいやつなんだけどね」カワウソが昔を思い出すような顔つきになって言う。「とにかく飽きっぽい。とりわけ舟に関してはね」
　ちょうどそのとき、みんながすわっているところから、島をはさんでちらっと見える本流に、

第1章 川辺

　レース用ボートが現れた。めちゃくちゃに水しぶきをあげて、かなり激しく揺れているが、それでもこぎ手——背が低いずんぐりした体の持ち主——は一生懸命だった。ネズミが立ち上がってよびかけるものの、ヒキガエルは——うわさされている当の本人だ——首をぶんぶん振って、舟をこぐのに集中している。

「あんなに揺れているんじゃあ、舟から落ちるのも時間の問題だな」ネズミは言って、また腰を下ろした。

「ああ、間違いない」カワウソが言ってくすくす笑う。「ヒキガエルが水門管理人と、ひともんちゃく起こした話を知ってるかい？　あのときもああだったらしい。ヒキガエル……」

　1匹のカゲロウが広い世界を見てみようと、ふらふら川に出てきた。若者らしい冒険の血がさわいだのだろうが、水面に渦が巻いたかと思うと、「ドブン！」という音とともに消えた。

　カワウソも消えている。

　モグラは下に目をむけた。まだカワウソの声が耳に残っているのに、さっきまでカワウソが寝そべっていた芝生の上はからっぽ。遠くの地平線まで見わたしても、その姿はどこにもない。

　しかし川の水面には、またあぶくが筋になって見えている。

　ネズミが鼻歌をうたっているのを見て、モグラは思い出した。ふいに消えた友について、何か言うことは動物界の礼儀に反する。いつどんな理由があって、どんな風に消えたとしても、知らんぷりをするべきなのだ。

「さてさて」ネズミが言う。「そろそろ場所を変えようか。片づけはどちらが得意かな？」ネズミの口調には、何がなんでも自分でやりたいという意欲は感じられない。

「あ、じゃあ、ぼくにやらせてくれないかな」とモグラ。そう言われてネズミが断るはずもなかった。

　片づけには、バスケットの中身を出すときのようなワクワク感はない。後片づけはいつだってそうだ。けれどモグラは何をやっても楽しくて仕方なく、いそいそと片づけを始めた。すべてバスケットに詰め終わって、ひもをかけてしっかり結んだところ、大皿が1枚、草のかげから、じっとこちらを見あげているのに気づく。それをしまって、今度こそ終わったと思っていると、誰でも気づくはずの場所にフォークがひとつ落ちているのをネズミが教えてくれる。さらには最後の最後になって、自分の尻の下から、マスタードの瓶が出てくる。それでもあまりいらだつこともなく、片づけは無事終わった。

第1章　川　辺

　午後の日差しもかたむいてきたころ、では帰ろうと、ネズミがゆるゆると舟をこぎはじめた。すっかり夢見心地で、詩のようなものをひとりでつぶやいていて、モグラにはあまり注意を払わない。しかしモグラのほうは、腹もいっぱいになってすっかり満足し、なんだか自信もわいてきた。舟にもすっかり慣れたから（と本人は思っていた）、それでうずうずしてきたのだろう。まもなくネズミに声をかけた。「ネズミくん！　お願いだ、今度はぼくにこがせてよ！」
　ネズミはにっこり笑って首を横に振った。「まだきみには無理だよ。少し練習をしてからでないと。見た目ほど簡単じゃないんだ」
　それから1、2分のあいだはモグラもおとなしくしていた。しかし力強くオールを動かして、舟をすいすい進めていくネズミを見ていると、だんだんにうらやましくなってきて、あれぐらいのこと、おまえだってできるはずじゃないかと、心のなかでプライドがささやきかけてきた。モグラはいきなり飛び上がると、オールを奪った。川をながめながら詩を口ずさんでいたネズミは、ふいをつかれて座席からすべり落ち、またもや両足を宙に投げ出すことになった。そのすきにモグラは、勝ち誇った顔でネズミのすわっていた席に移り、自信満々でオールを握った。
　「ばかなことはやめるんだ！」ネズミが舟底から怒鳴った。「まだ無理だと言っただろう。転覆して川に落ちるぞ！」
　モグラはオールを勢いよく振り上げて、水のなかにえいっとつっこんだ。しかしオールは水面をかすめただけで、こぎ手を道連れについっとすべったものだから、モグラは両足を頭の上に振り上げてひっくりかえり、気がつくと、先にのびていたネズミの体の上にのっかっていた。びっくりして舟のへりをつかんだところ──バッシャーン！
　舟のへりを飛び越えて、気がつくとモグラは水のなかでもがいていた。
　うわっ、つめたい！　びっしょびしょだ！　水に囲まれておののいたモグラは、ブクブクいう音を耳に聞きながら、どこまでも、どこまでも、沈んでいく！　と思ったら、今度は上がりだした。ゴホゴホせきこんで水を吐き出しながら、ああ、お日様がまた見える、うれしいな──とよろこぶ。そのそばから、また沈みだし、もうだめだと目の前が真っ暗になったとき、たくましい手に、いきなりむんずとうなじをつかまれた。ネズミの手だった。あっ、笑ってると、モグラにはすぐわかった。ネズミの腕から手へ、笑いがふるえとなって下りてきて、首に伝わってきたからだ。
　ネズミはオールの片方をモグラの脇の下に通し、もう1本も反対の脇の下に通すと、後ろで泳ぎながら、身動きできない友を押して岸へと運んでいく。土手に上げられたモグラはずぶぬれのぐしゃぐしゃで、目も当てられないほどみじめな姿になっていた。
　ネズミはモグラの体を上から下へこすって、毛から水をしぼりだしてやる。「さて、じゃあ、あとは土手を行ったり来たり力いっぱい走って、体を温めてかわかすんだ。そのあいだにぼくは川にとびこんでバスケットを回収してくるよ」

外はびしょぬれ、内は恥ずかしさでいっぱいのモグラは、体がだいたいかわくまで、そのへんをとっとことっとこ走りまわった。ネズミはまた川に飛びこんで、ひっくりかえった舟をもとにもどしてから岸に固定した。それから水の上に浮かんでいる品々をひとつひとつ回収していき、最後にもう1度水にもぐって見事バスケットを取りもどすと、よっこらしょと岸に上げた。

　再び帰る支度が整うと、うちひしがれたモグラはしょぼんとして、自分が最初にすわっていた舟のともに腰を下ろした。舟が動きだすと、モグラは涙で喉を詰まらせながら、小声で切り出した。「ネズくん、きみは本当に優しいね。それなのにぼくは、まったく愚かで、恩知らずなことをして、ひどく後悔している。もしもあの、すばらしいバスケットをなくしてしまったらと思うと、胸がつぶれそうだ。まったくぼくはどうしようもなく浅はかなモグラだ。つくづくわかったよ。今度だけは大目に見て、これまで同様、仲良くしてはもらえないだろうか？」

　「大丈夫、気にしなくていいって！」ネズミが陽気に言った。「ぼくみたいな川ネズミが少しばかりぬれたところで、どうってことないさ。たいていの日は、水のなかにいる時間のほうが、外にいる時間より多いんだから。もうこのことは忘れなよ。ほら、あれが我が家だ。きみにちょっと寄っていってもらいたいと思ってね。まったくあかぬけない、あばらやで──ヒキガエル屋敷とは大違いだけど、きみはまだ、そっちも見たことはないんだったね──それでもくつろげるとは思うんだ。それに舟のこぎ方や泳ぎも教えてあげるから、すぐにきみもぼくらと同じに、川でなんの不自由も感じなくなるよ」

　あまりに優しいネズミの言葉にモグラは胸がいっぱいで、何か言おうにも声が出てこない。声の代わりにぽたぽたこぼれてくる涙を手の甲でふきとらねばならなかった。思いやりのあるネズミはそれを見ないようにそっぽをむいている。そのうちモグラも気を取り直し、こちらのみじめな姿を見て忍び笑いをもらしている2羽の水鳥に言葉を返して、やりこめるだけの元気まで出てきた。

　家に入ると、ネズミは居間の暖炉に火を入れて赤々と燃やし、その前にひじ掛け椅子を置いてモグラをすわらせた。室内着も室内履きもちゃんと用意してあった。夕食の時間になるまで、ネズミはモグラに川辺の話をいろいろと語って聞かせた。それは地下に暮らすモグラのような動物にとっても、心がわくわくする話だった。堰の話や急な大水の話。飛び跳ねるカワカマスや瓶を投げてくる蒸気船の話──実際には船に乗っている人間が投げるわけだが、船から飛んでくるのだから、ネズミがそう言うのも無理はない。サギは話しかける相手を厳しく選り好みするといった話のほかに、下水溝を伝って旅をした話や、カワウソと夜釣りに行った話、アナグマと遠出をした話もしてくれた。夕食の席はこの上なく愉快だったが、食べ終わったとたん、モグラは早くも強い眠気を感じて、この家の思いやり深い主に一番いい寝室に案内された。モグラは満ち足りた気持ちで枕に頭をのせると、新しい友である川が窓の桟をぴちゃぴちゃたた

第1章 川辺

くのを聞きながら、安心して眠りについた。
　この日はモグラにとって、この先ずっと続く自由な生活の最初の1日に過ぎず、夏が深まって日も長くなっていくのと足並みをそろえて、1日1日がますます面白いものになっていった。泳ぎを覚え、舟もこげるようになり、流れる水の楽しみをとことん味わうようになった。アシの茎を折り取って耳に当てると、まわりでしじゅう聞こえていた風のささやきが、ときどき聞きとれるようにもなっていった。

「ネズくん」まぶしい夏の朝、ふいにモグラが声をかけた。「ひとつ折り入って、お願いがあるんだけど」

　ネズミは川の土手にすわって、ちょっとした歌をうたっていた。自分でつくった歌で、ちょうど完成したばかりだったから、すっかり夢中になっていて、モグラであろうと、なんであろうと、注意を引くのは難しかっただろう。

　その日ネズミは朝早くからずっと、友人のカモたちに交じって川で泳いでいた。カモはよく、水のなかにひょいと頭を入れて逆立ちをする。そうなったところでネズミはすかさず水にもぐってカモの首をくすぐった。ちょうどあごの下あたりを──カモにあごがあればの話だが──こちょこちょやられたものだから、カモはあわてて起き直り、水を吐きながら、ネズミに怒って羽根をバサバサやった。「頼むから、きみはよそへ行って好きなことをして、こっちにはかまわないでくれ」と、水のなかでは言えなかったことをカモはようやく口にした。それでネズミは川から上がり、日差しの降りそそぐ土手に腰を下ろして、カモたちの歌をつくりはじめたのだった。

第2章 街道

カモの歌

川のよどみに　つんつん生える
せいたかのっぽの　トウシンソウ
カモたち、頭を水につっこみ
ひょいと逆立ち　尾羽がずらり！

みんな　尾羽をつきあげて、
黄色い足を　ぷるぷると
黄色いくちばし　どこかと思えば、
水のなかで　大いそがし！

青々茂る　草の下
コイの泳ぐ　泥だまり
ひんやり暗くて　たっぷりだ
餌の置き場に　ぴったりだ！

みんな　好きにすればいい
カモだって　好きにする
ポチャンと　頭を水に入れ、
お尻をつきあげ、うっとりだ！

高い空には　アマツバメ
くるりと輪を描き　鳴き交わす
カモたち、頭を水につっこみ
ひょいと逆立ち、尾羽がずらり！

「ネズくん、その歌、あんまりいいとは思えないんだけど」モグラはおずおずと言った。詩や歌なんてさっぱりわからない、気の利かないやつだと言われてもかまわない。とにかくモグラは思ったことは、胸にためておけない性格だった。

「だろうね。カモたちも気に入らないってさ」ネズミはにこやかに言った。「あいつらはこう言うんだ。好きなときに、好きなことを、好きなようにやって何が悪い。土手にすわって、朝から晩までひとのやっていることをながめて、なんだかんだ言って、歌やなんかつくってるほうが、よっぽどばかばかしいってね」

「うん、それは言えてる！」とモグラは大賛成。

「そんなことない！」ネズミがむっとして言った。

「あっ、そうだよね、そんなことない、そんなことない」モグラはネズミをなだめるように言った。「まあ、それはいいとして、ネズくん。ぼくの頼みというのはね、ヒキガエルさんの家へ連れていってもらいたいんだ。いろいろ話を聞いていたら、会ってみたくなってね」

「ああ、お安いご用だ」気のいいネズミはぴょんと立ち上がると、もう歌のことはさっぱり頭から追い出した。「いまから舟を出してすぐ行こう。ヒキガエルを訪ねるのに時間なんて気にしなくていいんだ。気のいいやつでね、早かろうが遅かろうが、いつ行っても大喜びだ。それで、帰り際にはいつもシュンとされる」

「なんだかすごくいい動物みたいだね」モグラが言って、舟に乗りこんでオールをつかんだ。ネズミは舟のともにゆったりと腰を落ち着ける。

「いいもなにも、あれほどのやつはなかなかいない」とネズミ。「まったく単純で、ばかがつくほど素直でね。情にも厚いときてる。まあ、あまり賢いとは言えないが──みんながみんな、頭が切れるってわけにはいかないさ。それにいばりん坊で、うぬぼれも強い。だけどね、やつはやつなりに、いいところがあるんだよ。ヒキガエルならではのね」

川の曲がりくねった部分を過ぎると、風格に満ちた立派な屋敷が見えてきた。しっとり落ち着いた赤レンガの色が時代を感じさせる、見るからに古い建物で、手入れの行きとどいた芝生が水際まで続いている。

「あれがヒキガエル屋敷だ」とネズミ。「それと、あの左側を流れる水路。あそこに、"私有地につき上陸厳禁"って警告をする看板が立っているだろう。あの水路を進んでいくと舟小屋がある。そこに舟をつないでおくんだ。むこうの右側に見えるのは馬小屋。それからほら、あれが宴会場──ずいぶん古い建物だよ。ヒキガエルは大変な金持ちで、この屋敷はこのあたりじゃ一番いい家なんだ。本人にはそんなことは言わないけどね」

舟は水路をすべるように進んでいき、大きな舟小屋の影が落ちるあたりまでくると、モグラはオールをおさめた。舟小屋には、天井の梁からつるしてあるものや、舟台にのせてあるものなど、立派な舟がいくらでもあったが、水に浸かっている舟はひとつもない。小屋全体がさびれた感じで、長らくつかわれていないようだった。

ネズミはあきれ顔になって、「なるほどね」とひとこと。「舟の時代は終わりなんだな。もう飽きちゃって、見むきもしない。今度は何に夢中になっていることやら。まあいいや、これから行って彼をとっつかまえて聞いてやろう。聞くまでもなく、むこうからしゃべってくるだろうけどね」

ふたりは舟を下りると、花壇の美しい明るい芝生をぶらぶら歩いてヒキガエルをさがしにいった。するとまもなく、枝編みの庭椅子で休んでいるヒキガエルに出くわした。何かに夢中になっているような顔で、膝の上に地図を広げている。

「なんとまあ！」ふたりを認めるなり、ヒキガエルが椅子から飛び上がった。「こいつはすば

らしい！」そう言うなり、モグラを紹介されるのも待たずにふたりの手を熱っぽく握る。「きみたちはなんて気が利くんだろう！」ふたりのまわりで小躍りしながらヒキガエルが続ける。「ネズくん、じつはちょうど、きみのところへ舟を送り出そうと思っていたところなんだ。何をしていてもかまわないから、すぐにこちらへお連れするんだぞって、使いに厳しく命じてね。どうしても来てもらわなくちゃいけなかった——きみたちふたりにね。さて、何が食いたい？　なかに入って何か腹に入れるといい！　いやはや、まったくいいところに現れた。きみたちは運がいい！」

　「まあ、ヒキくん、少し落ち着いてすわろうじゃないか！」ネズミが言って安楽椅子にすわると、モグラもその隣の椅子に腰を下ろし、ヒキガエルの"魅力的な住まい"について、少しばかり、おせじを口にした。

　「まあ、この川辺のどこをさがしても、これほどの家はないだろうね」とヒキガエル。それだけでは気がすまず「いや、ほかのどこをさがしてもないと、そう言うべきだろう」とますます調子に乗る。

　そこでネズミがモグラをつっついた。運悪くヒキガエルがそれを見てしまい、顔を真っ赤にする。一瞬気まずい沈黙が広がった。それからヒキガエルがどっと笑いだした。「大目に見ておくれよ、ネズくん。わたしはこういう性分なんだ。でもまあ、そう悪くない家だろう？　きみだって気に入っているはずだ。さてと、じゃあ本題に入らせてもらおう。きみたちにどうしても頼みがある。わたしに力を貸してほしいんだ。責任重大だぞ！」

　「舟の操り方を教えろって、そういうことだよね」ネズミが無邪気に言う。「いや、いまだってなかなかのもんだよ。ちょっとバシャバシャ水を飛ばしすぎな感じもあるけどね。じっくり腰をすえて専門家に習えば——」

　「ふん！　誰が舟なんて！」うんざりした顔をして、ヒキガエルがネズミの話をさえぎった。「舟なんてのは、子どもだましの遊びに過ぎない。わたしはもうとうの昔に足を洗った。あんなものにかまけていたら時間の無駄だ。きみたちが哀れでならないよ。ちょっとでも頭を働かせれば、くだらないとわかるはずが、あんなに精魂かたむけて。違う、舟じゃない。とうとう人生を捧げるのにふさわしいものを見つけたよ。残りの人生すべてをかけて、打ちこむつもりだが、それを思うと、無駄に過ごした過去の時間が悔やまれてならない。あんなつまらないことに費やした時間が本当にもったいなく思えるよ。というわけで、ネズくん、ちょっと来てほしい。感じのいいきみの友だちも、きっと一緒に来てくれるね。馬小屋の前に置いてあるんだ。あれを目にしたら、ああやっぱり今日来てよかったと思うぞ！」

　ヒキガエルのあとについて馬小屋のあるところへとむかいながら、ネズミの顔には警戒の表情が浮かんでいる。果たして、馬車置き場からヒキガエルが出しておいたのは、旅暮らしの民が住居としてつかう箱馬車だった。ただしこちらは新品らしく、どこもかしこもぴかぴかで、

第2章 街道

　車体はカナリヤ色、なかでも緑に塗り分けられた部分と赤い車輪が際立っている。
「どうだ！」ヒキガエルが声を張り上げ、両足を踏ん張って胸を大きく膨らませた。
「この馬車がきみたちに本物の人生を与えてくれる。広々とした道路、ほこりっぽい街道、荒れ地、公有地、低木の列、うねる丘陵！　キャンプ場、村、町、都会！　今日ここにいると思ったら、明日はまったく違う場所にいる！　旅、変化、興味、興奮！　行く手には全世界が広がり、つねに新しい風景が待ち受けている！　それにだ！　これほど完璧な箱馬車はこれまでなかった。なかに入って、そのしつらえをとっくりと見るがいい！　すべてわたしひとりで設計した！」
　モグラはたまらなく興味を引かれ、わくわくしながらヒキガエルのあとについて馬車の階段を上がり、なかへ入っていった。ネズミはふんと鼻を鳴らすと、ポケットに両手を深くつっこんで、その場に立ちつくしている。

たしかに、小型ながら非常にうまく設計されていて快適そうだった。小さな寝床がいくつかと、小さなテーブルが壁に作りつけになっていて、つかわないときは畳んでおけた。料理用のコンロ、戸棚、書棚、鳥が1羽入っている鳥カゴがあり、深鍋、浅鍋、水差し、やかんが、大きさも形もさまざまに取りそろえてある。

「なんでもあるぞ！」ヒキガエルが得意気に言って戸棚をバッとあけた。「みたまえ。ビスケット、瓶詰めのロブスターとイワシの缶詰――欲しいものはなんでも入ってる。炭酸水がここに――タバコはここに――便箋、ベーコン、ジャム、トランプ、ドミノ――これなら我々も」モグラとともに階段を下りながら、ヒキガエルが言う。「安心して、今日の午後に出発できる」

「ちょっと待って」わらを噛んでいたネズミがおもむろに言った。「いま、『我々』とか、『今日の午後』とか、『出発』とか、そんな言葉をきみがつかったように聞こえたんだが？」

「ネズくん、頼むよ」ヒキガエルが懇願するように言う。「固いことは言いっこなしだ。人を小ばかにする言い方はやめて素直に従ってほしい。どうせ行かなくちゃいけないって、きみだってわかってるはずだ。わたしはきみがいなくちゃ、危なっかしくてかなわない。ここはひとつ、黙ってついてきてほしい。反論は願い下げだ――人に説教されるのは苦手でね。まさかきみは、あの代わり映えのしない、かびくさい川辺に一生へばりついていようってのかい？ 土手の穴ぐらに暮らして、舟なんてものにうつつを抜かして？ わたしがきみに世界を見せてやる！ きみを動物のなかの動物にしてやろうじゃないか、我が友よ！」

「けっこうだ」ネズミがきっぱり言った。「ぼくは行かない。絶対行かない。それにぼくは、昔ながらの自分の川にへばりついて、穴のなかに暮らして舟に乗る。これまでどおり何も変わらない。それにモグラくんだってぼくと一緒にいて、ぼくの言うとおりにする、そうだよね、モグくん？」

第2章 街道

「もちろんだよ」モグラが忠実に言った。「ネズくん、ぼくはいつだってきみと一緒にいて、きみの言うとおりにする——当然だよ。だけどさ、なんだか話を聞いていると——ちょっと面白いかも、なんて思ったりなんかして」モグラはあきらめきれずに言い足した。かわいそうに！ 旅暮らしなど、まったく知らなかったモグラは、ぜひやってみたいと胸がわくわくしていた。だいたいひと目見たときから、カナリヤ色の箱馬車と、その細々したしつらえに心を奪われていたのだった。

そんなモグラの思いをネズミは敏感に感じとって心が揺れた。もともとネズミは誰かをがっかりさせるのが嫌いだった。仲良くなったモグラを喜ばせるためなら、なんでもやってやりたいという気もした。そんなふたりをヒキガエルは抜け目なく観察している。

「ちょっとなかに入って、昼めしでも食おうじゃないか」ヒキガエルが気を利かせて言う。

「そこでじっくり相談しよう。何も急いで決める必要はない。実際、どんな結論に落ち着こうとかまわないんだ。きみたちに楽しんでもらいたい。わたしの望みはそれだけだからね。『他者のために生きよ！』それがわたしのモットーなんだ」

昼食の時間には、もちろんすばらしいごちそうが出た。例によって最高の料理で客をもてなしながら、ヒキガエルのひとり舞台が始まった。ネズミのことなどおかまいなしに、モグラの純朴さにつけこんで味方につけようとする。もともと口のうまいヒキガエルが、旅や野外で暮らす楽しさや、道ばたの美しい光景を生き生きと描写すれば、モグラはもう興奮して椅子にじっとすわっていることもできない。そしてどういうわけか、気がつけば3人のあいだで旅に出ることが決まっていた。ネズミはまだ納得してはいなかったが、友のことを思って自分は我慢した。明日は何をやる、その翌日は何をするというように、早くも数週間先まで事細かに旅の計画を立てている友ふたりを、がっかりさせたくなかった。

準備がすっかり整うと、ヒキガエルは勝ち誇った顔でふたりの友を馬小屋へ連れていき、灰色の毛の老馬をつかまえさせた。しかし馬のほうは、一緒に旅に出ないかという相談をヒキガエルから受けることもなく、ほこりを人一倍かぶる仕事を強制的に押しつけられたものだからひどく機嫌が悪い。はっきり言って、このまま馬小屋にいたほうがうれしいわけで、おとなしくつかまりはしない。そのあいだヒキガエルはというと、すでにいっぱいの戸棚のなかに、さらに物を詰めこみ、馬車の床から携帯用の飼料袋や網に入れたタマネギや干し草の束やバスケットをつり下げるのに忙しい。ようやく馬がつかまって馬具をつけると、一行は出発した。めいめい話をしながら気のむくままに、馬車の脇をてくてく歩いたり、車のながえに腰掛けたりしている。なんともすばらしい午後だった。自分たちの立てるほこりが、鼻をつんと刺すのも気分がいい。道路の両側にうっそうと生い茂る果樹のあいだから小鳥が鳴き交わし、旅ゆく一行に陽気なさえずりを聞かせる。気のいい旅人がすれちがいざまに「こんにちは」とあいさつをしてきたり、立ちどまって、「美しい馬車ですね」と、ほめ言葉をかけてくることもあっ

た。ウサギたちは低木の茂みにつくった巣穴の入り口にすわり、両手を振り上げて「うわっ！ うわっ！ うわっ！」と驚いている。

　日がとっぷり暮れるころには疲れがたまってきたものの、家を離れてずいぶん遠くまでやってきたのがうれしく、一行は人里離れた田舎の空き地に馬車をとめた。馬を放して草を食べさせ、自分たちは馬車のかたわらに腰を下ろして簡単な夕食をとった。この先の旅について、ヒキガエルがとほうもない計画をおおげさに語るあいだ、みんなのまわりには星々が、いつも以上に大きく、くっきり姿を現した。気がつくと、どこからともなく黄色い月がひっそり出てきて、彼らの語る話を一緒になって聞いていた。まもなくみんなは馬車のなかにもどって小さな寝台に身を横たえた。ヒキガエルは足をぽんと投げ出して、眠たげに言う。「じゃあ諸君、おやすみ！ これぞまさしく紳士の生活！ きみが得意になって語る、古くさい川の生活なんて目じゃないね！」

　「語ってなんかいないよ」ネズミが怒りをぐっとこらえて言う。「そうだろう、ヒキくん。けど、ぼくは、川のことを思ってる」それから低い声で、思いあまって言い足した――「川のことは忘れない、いつ、どこにいても！」

　モグラは暗闇のなか、毛布の下で腕をのばしてネズミの手をさがし、励ますようにぎゅっと握った。「ネズくん、ぼくはきみのしたいようにするよ」ひそひそ声で言う。「明日の朝一番に起きて、ここを抜け出そう――うんと早く起きて――ぼくらの大好きな川の穴ぐらにもどるってのはどうだろう？」

　「いや、最後まで見とどけないと」ネズミがささやき返す。「きみの気持ちはすごくうれしいよ、でもこの旅が終わるまで、ぼくはヒキガエルについてなきゃいけない。ほっといたら何をやるかわからないやつだからね。まあすぐ終わるよ。なんだって長続きした試しはないんだから。じゃあ、おやすみ！」

　ネズミが思っていた以上に、終わりは早くにやってきた。

　外の空気を思う存分吸って興奮した１日を過ごしたせいで、翌朝になってもヒキガエルはぐっすり眠っていて、どれだけ揺さぶろうと寝台から出ようとしなかった。モグラとネズミは男らしく文句ひとつ言わず、互いに助け合って朝の支度に取りかかった。ネズミが馬の世話をし、火をおこして、前夜のカップや皿を片づけて朝食の準備をしているあいだ、モグラは一番近い村までかなりの距離をえっちらおっちら歩いていって、ミルクや卵をはじめ必要なものを調達しに行った。もちろん、ヒキガエルが忘れてきたせいだった。苦労の末にようやく仕事が片づき、ぐったり疲れたふたりがほっとひと息ついたところで、ヒキガエルが現れた。すっかり寝足りた顔で、「屋外の生活はまったく世話がなくていいねえ」と、陽気に声をかけてくる。「うちにいるときはあれこれ心配しながら、めんどうな家事を片づけなきゃいけなかった。それに比べるとこの生活はまったく気楽でいい」

その日は1日、心地よい散歩を楽しんだ。草深い丘をわたり、狭い脇道を抜けて、前夜と同じように空き地でキャンプをした。ただし今回ネズミとモグラは、ヒキガエルにもちゃんと仕事をしてもらうように仕むけた。それで翌朝、目が覚めたヒキガエルは、屋外の素朴な生活は気楽でいいなどと、のんきなことは言っていられず、また寝床へもどろうとしたところが、力いっぱい外へ放り出された。再び一行は細い脇道を通って田舎の風景のなかを進んでいったが、午後になったところで初めて街道に出た。これまでにない幅の広い道路で、まもなくここで、とんでもない災難にあう。つまりは予想もしない乗り物が現れて襲いかかってくるのだが——これにより3人の旅は大きな打撃を受け、ヒキガエルにとっては、その後の人生がらりと変わってしまうほどの大事件となった。

　一行は街道をのんびり歩いていた。モグラが馬の頭の脇を歩いて話しかけているのは、馬がすっかり放っておかれて、誰にもかまってもらえないと、すねてきたからだった。ヒキガエルとネズミは馬車の後ろを歩きながら話をしている——といっても、ヒキガエルが一方的にしゃべっている感じで、ネズミは折々に、「ああ、そのとおりだよ、で、きみは彼になんて言ったんだい？」と口をはさみながら、頭ではまったく別のことを考えている。

　するとずっと後ろのほうから、妙な音が響いてきた。遠くにいるハチか何かがブーンと羽ばたいているような音。ちらっとふりかえると、遠くで土ぼこりが小さな雲のように舞い上がっていた。その中心の黒っぽいものが力の源らしく、信じられないスピードでこちらにむかって

第2章 街道

くる。土ぼこりのなかからかすかに聞こえる「ププーッ」という音が、痛みに苦しむ動物の甲高い鳴き声のようだった。誰も特に気にもとめず、またおしゃべりにもどったのだが、次の瞬間、のどかな場面は一変して（彼らにはそう思えた）、強い風がびゅっと吹いてきたかと思うと、嵐のような音がして、そろって近場の溝へと飛びのいた。3人がいた場所に何かがつっこんでいく！

「ププーッ、ププーッ」という音が耳のなかできんきん響くなか、一瞬みんなの目に、板ガラスと上等なモロッコ革と立派な自動車の車体が映った。見ている者が息をするのも忘れるほどの大きさと迫力。運転手は緊張した面持ちでハンドルにしがみついていたが、その場にとどまっていたのはほんの一瞬で、あとは土を巻き上げて走り去り、残された者たちをもうもうたる土煙で覆いつくした。気がつくと自動車は遠くでしみのように小さくなっていて、あたりには、再びハチの羽音に似た音がブーンと響いていた。

灰色の毛の老馬はこの予期せぬ展開にびっくりぎょうてん。もといた静かな放牧場をのんびり歩きたいと夢見ていたところへ、こんな荒々しい状況に追いこまれたものだから、すっかりわれを忘れて野生の本性をむきだしにした。後ろ脚でばっと立ち上がったかと思うと、前脚を地面にたたきつけ、そのままぐいぐい後ろへ下がっていく。頭の脇で、モグラが言葉をつくしてなだめても馬は耳を貸さず、道路脇の深い溝のほうへ馬車を追いやっていく。一瞬ぐらりと揺れたかと思うと、次の瞬間、耳をつんざくような音を立てて、みんなの誇りと喜びの源だったカナリヤ色の箱馬車は、溝のなかに横倒しになり、見るもむざんな姿をさらした。

ネズミは激情に駆られて跳ねまわり、道路を行ったり来たりしながら、「なんてことをしやがる！」と、両のこぶしを振り上げて大声で怒鳴った。「このろくでなしの悪党どもが——ふざけたまねを——しやがって！——訴えてやるぞ、警察に通報するからな！　ありとあらゆる裁判所に送りこんでやる！」家を恋しく思う気持ちなどどこへやら、この瞬間、ネズミは、別の船の注意散漫な船乗りのせいで、カナリヤ色の船を暗礁に乗り上げてしまった船長さながらに、思いつくかぎりのおどし文句を叫び、口荒くののしっている。蒸気船の船長が、ネズミの暮らす土手のぎりぎりまで船を進めて居間のカーペットを水浸しにしたときと同じだった。

ヒキガエルは両足を前に投げ出して、ほこりっぽい道路のまんなかにぺたんとすわり、自動車が消えた方角を一心に見つめていた。息を切らしながらも、顔は落ち着きはらい、感服した表情を浮かべながら、時折「ププー、ププー！」と小声でつぶやいている。

モグラは馬をなだめるのに忙しかったが、しばらくするとようやく馬もおとなしくなった。それで今度は、溝に横倒しになっている馬車の具合を見に行った。目も当てられない惨状とはこのことだった。壁のパネルも窓も割れて車軸はどうしようもないほどに折れ曲がり、車輪がひとつはずれて転がっている。イワシの缶詰がそこらじゅうに散らばっているかと思えば、小鳥が鳥カゴのなかで哀れっぽく鳴いて、ここから出してくれと訴えている。

　そこへネズミが助けにやってきたが、ふたりで力を合わせても馬車を起こすことはできなかった。「おい！　ヒキくん！」大声で呼ぶ。「こっちへ来て、手を貸してくれ！」
　ヒキガエルは何も答えず、道路にすわったままがんとして動かない。いったいどうしたのか、ふたりは様子を見に行った。見ればヒキガエルは催眠術にかかったかのように幸せそうな笑みを浮かべて、自動車の消えた先をまだぼうっと見つめていた。そうしながらときどき「ププーッ！　ププーッ！」とまたつぶやいている。
　ネズミがヒキガエルの肩を揺さぶった。「ヒキくん、手を貸してくれと言っているんだよ、わからないのか？」厳しい口調で言った。
　「いやあ、すごかったなあ！　目の覚めるような光景だった！」ヒキガエルはそんなことを言うばかりで、まったく動こうとしない。「あれは走る詩だ！　あれこそが本物の旅！　旅をする唯一の手段！　今日ここにいると思ったら──明日は1週間先に移動している！　村を飛び越し、町や都会を次々と追い越し──いつだって目の前には新しい世界がひらけている！　ああ、なんてすばらしいんだ！　ププーッ！　ププーッ！　ああ！　ああ！」
　「ヒキくん、しっかりして！」モグラがなんともやるせない顔になって言う。
　「知らなかったとはいえ、なんたることだ！」ヒキガエルは夢見るような一本調子で先を続ける。「ああ、これまでに無駄にしてきた膨大な時間よ！　何も知らず、夢にさえ見なかった！　しかし、もう大丈夫だ──これでようくわかった！　ここから先は花盛りの道をまっしぐら！　勝手気ままに一直線。スピード全開、馬車なんぞかたっぱしから蹴散らして突っ走り、もうもうたる土煙を残していく。ちっぽけな馬車なんてぞっとする──面白くもなんともないぞ──カナリヤ色の箱馬車なんか！」
　「ヒキくん、大丈夫かな？」モグラがネズミに聞く。
　「ほっとけ」ネズミがきっぱりと言った。「こうなったら手の施しようがないからね。ヒキガ

第2章　街道

エルとは長いつきあいだからわかるんだ。いまは完全に心をうばわれている。何か新しいものに夢中になると決まってこうなる。これが第1段階。数日間はこういう状態が続く。幸せな夢を見ながら歩きまわる夢遊病の動物と同じで、地に足のついた生活ができないんだ。気にしなくていいよ。行って馬車の具合を見て来よう。そっちはまだ手の施しようがあるかもしれない」

　よくよく見てみたところ、たとえ自分たちで起こすことができたとしても、もうこの馬車に乗って旅を続けることはできないとわかった。車軸がどれも曲がっていて使い物にならないし、はずれた車輪が粉々になっている。

　ネズミは馬の手綱を背中で結んでおいて片手で馬の首をつかみ、もういっぽうの手で鳥カゴと、そのなかで暴れている住人を運んだ。「じゃあ、行くよ！」苦々しい顔でモグラに言う。「一番近い町まで10キロ弱。そこまではなんとしてでも歩かないといけない。出発は早いに越したことはない」

　「でもヒキくんはどうするの？」歩きだそうとしたところで、モグラが心配そうに聞いた。

　「置き去りにするわけにはいかないよ。こうして道路のまんなかにひとりすわって、ぽうっとしてるなんて。危ないよ。ひょっとしたらまたあの怪物がやってくるかもしれないし」

　「もうヒキガエルにはうんざりだ」ネズミが吐き出すように言った。「ぼくは縁を切った」

　ところがふたりが歩きだしてまもなく、後ろからペタペタいう足音が聞こえてきた。追いついてきたヒキガエルが、ふたりの腕に自分の腕をつっこんで勝手に腕を組んだ。まだ息を切らしていて、虚空をじっとにらんでいる。

　「ヒキくん、よく聞いてくれ！」ネズミがぴしゃりと言った。「町に着いたらすぐ、きみはまっ

楽しい川辺

すぐ警察署に行って、あの自動車のことについて何か知らないか、持ち主が誰だか聞いて、被害届けを出すんだ。それから鍛冶屋か車大工のところに行って馬車を取ってきて修理してもらい、また乗れるようにしなきゃいけない。時間はかかるだろうけど、まったくもとにもどらないというほど壊れてもいない。そのあいだモグくんとぼくは宿屋に行って居心地のいい部屋をさがしておく。馬車の修理が完了して、きみもショックから抜け出して、また旅に出られるようになるまで、そこに泊まるんだ」

「警察署！ 被害届け！」ヒキガエルが夢見るような顔でつぶやいた。「あの美しいものを！ 親切にも天国のような光景を見せてくれたあれを、わたしが訴える！ 馬車を修理するだと！ わたしはあんなものとは永遠に縁を切った。もう２度と見たくないし、箱馬車なんて言葉を耳にするのもいやだ。ああ、ネズくん！ この旅に快く同行してくれたきみには、どれだけ感謝を捧げても足りない！ きみが一緒でなかったら、この旅は実現しなかった――あの白鳥や陽光や稲妻を目にすることもなかった！ わくわくする音や、心ひかれる匂いだって！ きみには何から何まで感謝している。最高の友だよ！」

ネズミはうんざりしてそっぽをむき、ヒキガエルの頭ごしに、「ほら、わかっただろう？」とモグラに言った。「どうしようもない。ぼくはあきらめた――町に着いたら鉄道の駅に行こう。運がよければ今夜のうちに川辺にもどる列車に乗れるかもしれない。とにかく、ぼくは今後２度と、この人さわがせなやつと旅になんか出ないと約束する！」――そう言うと、ふんと鼻を鳴らし、残りの道を歩くあいだヒキガエルのことはずっと無視して、モグラにだけ話しかけた。

町にたどりつくと一行はまっすぐ駅にむかった。ボーイに２ペンスをわたして、ヒキガエルを２等の待合室で厳しく見張っていてもら

第2章 街道

う。それから宿屋の馬屋に馬を連れていき、馬車やその中身をどうするか、できるかぎりの指示を与えた。そこまですむと、ようやく鈍行列車に乗りこみ、ヒキガエル屋敷からそう遠くない場所に帰ってきた。まだぼうっとして夢遊病者のようなヒキガエルを歩かせて玄関からなかに入れ、食事と着替えをすませてからベッドに寝かせるよう家政婦に指示を出す。それから自分たちの舟を舟小屋から出して川辺の家へむかった。

ずいぶん遅い時間に帰りつくと、こぢんまりして居心地のいい川辺の居間にすわって夕食を取った。ネズミは大喜びで満足げだった。

翌日モグラは朝寝坊をし、川の土手で釣りをしながらのんびり1日を過ごしていたが、夕方になると、その日1日友人たちにいろいろ聞いてまわっていたネズミがぶらぶら歩いてやってきた。「ニュースを聞いたかい？」とモグラに言う。「もう川辺はこの話で持ちきりだよ。今朝早い列車に乗ってヒキガエルが町に行った。そうして、大きくて、とびきり高価な自動車を注文したそうだよ」

　モグラは長いことアナグマに会いたいと思っていた。誰に聞いてもアナグマは重要な動物であるらしく、めったに姿を現さないものの、目に見えない影響力をそのあたり一帯に暮らす動物たちがみな感じているという。けれども、モグラが1度会ってみたいとネズミに言っても、気がつくと先延ばしにされている。「ああいいよ、そのうちアナグマさんもひょっこり現れる。そうしたら紹介してあげよう。本当にすばらしいひとだよ！ただね、出会い方が肝心でさ、たまたま行き会ったという感じでないとだめなんだ」
　「ここに呼んだらどうだろう。夕食をごちそうするとか？」モグラが言った。
　「来ないよ」ネズミはあっさり言った。「アナグマさんは、そういうおつきあいが大嫌いなんだ。誰かに招かれたり、夕食でもいかがですかなんて誘われたりするのがね」
　「じゃあ、こっちから訪ねていったら？」モグラが提案する。
　「だめだめ、とんでもない」ネズミがぎょっとした顔をして言う。「すごく恥ずかしがり屋でね。間違いなく気を悪くする。ぼくなんかアナグマさんとはずいぶん長いつきあいだけど、自宅を訪ねるなんて思いきったことはとてもできない。土台無理な話だ。アナグマさんは森のどまんなかに暮らしているんだから」
　「でも森は、別に危ないところじゃないって、きみはそう言っていたよ」
　「ああ、そう、そうだったね」ネズミがはぐらかすように言う。「でもいま行ってもだめだと思うんだ。いまはまだね。ずっと遠いし、1年のこの時期にはアナグマさんはいないかもしれない。いずれ自分から出てくるから、そのときをおとなしく待ちなよ」
　モグラはそれで満足しなければならなかった。けれどもアナグマはいつになっても姿を現さ

第3章　森

ない。モグラの毎日はその日その日で楽しいことがあったが、やがて夏も遠く過ぎ去り、冷たい風と霜とぬかるみで外に出ることもかなわなくなった。水かさを増した川が、舟遊びなどさせるものかと、あざ笑うように窓の外をものすごい速さで流れていく。するとモグラは、森のどまんなかに穴を掘ってひとり暮らしている孤独な灰色のアナグマのことをどうしても考えてしまうのだった。

　冬のあいだネズミは、早くに床に入り、遅くに起きるという具合で、寝てばかりいた。起きているわずかな時間は、詩を書いてみたり、家事にちょこっと手をつけてみたり——もちろん、おしゃべりをしに家に立ちよる動物もいたから、そうなると夏の思い出話に花が咲く。

　ふりかえればあの日々は色鮮やかな挿し絵であふれかえる本の1章だった！　川の土手を舞台に、着実に移り変わる季節が野外劇さながらに堂々と展開していった。まっさきに登場したのが紫のオカトラノオ。トラの尾っぽそっくりのふさふさした花房をさっと振りたてて川面を覗くと、自分の顔がにっこり笑いかえしてくる。そこへすかさずヤナギランがやってきて、暮れなずむ空のあかね雲のように物思いにふけり、しなやかな花房をさわさわと揺らす。そうかと思うと、紫と白のコンフリーが手をつないですっと前へ出てきて、いつのまにか自分たちの定位置に並んでいる。お次は誰かとしばらく待っていると、満を持して内気なドッグローズがしとやかにステージに上がってきた。これを合図に荘重な管弦楽がいきなり浮かれ調子の舞踏曲に変わり、とうとう6月がやってきたことを伝える。そうなると、あとはもう妖精の乙女がちょっかいを出す羊飼いの少年や、窓辺で貴婦人たちが待ち受ける騎士や、眠っている夏にキスをして愛に満ちた世界に目覚めさせる王子の出番を待つばかり。ところがそこへ、筋書きなど気にしないメドースイートがかぐわしい香りをまき散らしながら、琥珀色の袖無し上着を着て登場。みんなのなかにすっくと立ったものだから、これで役者はそろったとばかりに夏の幕が切って落とされた。

　それがまた、なんと心躍るひと幕だったことか！　外を風と雨が吹き荒れるなか、穴ぐらに心地よく収まった眠たげな動物たちは、あの夏の日々を鮮やかに覚えていた。日の出にはまだ一時間ほどある早朝、川面をすきまなく覆う白い霧が晴れないうちから、何者かがバシャンと水に飛びこむ音や、土手をぱたぱた走っていく足音が響く。見れば地面といい空気といい水といい、ありとあらゆるものが金色に染まりはじめていた。いきなりのように現れた太陽が、今日もまた灰色を金色に変え、生まれたばかりの色たちが地面からわっと飛び出したのだった。暑い日中に木の根もとに青々と生える草のなかで、とろとろと昼寝をすれば、木もれ日がちっちゃな金の矢や玉のようになって落ちてくる。午後には舟遊びや水浴びをし、ほこりっぽい小道や黄色い麦畑を抜けてそぞろ歩きを楽しんだ。夕方になってようやく涼しくなると、四方八方から集まった仲間が今日1日をふりかえり、明日はどんな冒険をしようかと考える。そんなふうに、思い出話はいくらでもあったから、短い冬の日中にも、気がつけば動物たちは火のま

わりで話しこんでいる。しかしモグラの時間はそれだけではつぶせない。だからネズミが暖炉前のひじ掛け椅子に腰を下ろし、うとうとする合間に詩の1節でもひねりだそうとしてうまくいかず、また眠りこんでしまうのを見ていると、よし、それなら自分ひとりで出かけていって、森を探険しようと心が決まった。ひょっとしたらアナグマさんと友情を結ぶことができるかもしれない。

　しんしんと冷えこむ静かな午後、モグラは暖かな居間をするりと抜け出して鋼色の空のドへ飛び出した。森は裸同然で木々はすっかり葉を落としていた。そこへ分け入っていくのは、なんだか他人の心の奥底まで踏みこんでいくような気がする。この時期はいつものように自然は深い眠りについていて、衣類も脱ぎすてて、まる裸になっていた。夏の時期なら雑木林も窪地も石切場も、こんもり茂る草木に覆われて、格好の探険場を提供してくれるのだが、いまはまったくすかすかになって「面白いものなど何ひとつありません」とばかりに哀れっぽい姿をさらけだしている。「どうかしばらくのあいだ見て見ぬふりをしてくれませんか、そのうちまた以前のように豪華な衣装を身にまとい、ワクワクドキドキさせてあげますから」と、こちらに頼みこんでいるかのようだった。

　それはたしかに哀れとも言えたが、その光景はモグラの気分を盛り上げ、興奮さえ呼び起こした。飾りを全部脱ぎすてて、ありのままの姿をさらす自然はむしろ好ましく、そう思える自分がモグラはうれしい。自然本来のりんとした美しさに触れるには、やはりこういう時期に、奥の奥まで踏みこむ必要があるのだった。ほのぼのとしたクローバーの花も、種子をまき散らす草もいらない。サンザシの赤い実がいろどる美しい屏風も、ブナの木やニレの木の葉がつくる大波のようなカーテンも、いっそすべて取りはらったほうがすがすがしい。ありのままの自然から力をもらったモグラは勇ましく森のなかへ踏みこんでいく。目の前に広がる森は身をかがめて襲いかかろうとしている獣か、静かな南の海の下で待ちかまえている暗礁のようでもあった。

　初めのうちは特におびえる必要もなかった。足の下で小枝が割れ、丸太に足をひっかけそうになるぐらいだった。しかし、木の切り株に生えたキノコが面白おかしく描いた顔のように見えたときには一瞬はっとした。どこか遠くで見たことのある顔に思えたからだ。けれどもそういったことは面白く、胸がわくわくするばかりだった。さらにどんどん進んでいくと、しだいに光がとぼしくなり、木々がしゃがんだままぐいぐい距離をせばめてくるような気がする。左右の土手にあいた穴は、こちらにむかってかっとひらく、醜い口のように見える。

　気がつくと何もかもがしんと静まっていた。夕闇が着々と迫ってきて、モグラの前にも後ろにも、濃い闇がみるみるわだかまり、まるで洪水の水が引いていくように光が消えていく。

　それから顔が現れはじめた。

　最初、肩越しにぼんやりと顔のようなものが見えた気がした。小さな逆三角形をした不気味

第3章　森

な顔が穴からこちらを覗いている。正面からむき合おうとふりかえったところ、それはもう消えていた。

　モグラは足を早めながら、おかしなことを考えるんじゃないと自分に言い聞かせる。こんなことを考えはじめたらきりがないのはわかっていた。また別の穴の前を通り過ぎ、さらにもうひとつ、つぎつぎに通り過ぎる。何もいないじゃないかと思っていると——いた！　違う！　いや、そうだ！　さっきと同じ小さな逆三角形の顔が穴からぱっと浮かび上がり、きつい目でこちらをにらんだかと思うと、またぱっと消えた。一瞬足がすくんだものの、勇気をふるいおこし、またずんずん先へ進んでいく。と、そこでふいに、手前から遠くの端まで、穴という穴のすべてに逆三角の顔がいっせいに浮かび上がった。みな最初からそこにいたというように、何百という穴のことごとくから、小さな顔がめまぐるしい速さでひっこんでは飛び出し、悪意と敵意に満ちた鋭い目でモグラをにらんでいた。

　この土手に並ぶ穴から離れさえすれば、もう顔は見えないはずだと思い、モグラは道を大きくはずれて、誰も踏みこまない森の奥へ突進した。

　と、今度はヒューヒューという音が始まった。

　小さいながら、耳に突き刺さってくるような音で、最初耳にしたときには、はるか遠くから聞こえてくるような気がした。モグラはなぜだか急がないといけない気がして、追い立てられるように前へ進んでいった。すると今度はずっと先の方から同じ音が聞こえてきたものだから、先へ進むのがこわくなり、引きかえしたくなった。どうしようかと迷いながら足をとめて

第3章　森

いると、ふいに両側からまたヒューヒューと始まって、その音が何かから逃げるように森を駆けぬけて消えた。なんだかわからないが、追っ手はつねに耳をそばだてており、獲物の気配を感じたとたん、いつでも襲いかかれるよう身がまえている！　なのにモグラはひとりぼっちで武器もなく、助けてくれる友は遠く、迫り来る夜におびえている。

と、今度はパタパタいう音が始まった。

最初は木の葉の落ちる音だと思った。軽いものが落ちてくるような、かすかな音。それがだんだんに、パタパタ、パタパタ、と一定のリズムを持って近づいてくるものだから、これは小さな足が地面を踏む音に違いないとモグラは思った。まだ足音はずっと遠い。聞こえるのは前からか？　それとも後ろから？　前からのような気がすると思ったとき、後ろからも聞こえてきて、前後からこちらに近づいてくるのがわかった。足音はどんどん大きくなり数も増してきて、どっちの方角へ耳をかたむけても、そこから聞こえてくるようで、モグラを取り囲むように迫ってくる。木立のあいだからウサギが1匹飛び出してきて、つっ立ったまま耳を澄ましているモグラの方へ走ってきた。近くまで来ればスピードをゆるめるか方向を変えるかするだろうと思っていたのに、ウサギはモグラの体をこすらんばかりに猛スピードでつっこんできた。恐怖に表情はこわばり、目ばかりをぎらぎらさせている。

「ばか！　さっさとここから出るんだよ！」ウサギは声をひそめて言い、切り株を勢いよくまわりこむと、道を一気に下って安全な巣穴へと姿を消した。

パタパタいう音はどんどん増えていき、しまいにモグラのまわりに広がる乾いた木の葉の絨毯の上に雹が落ちてくるような音が響きわたった。森全体が何かから逃げるように必死に走っている。追っ手も負けてはおらず、どんどん近づいていき、獲物を取り囲んだ挙げ句に、その輪をどんどん縮めているようだった。獲物というのは——ひょっとして？　パニックになったモグラは行き先も考えず、自分もめちゃくちゃに走りだした。何かにぶつかって倒したかと思うと、また別の何かにつっこんでいく。得体の知れない障害物が現れると、その下を素早くかいくぐり、脇を回り、必死になって先へ進んだ。そうしてついに、古いブナの木の暗い洞に飛びこんだ。ちょうどいい隠れ場所になって、モグラの体は外から見えない。たぶん安全——いや、それはまだわからない。不安だったが、あまりに疲れて、もうこれ以上は1歩も進めない。洞に吹きだまった乾いた木の葉のなかにもぐりこんで、しばらくはここで危険を避けられるように祈った。モグラが息を切らして体をふるわせながら、外で聞こえているヒューヒュー、パタパタいう音に耳を澄ましていると、ついにみんなが必死に逃げまわっているものの正体がわかった。野原や生け垣に暮らしている小動物たちは過去に遭遇しており、その瞬間にとてつもなく恐ろしい思いをしたのだろう——ネズミが自分をここに来させまいとむなしい努力を続けていたのは、この森の恐怖のせいだったんだ！

その間、ネズミのほうはぬくぬくと心地よい暖炉の前で居眠りをしていた。書きかけの詩は

膝からすべり落ち、頭を半ばのけぞらせる格好で口をぽかんとあけ、緑豊かな夢の川岸を歩いている。やがて石炭がくずれてパチパチいいだし、小さな炎が吹き上がると、ネズミはハッとして目を覚ました。さっきまで何をしていたのか思い出し、床に手をのばして詩を書いていた紙を取りあげると、しばらくじっと目を落としていたが、それから何かうまい言葉を教えてくれないものかと、モグラをさがした。

ところが、そこにモグラはいなかった。

しばらく耳を澄ましてみる。なんだか妙に静かだった。

それから「モグくん！」と数回名を呼び、答えが返ってこないとわかると立ち上がって、玄関へとむかった。

いつもモグラが帽子をかけておく釘がからっぽだった。傘立ての横に置いてあるはずのゴム長靴も消えている。

ネズミは家を出て、ぬかるんだ地面をしげしげと見ながら、モグラの足跡がないかとさがす。すると、あった、あった。冬用に買った長靴はまだ新しく、底の部分の突起もすり減ってはいなかった。くっきりと地面に残る足跡は、迷うことなく森へむかってまっすぐ続いていた。

ネズミはひどく深刻な顔になり、1、2分何事か考えこむ様子でその場に立ちつくした。それからまた家のなかにもどると、腰にベルトを巻きつけて拳銃を2丁差しこみ、玄関に立てかけておいた、ずんぐりした棍棒を片手に持って、きびきびした足取りで森へむかった。

すでに夕闇が下りてきていたが、森の入り口にさしかかると、ネズミはためらうことなくなかに踏みこんでいき、左右を心配そうにうかがって友の気配をさがした。あちこちの穴から小さな顔が飛び出してきたが、勇敢なネズミが拳銃2丁とずんぐりした棍棒で武装している姿に恐れをなしたのか、すぐひっこんでしまった。森に踏みこんだ瞬間からはっきり聞こえていた、ヒューヒュー、パタパタいう音もしだいに小さくなって消えていき、あたりはしんと静まった。ネズミは男らしく森をまっすぐつっきり、一番はずれまでやってくると、今度は道なき道へ踏みこんでいって森を横断する。歩きにくい地面を苦労して進みながら、ほがらかな声でずっとモグラに呼びかけている。「モグくん、モグくん、モグくん！　どこにいるんだい？　ぼくだよ——友だちのネズミだよ！」

そうやって1時間以上もかけて辛抱強くさがしまわっていると、うれしいことに呼びかけに応えて小さな声が上がった。足もとに闇がわだかまるなか、ネズミは声を頼りに進んでいき、やがて古いブナの木の根もとにたどりついた。木には洞がひとつあって、そのなかから弱々しい声が聞こえてくる。「ネズくん！　本当にきみかい？」

ネズミが洞のなかへはいずっていくと、果たしてモグラがいた。疲れきっているらしく、ぶるぶるふるえている。「ああ、ネズくん！」モグラが叫んだ。「ぼくがどれだけ怖い思いをしたか、わかるかい？」

第3章 森

「わかるよ、わかるって」ネズミが慰めるように言う。「モグくん、きみはこんなところに来ちゃいけなかったんだ。ぼくは必死に思いとどまらせようとしたんだよ。ぼくらのように川辺に暮らす生き物は、こんなところにひとりで来るなんて、まずしない。どうしても来なきゃいけないとなったら、せめてふたりで行くようにする。それならたいていは問題ないからね。それにこういうところに来るんだったら、あらかじめ知っておかなきゃいけないことが山ほどあるんだ。ぼくらは全部心得ているけど、きみはまだ知らない。合言葉だとか合図だとか、力をもらえることわざだとか、ポケットに入れておくべき植物だとか繰りかえし口ずさむ詩とか。危険に遭遇したときのかわし方や、敵のだまし方なんかも、あらかじめ練習しておく必要があるんだ。わかってしまえば単純なことなんだけど、小さな動物たちはこういうことをちゃんと知っておかないと大変なことになる。もちろんアナグマやカワウソだったら話はまったく別だけどね」

「じゃあ、あの勇敢なヒキガエルくんなんかは、ひとりでここへやってきても、まったく平気なんだろうね？」モグラが聞いた。

「えっ、ヒキくんかい？」ネズミは言って、大笑いする。「こんなところにひとりでやってくるわけがない。帽子いっぱいの金貨をやると言ったってね」

ネズミの豪快な笑い声を聞き、手にした棍棒や、ぎらりと光る拳銃を見ていると、モグラは体のふるえもとまり、また大胆な気持ちになって、自分らしさを取りもどしていくようだった。

「そういうわけで」ネズミがすかさず言った。「ふたり力を合わせて家に帰らないといけない。まだわずかでも光があるうちにね。こんなところで夜を明かすなんてとんでもない話だ。何より寒くて

かなわない」

「ああ、ネズくん」モグラが哀れっぽい声で言う。「きみには本当にすまないんだけど、ぼくはもうへとへとで動けない。しばらくのあいだ、ここで休んで元気を取りもどさないと、家にはとても帰りつかないよ」

「ああ、そうか」ネズミは快く言った。「休んだほうがいい。どうせもう真っ暗だ。しばらくすると月も出てくるだろうし」

それでモグラは乾いた木の葉のなかにすっぽりもぐりこんで体をのばし、あっというまに眠ってしまった。といっても、途中なんども目が覚めて熟睡することはできなかった。そのあいだネズミも木の葉をかぶってできるだけ暖かくし、拳銃1丁を手にうつぶせになり、辛抱強く待った。

しばらくして目を覚ましたモグラは、気分もすっきり、いつもの元気を取りもどしていた。「よし、大丈夫そうだな！」ネズミが言う。「それじゃあ、ちょっと外の様子をうかがってくる。何も心配がないようだったら、すぐ出発しよう」

ネズミは洞の入り口まで出ていって、顔を外へ突き出した。「あわわ！　とうとう、来たか！」ネズミが小さな声で独り言を言っているのが、モグラに伝わった。

「ネズくん、どうした？」モグラが聞く。

「雪だ」ネズミがあっさり答えた。「外は一面の銀世界だ。まだ激しく降ってるよ」

モグラが出ていって、ネズミの隣にしゃがんで外を覗くと、あの恐ろしいばかりの森がまったく別の姿を見せていた。土手の穴や木の洞、水たまりや地面のくぼみまでが、きれいさっぱりなくなっていて、旅人をおびえさせる黒い影はもうどこにも見当たらない。その代わり妖精が敷いていったような銀色の絨毯があらゆるものを覆いつくしていて、乱暴に踏みつけることなど考えられないほど美しい。大気のなかを舞う粉雪が頬に触れる感触が心地よく、どこまでも白い世界のなか、黒い木々の幹がフットライトを浴びたように際立っている。

「こうなったら仕方ない」しばらく考えたあとでネズミが言った。「一か八か勝負に出よう。一番の問題は自分たちのいる場所が正確にわからないこと。さらにはこの雪で、何もかもが違って見えることだ」

まさにそのとおりだった。これがあの同じ森だとはモグラにはとても思えなかった。それでもふたりは勇敢に出発し、一番正しそうな道を選んで進んでいった。互いの体にしがみつきながら何にも負けない元気を装い、見知らぬ木がきらきら光りながら黙って迎えてくれるのを見るたびに、ああこの木は見たことがある、やっぱりこの道でいいんだと自分たちに言い聞かせた。木々の途切れ目や垣根のすきま、小道などにも、見なれた部分を見つけようとするのだが、あたりは白一色の世界で、どれも同じにしか見えない黒い幹が並んでいるだけだった。

1時間か2時間すると——このころにはもう時間の感覚はなくなっていた——ふたりは意気

第3章 森

　消沈して足をとめ、倒れた木の幹に腰を下ろした。息を整えながら、これからどうしたらいいのか途方に暮れる。疲れと、転んでできた傷で体のあちこちが痛んだ。じつはこれまでに何度か穴に落ちて全身びしょぬれにもなっていた。雪深いなか、小さな足をひきずるようにして歩いても、なかなか前へ進めず、木々はさらに生い茂り、ますます見分けがつかなくなってきた。この森には始まりも終わりもなく、どこへ行っても同じ風景が続くような気がして、ひょっとしたら出口もないのではないかと恐ろしくなった。

　「ここにそう長くはすわっていられない」とネズミ。「もう1度挑戦して、何かしら手を打たないと。何をするにもこの寒さじゃ厳しいし、しまいにはもう前に進めないほど雪が深く積もるだろう」ネズミはあたりを見まわしながら考える。「そうだ。いいことを思いついた。この先に小さな谷があるじゃないか。地面がぐっと高くなったかと思うと、その先で落ちこんで、あとはでこぼこした丘や小山が続いている。そこまで下りていって、身を隠せるような場所がないかさがすんだ。地面も乾いていて雪や風をしのげる洞窟や穴ぐらをね。そこでしばらく休んで英気を養ってから、また挑戦しよう。なにしろふたりともへとへとに疲れているからね。そのうち雪もやんで、いい考えも浮かんでくるさ」

　それでふたりはまた立ち上がり、苦労しながら小さな谷へ下りていった。どこかさっぱり乾いていて、強い風や渦巻く雪から逃れられる洞窟や何かがないかさがす。ネズミが言っていたような小山の連なりが見つかると、そのひとつをふたりで見てまわった。と、ふいにモグラが何かにつまずき、雪の上に顔から倒れて悲鳴を上げた。

「うっ、足が！」モグラが叫ぶ。「すねをやっちゃった！」雪の上で起き上がり、両手ですねをさする。

「モグくん、かわいそうに！」ネズミが優しく言った。「今日はあんまりついてないようだね。ちょっと足を見せてごらん。ほら」ネズミは膝立ちになってモグラの怪我の具合を見る。「やっぱりすねを切ってるね。ハンカチを取り出すからちょっと待ってて。それでしばってあげるよ」

「枝か、切り株にでもつまずいたんだろう、雪に隠れてわからなかった」モグラが哀れっぽく言う。「ああ、もう！　なんてことだ！」

「すぱっと切れている」傷口をもう1度ていねいに見てからネズミが言った。「これは木の枝や切り株じゃない。何か金属の鋭いへりで切った感じだよ。おかしいな」しばらく考えてから周囲を取り巻く小山や斜面をしげしげと見る。

「怪我の原因なんて、どんでもい！」モグラは痛みのあまり、言葉がおかしくなっている。「何で怪我をしたって、痛いのに変わりないんだから」

けれどもネズミはハンカチでモグラのすねを慎重にしばり終えると、せっせと雪を掘りかえしだした。4本の足をすべてつかって、雪を掘ってはすくい、すくっては投げして、忙しく何かをさがしている。モグラはじれったくなって「おい、ネズくん！　いいかげんにしなよ」とたびたび声を上げている。

「見つけたぞ！」ふいにネズミが声を張り上げた。「これだよ、これ、これ！」言いながら、ネズミは雪の上で腰をくねくねさせて踊りだした。

「ネズくん、何が見つかったんだい？」モグラは聞きながら、まだすねをさすっている。

「こっちへ来て、見てごらん！」ネズミはうれしそうに言って、まだ踊っている。

モグラは片足でぴょこぴょこ飛んでいくと、ネズミの指差すものをしげしげと見つめた。

「なるほどねえ」しばらくしてモグラが口をひらき、ゆっくりと言う。「これなら、ぼくも知ってるよ。これまでにいやというほど見てきたからね。別にめずらしいものじゃない。靴の泥落とし。それがどうしたの？　靴の泥落としのまわりで踊って、何が楽しいんだい？」

「おいおい、なぜここにこれがあるか、わからないのかい？　きみはそこまで鈍感か？」ネズミがしびれを切らしたように言う。

「もちろん、わかるさ」とモグラ。「まったく不注意で忘れっぽいやつが、森のどまんなかに靴の泥落としを置きっぱなしにした。そんなことをすれば、間違いなく誰かが足をひっかけて転ぶっていうのに。まったく考えなしの者がいたもんだ。誰の仕業か知らないが、家にもどったら苦情を申し立ててやる。絶対にね！」

「きみってやつは！　どうしようもないな！」あまりに鈍いモグラに、すっかり失望してネズミが言う。「つべこべ言わずに、ここをどんどん掘っていくんだ！」そう言うと、また四方八方に雪を飛び散らせながら仕事にかかった。

やがて苦労の末に、雪のなかから、ひどく粗末なドアマットを掘りあてた。
「ほらごらん。どこまできみに話したっけ？」ネズミが思いっきり誇らしげに言う。
「いや、まだほとんど何も」モグラはまったく正直にそう答えた。「つまりきみは家庭のゴミをもうひとつ発見した。使い物にならなくなって、打ち捨てられた物をね。それでばかみたいに喜んでいる。そんなことより早くここを出ようよ。どうしてもダンスをしなくちゃいられないって言うなら、さっさとすませちゃってよ。ゴミの山のことで時間を無駄にするなんてたくさんだ。ドアマットが食べられるとでも言うのかい？　その下で眠る？　上にすわる？　橇代わりにつかって雪の上をすべって家へ帰れるとでも？　きみとしたことが、情けないったらありゃしない」
「おい——きみ——よくもそこまで」ネズミがかっとなった。「このドアマットが何を語っているか、本当にわからないのか？」
「ああ、ネズくん、そのとおりだ」モグラがふくれて言った。「もうこんなばかげたことは、たいがいにしてほしい。ドアマットは何も語らない。ドアマットはドアマット。そんなものに語ってもらおうなんて、お門違いもいいとこだ」
「なるほど、やっぱりきみは——どうしようもないばかだ」ネズミがかんかんに怒って言う。「きみには理屈が通用しない。もう何も言わなくていいから、とにかく掘れ——掘って掘って掘りまくるんだ。小山の斜面は特に念入りに。乾いた場所でぬくぬくと眠りたいなら、これがぼくらに残された最後のチャンスだ！」
かたわらにそびえる雪をかぶった土手にネズミは突進していった。棍棒であちこちたたきまわっては手をつっこんで雪をどけ、必死になってなかをさぐる。モグラも同じようにせっせと雪を掘り出した。この仕事に意味があるとは思えなかったが、ここはネズミの気のすむまで協力してやろう、きっと相手は正気を失っているに違いないと、そう自分を納得させていた。
10分ほど懸命に働いたところで、ネズミの手にした棍棒が何かにつきあたって、うつろな音を響かせた。そのあたりをせっせとひっかいていると、やがて手がすっと入って奥にあるものに触れた。ネズミはモグラに手伝わせようとそばに呼んだ。まもなくふたりして懸命に働いた成果が、とうとう驚くべき全貌を現した。モグラは自分の目を疑った。
雪に覆われた土手の斜面とばかり思っていたのに、その奥に深緑のペンキを塗った、見るからに頑丈そうな小さなドアが立っていた。脇に鉄でできた呼び鈴がつり下がっていて、その下に小さな真鍮の表札が見える。几帳面に彫られた、四角ばった大きな文字が月明かりに浮かび上がった——「アナグマの家」。
あまりの驚きと喜びにモグラは雪の上に尻餅をついた。「ネズくん！」とたんにモグラはこれまでの暴言を後悔した。「きみは天才だ！　正真正銘の天才だよ。ぼくはいまそれがはっきりとわかった！　きみは物事を徹底的に考え、その賢い頭のなかでひとつひとつ論を積み重ね

第3章　森

いく。ぼくの傷を見たとたん、きみのすばらしい頭脳がきみにこう告げた。『靴の泥落とし！』それからきみはすぐにそれをさがしにかかり、案の定見つけた！　そこで満足しただろうか？　いや、しない。ふつうなら、それだけですっかり満足してしまうが、きみは違った。その知性をさらに働かせ、『そうなると、あとはドアマットを見つけるまでだ』と心のなかでつぶやいた。『それが見つかれば、ぼくの理論は正しいと証明される！』。そしてもちろん、きみはさがしていたドアマットを見つけた。そのすこぶる賢い頭があれば、見つからないものはない。『さて』と、きみはさらに論を重ねる。『こうなったら、ドアが存在するのは火を見るより明らかだ。あとはそれを見つけるだけだ！』。たしかに、そういったたぐいの話は本で読んだことがある。だが現実に起きるなんて思いもしなかった。きみは自分の才能が正しく評価されるところへ行くべきだ。こんなところで、ぼくらのような者たちに囲まれて過ごすのは才能の無駄づかいと言うしかない。ああ、ネズくん、ぼくにきみのような頭があったなら——」

「だが、きみにはなかった」ネズミがめずらしく意地の悪い言い方をした。「きみはひと晩じゅう、雪の上にすわって、ぺちゃくちゃしゃべっているつもりか？　すぐ立ち上がって、あの呼び鈴にしがみつき、思いっきり強く鳴らしてくれ。そのあいだぼくはドアをがんがんたたく！」

ネズミが棍棒でドアをたたいているあいだ、モグラは飛び上がって呼び鈴の紐にしがみつき、地面から足を離して大きく揺らした。するとずいぶん遠くから、呼び鈴の低い反響音がかすかに聞こえてきた。

第4章
アナグマの家

辛抱強く待つ時間はとびきり長く感じられ、ふたりは雪の上で足踏みをして、かじかむ足を温めている。そのうちようやく、ドアのむこうから足を引きずって歩く足音が近づいてきた。あれはきっと、大きすぎる絨毯用の室内履きの、かかとの部分を踏みつぶして履いているせいだとモグラは言う。モグラもやっぱり賢かった。なぜなら実際そのとおりだったからだ。

かんぬきをはずす音が響き、それからドアがわずかにあいて、すきまから、長い鼻と、眠たげにまばたきをする目が覗いた。

「やれやれ、今度はいったい何事だ」しわがれ声が怪訝そうに言う。「怒りをぶちまけられても当然だと思え。こんな夜遅くに人の家を訪ねてくるんだからな。今度は誰だ？ 名を名乗れ！」

「あっ、アナグマさん」ネズミが声を張り上げた。「お願いです、入れてください。ぼくです、ネズミです。友だちのモグラも一緒です。雪のなか、道に迷ってしまったんです」

「おや、ネズミ、なんだ、きみだったか！」アナグマが驚き、さっきとはまったく違う口調で言った。「さあさあ、ふたりとも早く入れ。凍えてしまうぞ。しかし驚いた！ 雪のなかで道に迷うとは！ しかも森で、こんな夜中に！ まあいいから、なかに入れ」

ふたりとも気があせって、折り重なるようにして玄関になだれこんだ。バタンとすぐに閉まったドアの音がうれしく、心からほっとする。

アナグマはパジャマの上にすその長いガウンをはおっていて、履いている室内履きはたしかにかかとの部分が踏みつぶされていた。平べったいろうそく立てを片手で捧げ持ち、おそらく呼び鈴が鳴ったときにはベッドに入るところだったのだろう。アナグマはふたりを優しく見下

第4章　アナグマの家

ろして頭をぽんぽんたたく。「こういう夜に、小さな動物が出歩くもんじゃないぞ」まるで父親のような口調で言う。「おいネズミ、おまえはまた何か面白いことでもやってみようなんて気を起こしたんじゃないか。まあ、いい、まずは台所へ行こう。火が赤々と燃えているし、夕食の用意やらなんやら、全部整っているからな」

アナグマは先頭に立つと、ろうそくを前にかかげ、足を引きずりながら歩いていった。そのあとに続くネズミもモグラも、わくわくして落ち着かず、互いの体をつっつきあいながら、どこまでも続く薄暗い通路を進んでいく。はっきりいってみすぼらしい通路だった。それを進んでいくと、中央広間のようなところへ出た。そこに立つと、長いトンネルのような通路が四方八方に枝分かれしているのがぼんやり見えた。どこへどう続いているのかわからない果てしない謎のトンネルのようだが、この大きな通路にもドアがいくつかついている。オーク材の使い勝手のよさそうなドアのひとつを、アナグマが勢いよくあけると、火の燃える台所が現れた。暖かくて、部屋全体が内側から輝いているようだ。

よくつかいこんだ赤煉瓦を敷いた床に、幅の広い暖炉があって、薪が勢いよく燃えている。暖炉の両側の壁にはくぼみがあって、すきま風の心配もなく居心地よさそうだった。暖炉の前には背の高いベンチがむかい合わせに置かれていて、話し好きの客を誘っているように見える。部屋の中央には、棒を組んだ台の上に長い板きれをのせただけの、素朴なテーブルがあり、その両側にベンチが置かれている。テーブルの片端にあるひじ掛け椅子は後ろに引かれ、さっきまでアナグマがすわっていたとわかる。その席には夕食の残りが置いてあって、簡単な料理をどっさり盛って食べていたようだ。部屋のつきあたりの食器棚には、汚れひとつない皿がずらりと並んでぴかぴか光っており、天井の梁からは、ハム、乾燥させた香草の束、網に入れた玉ねぎ、カゴに入れた卵がつり下げられている。

ここなら勝利した勇者がお祝いのごちそうを食べてもいいし、へとへとになるまで働いた農夫が収穫祭の料理を腹に詰めこみ、にぎやかに歌をうたったりするのもいい。あるいは気どらない仲間が2、3人集まって好きなようにすわり、食べたり、タバコを吸ったり、話をしたりして、ゆったりするのもいい。赤煉瓦の床は煙ですすけた天井に笑

楽しい川辺

いかけ、むかい合わせに置かれたオーク材のベンチはつかいこまれてつやつや光り、陽気に笑い合っているようにも見える。食器棚の大皿も、棚に並んだ鍋たちにほほえみかけ、陽気な火明かりがゆらめいて、あらゆるものに分け隔てなく光をまき散らしている。

親切なアナグマはふたりを暖炉の前のベンチにすわらせて、手足をよく温めるよう言いつける。それからガウンと室内履きをふたり分取ってきて、用意したお湯でモグラのすねを洗いはじめた。治すことはできないが、絆創膏を巻いてきれいさっぱり清潔にすれば、傷の治りも早いはずだった。

明るく暖かい部屋でようやく体も乾いて、気分がなごんでくると、ふたりは疲れた足を前にのばした。後ろのテーブルで食器を並べる音を聞いていると、もう嵐も怖くないと、すっかり安心できた。森の、あの寒くてたまらない道なき道は、もう何キロも離れたところにあるようで、苦しかった時間がいまでは薄れかかった夢のように思えている。

ついに体がすっかり温まると、ふたりはアナグマがせっせと用意していた夕食のテーブルに呼ばれた。どちらももうずいぶん前から腹をすかしていたが、いざ料理を前にすると、気になる問題はひとつだけに思えた。どれもこれもおいしそうな料理の、どの皿から手をつけるか、そして、ほかへ注意をむけているあいだ、手つかずの料理がおとなしく待っていてくれるかということだ。

しばらくのあいだは会話などもってのほかだったが、だんだんにしゃべる余裕が出てくる。しかしまだ口には食べ物がぎっしり入っており、その状態でおしゃべりをするのはほめられた

第4章　アナグマの家

ことではなかった。

　ところがアナグマはそういったことはまったく気にせず、テーブルにひじをつこうが、みんながいっせいにしゃべりだそうが、おかまいなしだった。というのもアナグマは、世の中の決まり事にしばられるのが大嫌いで、食事のマナーなどまったく意味のないものと考えているからだった（もちろん、それはひとりよがりの間違った考えだ。本当はそういうことこそ大事にしなければいけないのだが、その理由は長くなるので説明をはぶく）。テーブルの上座にすわったアナグマはふたりの話に耳をかたむけながら、適当なところであいづちを打っている。それでいて、何を聞いても、驚いたり、衝撃を受けたりする様子はなく、「だから言ったじゃないか」とか、「それは、オレがいつも言っていることだ」とか、「ああすればよかったんだ」「それはすべきじゃなかった」などという言葉は一切口にしなかった。気がつけばモグラはアナグマが大好きになっていた。

　ようやく夕食が終わり、ネズミもモグラも腹の皮がはちきれそうになると、あとはもうアナグマもまったく気をつかわなかった。3人は、赤々と熾火が光る暖炉の前に集まった。こんなに遅くまで起きていて、好きなように過ごして、腹も満ちたりているのはなんとうれしいことだろう。ふたりはそう思いながら、しばらくよもやま話に花を咲かせていたが、やがてアナグマが勢いこんで聞いてきた。

「そうだ！　おまえたちの暮らしている場所で何か目新しい事件はないのか？　あのヒキガエルは元気にやってるか？」

「いやもう、最悪も最悪」

　ネズミが苦々しい顔になって言うと、ベンチの上にだらしなく腰を下ろして両足を頭より高くあげていたモグラも、精一杯嘆かわしい顔をつくった。

「先週もドカンと1発やらかしたばかりで」ネズミが先を続ける。「それもひどい事故でね。なにしろ、自分で運転するって言って聞かないんだ。あれはもう運転なんて呼べないよ。ちゃんと訓練を積んだしっかりした動物でも雇って、給料をたんまりはずんで、すべてまかせておけば、何も問題はないって言うのに。だめなんだ——自分は生まれながらに運転の天才だと思いこんで、誰の教えも受けようとしない。結果、大変な目にあう」

「どれだけ、やっちまったんだ？」アナグマがしかめっつらをして言う。

「事故？　それともだめにした車の台数？」とネズミ。「いやまあ、結局どっちでも同じなんだ——ヒキガエルの場合はね。このあいだのが7台め。それ以前のものはすべてあの馬車置き場に入ってる。アナグマさんの帽子ぐらいの大きさに分解された残骸が山になって、天井でつっかえそうになってるんだよ！　それを見れば以前の6台がどんな目にあったのかひと目でわかる」

「3度病院に入院しています」モグラが口をはさんだ。「その上、罰金も支払わなきゃいけな

第4章　アナグマの家

い。それがもう考えただけでぞっとする金額なんです」

「そうそう、そこがまた問題でね」ネズミが続ける。「そりゃヒキガエルは金持ちだ。けど、億万長者じゃあない。それなのにタチの悪い運転ばかりして、法律も命令もまったく無視。こうなると死ぬか破産するか——いずれどっちかに落ち着くことになる。ねえ、アナグマさん！ ぼくらは友だちだ——ここはなんとかしてやるべきじゃないだろうか？」

アナグマはしばらく真剣な面持ちで考えていた。ようやく口をひらいたかと思うと、「だが、現状を考えてみろ！」と厳しい言葉が吐き出された。「この時期のオレには何もできない。それぐらい、わかっているはずじゃないか？」

ネズミとモグラにはアナグマの気持ちが痛いほどわかり、心から納得した。冬という休みの時期に、骨の折れることや、誰かを助ける仕事などを頼んではならないというのが、動物界の礼儀だった。さほど体力をつかわない仕事でも同じだ。この時期、動物はたいてい眠たく、実際冬眠している動物もいる。どんな動物でも、春夏秋冬を同じようには過ごせない。昼も夜も、あらゆる筋肉をぎりぎりまでつかって動きまわり、体のなかのエネルギーもつかい果たしてしまうのだから、冬のあいだはゆっくり休まなければならないのだ。

「そうか、わかってくれるんだな！」アナグマは先を続ける。「だが、季節がめぐって夜がもっと短くなり、その夜のなかばでもう目が冴えてきて、外に出たくて体がうずうずしてきて、夜明け前とは言わないが、夜が明けたらすぐ外に飛び出して活動したいと、そういう時節になったら——わかるな！」

ネズミとモグラは大きくうなずいた。わかったのだ！

「そうなったときには」アナグマは続ける。「オレたち——つまりおまえとオレと、ここにいる新しい友のモグラくん——で、ヒキガエルのことを真剣に考えてなんとかしてやろう。もうばかげたことは一切させない。まじめな生活に立ちもどらせる。必要なら力づくでも言うことを聞かせよう。オレたちの力でまっとうなヒキガエルにしてやろうじゃないか！　おや——ネズミはもう眠っちまったか！」

「そんなことない！」びくっと目を覚ましてネズミが言った。

「夕食のあと、2度、3度と眠ってるよ」モグラが声を上げて笑った。モグラのほうは眠いどころか、どういうわけか目が冴えて生き生きしていた。もちろん理由ははっきりしている。モグラは生まれながらに地下で生活する生き物であって、そんなモグラが生活するのに、アナグマの家はまさにうってつけで、心からくつろげるのだ。いっぽうネズミは毎晩寝室の窓をあけて涼やかな川風を入れて眠るのだから、当然ながらこの家はむっとして息が詰まりそうになる。

「まあそろそろ寝るとしようか」アナグマが皿形のろうそく立てを手に取って立ち上がった。「じゃあ、おふたりさん、寝室に案内しよう。明日の朝はゆっくりするといい——いつでも好き

なときに朝食を用意するぞ!」
　アナグマはふたりを細長い部屋に案内した。寝室と貯蔵庫、ふたつの役割を果たしているような部屋だった。どこに目をやっても、アナグマの冬の食料がたっぷり貯蔵してあり、あちこちにリンゴやカブやジャガイモの山があり、木の実をぎっしり入れたカゴや、ハチミツを詰めた瓶なども並んでいて、部屋の半分ほどを占領している。そんななかに小さな白いベッドがふたつ置かれていて、見るからに柔らかくて寝心地がよさそうな寝具が用意されていた。シーツはごわごわしていたけれど、きれいに洗濯されてラベンダーの香りをただよわせている。モグラとネズミは30秒で服を脱ぎすてると、大喜びでシーツのあいだにもぐりこみ、大満足で眠った。
　アナグマの優しい言葉に甘えて、翌朝ふたりはずいぶん遅い時間に朝食を食べに下りてきた。まぶしい火が燃えているなか、幼いハリネズミが2匹、ベンチにすわってテーブルにむかい、木の鉢に入ったオートミールの粥を食べている。ふたりが入ってきたのを見ると、ハリネズミたちはスプーンを置いて立ち上がり、礼儀正しく頭を下げた。
「いいから、すわっといで」ネズミが優しく言った。「粥を食べてしまいなさい。きみたちはどこからやってきたんだい？　やっぱり雪のなかで道に迷ったか？」
「ええ、そうなんです、だんなさん」年上のほうが、言葉使いもていねいに言った。「ぼくと、この弟のビリーは学校へ行く途中でした。うちの母親はどんな天気でも学校に行かせるんです。でもね、だんなさん、この雪じゃあ、そりゃ迷いますよ。そのうちビリーがおびえて泣きだしてしまって。まだ小さくて気も弱いんです。そんなときに、たまたま見つけたのがアナグマさんの家の裏口でした。それで思いきってノックしてみたんです。アナグマさんは心優しい紳士だって評判ですから──」
「なるほどね」ネズミはベーコンの固まりから、自分が食べる分を何枚か切り取った。モグラのほうは小鍋に卵をいくつか割っている。「それで実際、外の天気はどうなってるのかな？　もう"だんなさん"はけっこうだよ、そんなにかしこまらなくていい」最後にネズミは言い足した。
「それがだんなさん、ひどいんです。雪が恐ろしく深く積もっていて」ハリネズミが言う。「こういう天気の日に、だんなさんたちみたいな紳士がわざわざ外に出ていくことはないと思います」
「アナグマさんはどこ？」モグラが言って、コーヒーポットを暖炉の前に置いて温める。
「書斎に行ってしまわれました」ハリネズミが答える。「今朝はとりわけ忙しいから、何があろうと邪魔をしないでくれと、そうおっしゃっていました」
　それがどういうことなのか、この場にいるみんなはちゃんとわかっていた。すでに明らかなように、動物は1年の半分で気力も体力もつかい果たすのだから、残り半年はたっぷり眠ってエネルギーをたくわえないといけない。しかしほかの者たちがいる前で、しょっちゅう眠い、

第4章　アナグマの家

眠い、とばかりも言っていられない。そこで決まって、こういう言い訳が出てくるのだ。

そこにいるみんなは、アナグマがすでに山ほどの朝食を腹に詰めこんで書斎に引き下がったとわかっている。ひじ掛け椅子に腰を下ろし、もうひとつのひじ掛け椅子に足をのせ、顔に赤い木綿のハンカチをかけている姿まで想像できた。アナグマが「忙しい」というのは、つまりはこういうことだった。

玄関の呼び鈴がやかましく鳴った。ネズミはバタートーストでべたべたになっていたので、体が小さいほうの弟ハリネズミ、ビリーを客の応対に送り出した。

通路に足音が響きわたったかと思うと、ビリーのあとについてカワウソが現れ、ネズミの姿を認めるなり、歓声を上げて勢いよく抱きついてきた。

「やめろよ！」ネズミが口いっぱいに頬ばった食べ物を飛び散らしながら言う。

「絶対ここだと思ったんだ」カワウソがうれしそうに言った。「今朝川辺に行ったら、大変な騒ぎだった。ネズミがひと晩じゅうもどらない、モグラも一緒にいなくなったって言ってね。何か恐ろしいことが起きたに違いないって、そう言うもんだから、足跡をさがしてみたけれど、当然ながら、雪で全部消えている。そこで思った。苦境に陥ったときに頼る先と言えば、アナグマさんだ。そうでなくても、アナグマさんならきっと何か知っていると思ってね。それで雪に覆われた森を一目散、まっすぐここにやってきた。真っ赤な朝日に、黒い木の幹がよく映えて、それはすばらしい光景だったよ！　しんと静まった森のなかを歩いているとね、ときどき、ドサッ！　バサッ！と雪の固まりが落ちてくるんで、はっと飛び上がって逃げる。夜のあいだに雪の城や雪の洞窟があちこちにできていて、雪の橋、雪の段々畑、雪の城壁なんかで、何時間だって遊べそうだった。雪の重みで太い枝がぽっきり折れてしまって、その上をコマドリが得意げにぴょんぴょん飛び跳ねていた。まるで自分が折ったんだと言わんばかりにね。灰色の空高くに、ガンの群れがジグザグ飛んでいて、木々の上をミヤマガラスが数羽旋回していたよ。カラスのやつ、しばらく上から様子をうかがっていたんだが、めぼしいものが何もないので、がっかりした顔でねぐらへ帰っていった。でも事情を知っていそうな動物には

まったく会えないんだ。森のなかほどまでたどりついたところで、切り株の上にウサギがぽつんとすわっているのを見つけた。まぬけな顔を両手でごしごしやって、おびえている様子だったから、後ろからそろそろと近づいていって、まずはその肩をしっかり押さえた。それから頭を1、2度殴って正気を取りもどさせ、それでようやく話を聞き出せた。そいつの仲間のひとりが、昨夜森でモグラを見たって言うんだ。ウサギの巣穴から巣穴へ、うわさが広がったらしい。ネズミの大事な友だちのモグラが道に迷って大変な目にあった。それも"連中"が狩りをしている最中で、モグラはどこまでも追いまわされたらしいってね。それでぼくは言ってやった。『なのにどうして、おまえたちは何もしてやらなかったんだ』ってね。『頭が悪いのは十分承知だが、それにしたって何百という仲間がいて、なかにはずんぐりしたやつも、バターみたいに脂ぎったやつもいるじゃないか。だいたいウサギの巣穴ってのは、四方八方にのびている。その快適な巣穴にモグラを安全にかくまってやればよかったんだ。いずれにしろ、何かしら手をさしのべようと考えるのが普通だろうが』。するとやつは、『えっ、オレたちが？』と、そう言うんだ。『オレたちウサギが、何かしら手をさしのべる？』それだから、やつをボカンと1発殴って、その場をあとにした。それ以外どうすることもできないからね。いずれにしろ、必要な情報は手に入れた。もし途中で森にひそむ"連中"に出くわしたら、さらにくわしいことがわかる——いや逆に、"連中"のほうに、思い知らせてやろうと思いながら進んでいった」

「きみは、その——怖くなかったのかい？」

"森"と聞いて、モグラは昨夜の恐怖を思い出した。

「怖い？」カワウソは声を上げて笑い、見るからに強そうな白い歯をぎらりと光らせた。

「このオレ様に悪さをしようなんて考えるやつは、こっちが怖い思いをさせてやる。ねえ、モグラくん、ぼくにハムを何枚か炒めてくれないか。腹がぺこぺこなんだ。これからネズくんにいろいろと話をしなくちゃいけない。本当に久しぶりだからね」

気のいいモグラはハムを数枚切ってハリネズミたちに炒めるように言ってから、自分の朝食にもどった。そのあいだネズミとカワウソは頭を寄せ合って、川辺の近況について熱心に話しこんでいる。話すことは山ほどあるようで、泡を立てながらぶくぶく流れる川のようにどこまでも続く。

ハム炒めの皿がからっぽになって、お代わりをもらおうとカワウソが皿をもどしたところへ、アナグマがあくびをして目をこすりながら台所に入ってきた。いつものように言葉少なに、客たちにあっさりあいさつをしてから、ひとりひとりに優しく声をかける。

「そろそろ昼食の時間だ」アナグマがカワウソに言った。「もう少しここにいて、一緒に食べていくといい。きっと腹がすいているに違いない。今朝は寒いからね」

「そうなんですよ！」カワウソは言って、モグラに片目をつぶって見せる。「幼いハリネズミたちが、炒めたハムを頬ばっているのを見ていたら、猛烈に腹が減ってきましてね」

ハリネズミたちも粥を食べたあとハムを炒めるのに力をつかい、ちょうどまた腹が減ってきたところだった。おずおずとアナグマの顔を見上げるものの、恥ずかしくて何も言わずにいた。
　「さて、ぼうやたちは、お母さんのところへ帰りなさい」アナグマが優しく言った。「道案内役に誰かつけてやろう。今日はもうごはんは食べなくて大丈夫だろう」
　アナグマが6ペンスずつやって、頭をなでると、ハリネズミの兄弟は帽子をさっとぬいで、前髪をつかんでひっぱるという、まったく大げさなあいさつをして帰っていった。
　あとに残ったみんなはまもなく昼食の席についた。モグラは気がつくとアナグマの隣にすわっていた。あとのふたりは川辺のうわさ話にまだ夢中で、ほかへ注意がむかない。モグラはいい機会だと思って、この家が自分にとってどれだけ居心地がよく、くつろげるかをアナグマに話した。「ひとたび地下に入ってしまえば」モグラは言う。「自分がどこにいるのかはっきりわかります。めんどうなことに巻きこまれることもなければ、何かに襲われることもない。自分の好きなように暮らして、他人に相談する必要も、他人の言葉を気にする必要もない。地上は相変わらずですから、そっちはそっちで勝手にやらせておいて、こちらは手出しも口出しもせず、気がむいたらひょいと出ていく。それはそれで気晴らしになりますからね」
　始終にこにこして話を聞いていたアナグマが、「まったく同感だ」と答えた。「安全も平和も静寂も、地下にしかない。もし狭いと感じたなら広げればいい。土を掘ってどかせば一丁上が

り！　ちょっと広すぎると思えば、穴のひとつやふたつ埋めてしまうだけで、これまた一丁上がり！　大工も職人もいらないし、壁のむこうから家を覗かれて、とやかく言われることもない。何よりもすばらしいのは天候に左右されないことだ。ネズミの家を考えてごらん。洪水で数フィートも水がたまってしまえば、貸し部屋にでも移らなきゃいけない。不便なところにある居心地の悪い部屋を、びっくりするほど高い金を払って借りることになる。いっぽう、ヒキガエルはどうだい？　あの立派な屋敷に文句をつけるつもりは毛頭ないんだよ。このあたりじゃ最高の建物だ。だがひとたび火事にでもなってみろ。ヒキガエルはどこへ行けばいい？　瓦屋根が吹き飛ばされたり、壁が陥没してひび割れたり、窓が粉々に割れたりしたら、ヒキガエルはどうしたらいい？　おそらくすきま風だって入るだろう。あれだけは我慢ならない。そんなとき、ヒキガエルはどこに行けばいい？　つまり、地上の屋外は、ぶらぶら歩きまわったり、生活のために働いたりする分にはかまわない。だが最後に帰りついてほっとするのは地下の我が家——オレはそう考えているんだ！」

　モグラは心から納得し、その結果ますますアナグマが好きになっていた。

「昼食を食べたら」アナグマが言う。「ささやかな我が家をきみにざっと案内しよう。きっと気に入ってくれるだろう。暮らしやすい住まいがどうあるべきか、きみはちゃんとわかっているからね」

　そんなわけで昼食のあと、ネズミとカワウソが暖炉の隅に落ちついて「ウナギ」について激論を始めると、アナグマはランタンに火をともしてあとについてくるようモグラに言った。

　ふたりで広間をつっきっていき、大きなトンネルのひとつを下っていく。ランタンの揺れる光が両側に並ぶ部屋を闇のなかにちらちらと浮かび上がらせる。戸棚ほどの小さな部屋があるかと思えば、ヒキガエル屋敷のダイニングホールのように広く堂々とした部屋もあった。細い通路を直角に折れると、また別の通路に出て、そこから先もまた同様に、さまざまな部屋が並んでいた。

　モグラはアナグマの住まいの大きさに圧倒されていた。いったいどこまで広がっているのだろう。薄暗い通路は途中何度も枝分かれしながら果てしなく続き、アーチ型の堅牢な天井に守られた貯蔵庫には中身がぎっしりつまり、いたるところにさまざまな石造建築があって、柱やアーチや舗道までがつくられていた。

「アナグマさん、これはいったいどういうことですか？」ついにモグラが言った。「これだけのものをつくる時間とエネルギーをお持ちだなんて、驚くしかない！」

「たしかに驚くしかないだろう」アナグマがあっさり言った。「もしこれをオレがつくったというならね。だが当然、それはあり得ない。オレは自分に必要だと思う通路や部屋を徹底的に掃除しただけなんだ。まだまだこんなもんじゃなくて、この先どこまでも続いている。きっときみはわけがわからないだろうから説明しよう。時をさかのぼることはるか昔、木が自然に芽

を出して、若木が成長していまのような森をつくる前、ちょうどここには町があった——人間の暮らす町だよ。いまこうして、オレたちが立っている場所に人間が暮らし、歩き、話をし、眠り、働いた。ここに馬をつなぎ、ごちそうを食べ、ここから戦いに向かったり、商売に出かけたりした。力もあり、金もあり、建築術にも長けていて、時の流れに負けない町を築いた。自分たちのつくった町は永遠に続くと信じていたんだ」

「それが、いったいどうしちゃったんです？」モグラが聞く。

「そればっかりは、誰にもわからない」とアナグマ。「人間がやってきて——しばらくそこにとどまって栄華を極め、町をつくり——また去った。それが人間のやり方だ。だが我々はとどまる。その町ができるよりずっと昔、やはりここにアナグマが暮らしていたそうだ。そしていま、またやってきた。我々は我慢強い種族でね。しばらく離れることになっても、辛抱強く待ってまたもどってくる。ずっとそうやって生きていくんだ」

「それじゃあ、ついに人間たちがいなくなったあとは？」とモグラ。

「ついに人間たちがいなくなると」アナグマが続ける。「強い風と、しつこい雨がやってきて、仕事にかかった。これまた辛抱強く、来る年も来る年も休むことなく、町にびゅうびゅう吹きつけ、ザーザー降りつづけた。我々アナグマもひょっとすると、わずかながらそこに力を貸したと言えるかもしれない。町はしだいに滅びていって、瓦礫になり、ならされて、消えた。しかしそこから大地は再び息を吹きかえし、種から若木が育ち、若木が森をつくり、イバラやシダも力を貸そうと、ずるずるはいずってきた。枯葉から腐葉土ができあがり、それが土となじんで、冬の出水が砂や土を運んできて堆積する。時間がたつにつれて再び生き物が暮らせる状態になってきたので、我々はこの地下へ移ってきた。地上でも同じようにさまざまな動物が移り住むようになった。景色が気にいったと言って、そこに住まいを構えて落ち着き、仲間を増やして栄えた。みな過去のことなど気にしない——忙しいから、そんな暇もない。当然ながら地面はでこぼこしていて、あちこちに穴があいているが、それがまた好都合だった。未来のことも気にしない。おそらく近い将来また人間がやってくるだろう。一時的かもしれないが、間違いなくやってくる。いまでも森には、かなりの数の生き物が住んでいる。可もなく不可もないやつ、いいやつ、悪いやつ、ひょうひょうとしているやつ。名前を挙げても意味がない。ひとつの世界をつくるには、あらゆる種類の生き物がいなくてはならない。だがいまとなっては、きみももう、そんなことはわかっているだろう」

「ええ、たしかに」モグラは言って、背筋をかすかにふるわせた。

「まあ、まあ」アナグマは言って、モグラの肩をたたいた。「きみにとって、昨夜は初めての体験だったんだから。"連中"だって、そんなに悪いもんじゃないんだ。みな生きていかなきゃいけない。我々と同じだ。だが明日になったら、オレのほうからやつらに伝えておこう。そうすれば、きみが大変な目にあうこともなくなる。オレの友は誰だって、この土地を好きなよう

第4章　アナグマの家

に歩く。その邪魔をするやつは、このオレがただじゃおかない！」
　ふたりがまた台所にもどっていくと、ネズミがやけに落ち着かない様子で、行ったり来たりを繰りかえしていた。ネズミにとって、地下は息苦しく、あまり長くいると神経がいらだってくるのだ。自分が世話をしてやらないと川がどこかへ逃げてしまうと、そんなことを真剣に心配しているようでもあった。
　オーバーコートを着こみ、拳銃を2丁、再びベルトに差したネズミは、もどってきたふたりを見るなり、「モグくん、帰るぞ」と、そわそわして言った。「日のあるうちに帰らないと。森でもうひと晩過ごすなんて、冗談じゃない」
　「心配ないよ、ネズくん」カワウソが言う。「ぼくも一緒に行く。道は全部頭に入ってるから、目をつぶってても帰れるさ。誰かをボカンとやる必要ができたら、それも安心してぼくにまかせてくれ」
　「おい、ネズミ、本当に心配はいらないんだよ」アナグマも冷静に口を添える。「おまえが思っている以上に、この家の通路は遠くまで続いている。森のはずれに、好きな方向に出られる抜け穴もあるんだ。これはあんまり知られたくないことなんだがね。本当に帰らなくちゃいけないのなら、近道を教えるから、それをつかえばいい。とにかく気を楽にして、もう1度すわってごらん」
　それでもネズミはまだ落ち着かず、一刻も早く帰って、川の世話をしたい様子だ。それでア

第4章　アナグマの家

　ナグマは再びランタンを手に取って、湿っぽく空気の薄いトンネルのなかを先に立って進んでいった。
　トンネルは曲がりくねって段差もあり、アーチ形の天井がついている部分と荒削りの岩がむきだしになった部分がある。神経をつかって歩いていると、その距離が何キロにも長く思えてくる。繁茂する草がもつれあうすきまから、とうとう日が差しこんできた。そこが地上への出口だった。アナグマはみんなに急いで別れを告げると、ひとりひとり外へ体を押し上げてやり、全員が地上にあがると、蔓草や小枝や落ち葉を出口にかぶせて、できるだけ自然に見えるよう整えてから引き上げていった。
　気がつくと3人は森のはずれに立っていた。後ろには岩やイバラや木の根っこがからみあうようにして山を成しており、前には果てしなく広がる野原がしんと静まっている。白い雪に覆われた野を黒々と見える生け垣が区切っていて、そのはるか先に懐かしい川がきらきら輝いているのが見えた。地平線のすぐ近くまで冬の赤い太陽が下りている。
　あらゆる道を知っているというカワウソを先頭に、3人は遠くに見える柵まで最短距離を進んでいった。しばらく歩いたところで後ろをふりかえると、広大な白い平原のなかに森の全貌が見わたせた。木々がみっしり肩を寄せて怖い顔でこちらをにらんでいるようだった。3人はそろって前へむきなおり、家路を急いだ。もうすぐ、なれ親しんだものたちが火明かりに浮かび上がって見える家に帰れる。窓をあければ川のせせらぎが聞こえる家。川の機嫌はすべて心得ているから、何があろうと不安になることもない。
　足を急がせながらモグラの心は期待にふくらんだ。再び家に帰りつき、好きなものに囲まれて過ごす時間を思いながら、自分はやはり、耕した畑や生け垣や、鋤の跡が残る地面に囲まれて暮らすのがふさわしいのだと痛感する。どこまでも続く牧草地、暮れなずむ路地、手入れの行きとどいた菜園といったものから、自分は一生離れられないとモグラは思う。そのいっぽうで、荒々しい自然のなかでもへこたれず、他の動物とぶつかりながら必死に生きぬこうとする者もいる。しかしまどわされてはならない。自分はやはり、暮らしやすい生まれ故郷で、ずっと生きていくべきなのだ。そこにだって、一生つきることのない冒険が待っているのだから。

柵

囲いのなか、羊が押し合いへし合いしながら走り、頭をのけぞらせて小さな鼻の穴から息を吐き、きゃしゃな前脚を踏み鳴らしている。凍てつく大気のなかに羊の群れから上がる白い湯気がうっすら立ちのぼるのを見ながら、ネズミとモグラは意気揚々と早足で進み、いつになく大きな声で話し、笑い合っている。カワウソと一緒に広々とした高地へ出かけて、そこで狩りをしたり探険をしたりして、日がな一日過ごしたあとだった。その高地には川の小さな源流があって、その支流のひとつが自分たちの川へと流れこんでいるのだった。そうこうしているうちに冬の短い昼は終わり、夕闇が迫ってきていた。家にたどりつくにはまだしばらく歩かなければならないとあって、ふたりは目の前に現れる耕作地をかたっぱしからつっきって進んでいったのだが、そのうち羊の鳴き声が聞こえてきたので、そちらへ足をむけてみたのだった。そこでふたりは、見るからに歩きやすそうな、よく踏み固められた道が羊の柵からのびているのを見つけた。そう、この道で間違いない、これを進んでいけばうちに帰れる！と、あらゆる動物が持つ第6感が告げている。

「でもこの道、村に続いているようだけど」そのうちモグラが心配そうに言って足取りをゆるめた。最初は獣の踏み分け道でしかなかったのが、しだいに道らしくなってきて、じきに路地に変わり、最後は砂利で舗装された道路になったからだった。動物は村には近づかないもので、人間がつかう道路とは別に、動物だけがひんぱんに通る街道を持っており、こちらは人間社会とは完全に隔てられていて、途中に教会や郵便局や酒場などは一切なかった。

「心配ないって！」ネズミが言う。「この季節の、こういう時間帯は、みんな家のなかに入っ

第5章　懐かしの我が家

て暖炉の火を囲んでいるよ。男も、女も、子どもも、犬も、猫も、みんなね。誰にも邪魔されず、いやな思いをすることもなく、ひと晩じゅうあちこちぶらつけるよ。なんなら窓から覗いて、なかで何をしているのか観察したっていい」

　今年初めて道路にうっすら積もった雪をそっと踏んで歩くふたりが到着したときには、村は12月半ばの気の早い闇にすっぽり覆われていた。目に入るものと言えば、通りの両側にぽつぽつと並ぶオレンジがかった赤く四角いものだけで、そこだけが闇をはねのけて、ぽうっと光っている。各家の室内に燃える暖炉やランプの火明かりが、窓の外へあふれているのだった。低い位置にある格子の窓には、たいていブラインドがついていなかったから、テーブルを囲む人々が手芸やおしゃべりに夢中になっているのが外から見えた。そのおしゃべりというのが、身ぶり手ぶりを交えてじつに生き生きとしていて、ベテランの俳優もここまで豊かな表現はできそうにない。それもすべて、人に見られているという意識がまったくないからだった。ふたりは四角い窓で切り取られた劇場を次々とわたり歩きながら、家を遠く離れた寂しさからか、猫が人になでられているのや、眠たげな子どもが親に抱きかかえられてベッドに運ばれるのや、疲れた男がのびをして、くすぶる薪にパイプをコツンと打ちつけている光景をうらやましげにながめている。

　しかしその夜、家を懐かしがるふたりの心を一番強くふるわせたのは、ブラインドを下ろした小さな窓だった。夜のなかに浮かび上がる、透明な四角でしかなかったが、それを見ていると、壁に囲われた小さな我が家が恋しくてならなくなる。そのなかにいれば広い世界とは関わりなく過ごせ、社会の悩みも忘れてしまえるのだ。白いブラインドを下ろしたすぐ先には鳥カゴがつり下げられていて、その針金の骨組みも止まり木も細々した付属品も、くっきりしたシルエットを浮かびあがらせていた。昨日置いたと思われる角砂糖の角が丸くなっているのさえ見える。まんなかに差しわたした止まり木にふっくらした小鳥がとまっていて、背中の羽毛に深々と頭をつっこんでいる。それが手を

楽しい川辺

のばせばなでてやれそうなぐらい近くに見え、ふくらませた羽毛の細い毛先までが線描のように浮かび上がっている。小鳥は眠たげで、うとうとして体を揺らしたかと思うと、はっと目覚めて羽毛をぶるぶるっとふるわせ、頭をついと持ち上げる。小さなくちばしをひらいて退屈そうにあくびをしたあとで、あたりをぐるっと見まわし、それからまたさっきと同じように背中の羽毛に頭をつっこんだ。そのうちに逆立っていた羽毛がだんだんに収まっていき、そよとも動かなくなった。と、ネズミとモグラのうなじに、冷たい風がびゅんと吹きこみ、小さな雹のかけらが肌に当たった。ふたりは夢から覚めたようにはっとし、急に爪先の冷たさと足の疲れを感じて、ああ、自分たちの家はまだまだ先だったと思い知る。

　村をはずれると、それまで道の両側に並んでいた家がぷっつりととだえ、闇のなかに懐かしい畑の匂いがただよってきた。どんなに長い旅にも必ずゴールがあるわけで、いまようやく最後の行程にさしかかったとわかって、ふたりは気をひきしめた。まもなく家にたどりつく。掛け金をはずしてドアをあければ火明かりが目に飛びこんできて、長らく家をあけていた旅人が外国から帰ってきたときのように、懐かしいものたちが迎えてくれる。無言で着実に足を進めていきながら、ふたりはそれぞれに考えていた。モグラが考えているのはもっぱら夕食のことだった。あたりは真っ暗でまったく知らない道でもあるので、道案内はネズミにまかせてそのあとを黙々とついていく。ネズミのほうはせっかちな性格から、つねに少しだけモグラの先を歩いており、背を丸め、前方にまっすぐのびる灰色の道に目を落としている。だからそのときふいにモグラが電気ショックを浴びたような感覚にとらわれたのにも気づかなかった。

第5章　懐かしの我が家

　我々人間がとうの昔に失った、繊細な感覚。その感覚を正確に呼び表す言葉はないが、たしかに動物たちは、相手が生き物であろうと、そうでなかろうと、自分の周囲に存在するものと交信する力を持っている。何をつかってそれをしているかというと、それはもう「匂い」としか言いようがない。夜となく昼となくさまざまな匂いを鼻先に感じており、鼻をくすぐるその匂いが、呼び出しであったり、警告であったり、激励であったり、拒否であったりする。闇のなかでモグラがふいに感じたのは、どこからともなく聞こえる、妖精の呼びかけのように謎めいた、どこか懐かしい匂いで、頭の先から爪先まで、全身がぞくぞくした。しかしそれがなんなのか、まだはっきりとはわからない。はっとして足をとめ、頭をあちらこちらへむけて、こちらに強く訴えかけてくる、ぴりっとする匂いをもう1度とらえようとする。そうしてとらえた瞬間、思い出が洪水のようにどっとあふれだした。

　我が家！　我が家が呼んでいるのだ！　自分をそっとなでてくるような優しい感覚が宙をただよっていて、目に見えないいくつもの小さな手が、一方向にモグラをひっぱろうとしていた。すっかり忘れていたが、このすぐ近くに我が家があるのだ。あの初めて川を見た日にあっさり捨てて、ふりかえることもなかった我が家！　それがいま、捜索隊やら伝令やらを送り出してモグラをつかまえ、連れもどそうとしているのだった。あのまぶしい朝にそこから逃げ出して以来、一瞬でも思い出すことはなく、新しい生活に夢中になって、初めての喜びや驚きに心を奪われていた。その我が家がいま、闇のなかでもはっきりわかるほど、懐かしい記憶とともに一気に目の前によみがえった！　たしかに狭くて、みすぼらしい家で、満足な家具もない。それでもモグラが自分のためにつくった家であり、1日の仕事を終えたあとに、すっかり満足して帰りつく場所だった。家のほうもモグラと一緒の生活に満足して、急にいなくなった主を恋しく思い、帰ってきてほしいと訴えている。それをモグラはいま鼻を通じて感じ取っていた。悲しげな訴えではあるものの、恨みつらみはみじんもなく、ただひたすらにモグラの帰りを待つ、その切なさを訴えているのだった。

　訴えをしかと心に受けとめたモグラは、ただちにそれに従うべく、「ネズくん！」と、喜びもあらわに興奮の体で呼びかけた。「待ってくれ！　ちょっとこっちへもどってほしい！　急がないといけない！」

　「モグくん、そうだよ！　ぼくらは先を急いでるんだ！」ネズミは陽気に言って、さらに先へと進んでいく。

　「ネズくん、頼むから、とまってよ！」モグラは哀れにも、必死になって頼みこみ、苦しい胸の内をぶちまける。「きみはわかってない！　ぼくの家が、懐かしい我が家が待ってるんだよ！　たったいまそれに気づいた。ここからすぐだ。本当にすぐ近く。どうしても、どうしても、帰らないといけない！　ネズくん！　頼むから、もどってきてよ！」

　このときにはもう、ネズミはだいぶ先を歩いていて、モグラが何を言っているのかよく聞こ

えなかった。遠すぎて、声に切実な響きがあるのにも気づかない。しかもネズミはこのとき天候のことで頭がいっぱいだった。鼻の感覚が何かしら怪しい気配を感じ取っていた。たとえば、雪が降るかもしれないといったことだ。

「モグくん、こんなところでとまるわけにはいかないんだ！」ネズミが言いかえした。「何を見つけたか知らないが、そんなのは明日でもいいだろう。いまはとまるわけにはいかない——もう時間も遅いし、雪がまた降ってきそうなんだ。だいたい、道もはっきりしない！　モグくん、きみの鼻が必要なんだよ！　だから、早くついてきておくれ！」モグラの答えも待たずにネズミはまたぐいぐい先へ進んでいく。

かわいそうに、モグラは道路にぽつんと立ちつくし、心がばらばらに砕ける思いをしていた。体のどこか奥のほうで、泣きたい気持ちがぐんぐん大きくなって、外へ飛び出そうとあがいている。けれどもこんなときでもモグラの友情は厚く、ネズミと別れてひとりで家に帰ろうなどとは夢にも思わない。そのいっぽうで、モグラを懐かしい我が家に呼びもどそうとする匂いが、早く帰っておいでとささやき、奇跡のような力でもって、モグラの身も心もがっちりとらえている。こんな魔法みたいな力にいつまでもとらわれていてはまずいとモグラは思い、心を鬼にしてそれを振りきり、前に1歩を踏み出した。顔をうつむけて道路に目を落とし、ネズミのあとにおとなしくついていくあいだにも、そっぽをむいたモグラの鼻に、かすかな匂いがまとわりついてきて、新しい友だちと引き替えに懐かしの我が家を捨てるのは、あまりにつれないのではないかと訴えてくる。

心にむちを打って歩を進めていたモグラがとうとうネズミに追いついた。何も知らないネズミは陽気におしゃべりを始め、帰ったら何をしようだとか、居間の暖炉で燃える薪を見るのが楽しみだとか、夕食に何を食べようなどと言って、黙りこくっているモグラのやり場のない気持ちになどまったく気づいていない。それでもかなりの距離を進んで、道路をふちどる雑木林のへりに木の切り株が並ぶあたりまで来ると、ネズミは足をとめてモグラに優しく声をかけた。「モグくん、どうした。ずいぶん疲れた様子だね。話をする元気もないと見える。足も鉛のように重そうだ。ここにすわって少し休もう。いまのところ雪の心配はないようだし、旅の終わりも近いからね」

モグラはへなへなと木の切り株に腰を下ろし、胸の奥から強くこみあげてくるものを必死におさえた。長いことこらえてきた泣きたい気持ちが、もうこれ以上は待てなくなったらしく、空気を求めて上へ上へとあがってきて、息が詰まりそうだった。かわいそうに、モグラはとうとう抵抗するのをやめ、恥も外聞もなくわあわあ泣きだした。これほどまでに激しいものをずっとこらえていたのかと、自分でも信じられない気持ちだった。

モグラの激情にネズミはただもう驚くばかりで、いったいどうしたものやら、しばらくは言葉も出なかった。やがて、相手の気持ちに寄りそうように、優しくそっと声をかけた。「どうし

た、モグくん？　何かあったのかい？　悩みがあるなら話してごらんよ。ぼくに何かできることがあるかもしれない」

　かわいそうに、モグラはしゃべるどころではなかった。胸をひくひくさせて、ひっきりなしにこみあげてくる嗚咽に息が詰まりそうになっている。「そりゃあ──我が家は──みすぼらしい、狭くてむさくるしいところだよ」モグラは涙声で、とぎれとぎれに語りだした。「きみの家のようには──居心地がよくないし──ヒキガエル屋敷のように立派でもない──アナグマさんのどこまでも広い家とは似ても似つかない──それでも、ささやかだけど、自分の家で──気に入ってる──それなのにほっぽり出して、そのままずっと忘れていた──それがふいに呼びかけてきたんだ──道路で鼻がむずむずっとしてわかったよ。それできみを呼んだんだけど、聞いてもらえなかったんだよ、ネズくん──いろんなことがいっぺんに蘇ってきて──そうしたらもう、帰りたくてたまらない！──居ても立ってもいられなくなった！──だけどネズくん、きみはもどってきてくれなかった──だからぼくは立ち去らなきゃいけなかった。そのあいだもずっと家にもどってこいと言われているのがわかってね──心が壊れそうに思ったよ──ちょっと行って、ひと目見てくればそれでよかった──ほんのひと目でよかったんだよ、ネズくん──すぐ近くだった──でもきみはもどってこようとしなかった！本当につらかった！」

　そのときのことを思い出したら、また新たな悲しみがこみあげてきて、モグラは再び泣きじゃくってそれ以上しゃべれなくなった。

　ネズミは前方を凝視したまま何も言わず、モグラの肩を優しくなでている。しばらくすると、陰鬱な声でつぶやいた。「よくわかった。ぼくはブタと変わらない。がんこで愚かな──ブタそのものだ！」

　それからネズミはモグラが泣きやむまで待った。激しく泣きじゃくっていたのが、泣き方にリズムがついてきて、鼻をクスンクスン言わせる合間にすすり泣きが混じる程度まで収まってくると、ネズミは立ち上がって何事もなかったような口調で言

う。「それなら、早いうちに出発したほうがいい。モグくん、行くぞ！」そう言って、苦労して進んできた道をまた引きかえしはじめた。

「出発って（ヒック）、いったいどこへ（ヒック）行くつもりだい、ネズくん？」モグラはびっくりして、涙にぬれた顔を上げた。

「きみの家をさがしに行くんだよ」ネズミがほがらかに言う。「だからさっさとついておいで。そう簡単には見つからないだろうから、どうしたってきみの鼻が必要なんだ」

「ちょっとネズくん、もどってきてよ！」モグラも立ち上がって、大あわてであとについていく。「もういいんだよ！　時間も遅いし、暗いし、もうずっと遠く離れちゃったんだ。そのうち雪だって降ってくるし！　それに、本当はこんなこと、きみに知らせるつもりはなかったんだ——ちょっとした事故なんだ、気の迷いだよ！　だからネズくんは川辺のことと、夕食のことを考えてよ！」

「川辺がなんだ、夕食がなんだ！」ネズミが勢いこんで言う。「いいかい、ぼくはきみの家を必ず見つける。ひと晩かかってもかまわない。だから元気を出して、ほら、ぼくの腕につかまりな。すぐにその場所までもどれるさ」

まだ鼻をクスンクスンやって、ぐずぐず言いながらも、モグラは有無を言わせないネズミに引きずられる形で、もときた道を引きかえしていった。ネズミはそのあいだ陽気におしゃべりをし、面白い話を語って聞かせてモグラの気を引き立てるよう努める。そうしていると、大変な道のりもなんとなく短く感じられる。そしてついに、モグラが我が家に呼ばれたと言う場所までもどってくると、ネズミがきっぱりと言った。「よし、もうおしゃべりはいらない。仕事だ！　きみの鼻を存分につかい、全身全霊で方角をさぐるんだ」

ふたりは黙ったまま、もう少し先まで進む。と、ふいにネズミがはっとした。モグラと組んでいる腕を通して、かすかな電流のようなものが伝わってきて、それがモグラの全身を突きぬけるのがわかったのだ。ネズミは即座にモグラから腕をはずし、一歩後ろへ下がると、全身を緊張させて待った。

モグラが呼びかけを受けとめている！

モグラはしばらくその場に固まり、空にむけた鼻をかすかにうごめかしている。

それからささっと短い距離を走って前に出て——一瞬足をとめた——ちょっと考えてから——今度は少しあとずさる。それからゆっくり着実な足取りで、迷うことなく前進を続けた。

ネズミはわくわくしながら、モグラにぴったりくっついて進んでいく。モグラは夢遊病者さながらに、何かにひっぱられるように、乾いた溝をわたり、垣根を越え、かすかな星明かりに浮かび上がるだだっ広い野原を、鼻だけを頼りに進んでいった。

と、モグラがいきなりトンネルに飛びこみ、ネズミは一瞬ためらったのち、すぐにあとに続いて飛びこんだ。そこに入って間違いないと、ネズミの鼻も告げていた。

狭くてむっとするトンネルは土の匂いが強く、ネズミには果てしなく続いているように思えたが、やがて終わりが来たようで、まっすぐ立てるようになり、体をのばして、ぶるぶるっと身をふるわせた。モグラがマッチに火をともすと、そこは広々とした空間で、きれいに掃き清められた地面の上に砂が敷かれているのがわかった。ネズミの目の前に、モグラの家の小さな玄関ドアの前に立っていた。ドアの脇に呼び鈴がついていて、その上にペンキで「モグラの家」と太くしっかりした文字で描かれている。

　モグラは壁の釘にかかったランタンに手をのばして火をともした。ネズミがあたりを見まわすと、そこは前庭のような場所であるのがわかった。ドアの片側に庭用の椅子が置かれ、その反対側には、地ならし用のローラーが置いてある。というのも、モグラは家にいるときはとてもきれい好きで、ほかの動物たちが飛びこんできて土を掘りかえした跡をそのままにしておくのが耐えられないのだ。金網でつくったハンギングバスケットにシダを植えこんだものがずらりと壁につるされ、その合間に、イタリアの愛国者ガリバルディや子どものサムエル（イスラエルの預言者）や、イギリスのヴィクトリア女王、現代イタリアの英雄などの石膏像が、腕木にのせて飾ってある。前庭の先のほうにはボウリング遊びができるコートがあって、それに沿う形で木製の小さなテーブルがいくつもあり、その表面にはビールジョッキを置いた跡らしい、輪じみがついている。庭のなかほどにはザル貝でふちどられた小さな丸池があって、なかで金魚が泳いでいた。池のまんなかから突き出した柱のようなものにもザル貝がびっしりはりつけてあり、柱のてっぺんにのせた大きな銀色のガラス玉に映るものは、みな形がゆがんで見えてとても面白い。

　懐かしいものたちと再会したモグラは満面の笑みを浮かべて廊下に立ち、さあなかへ入ってとネズミをうながしながら、ランタンの光に照らされた室内にさっと目を走らせた。何を見てもほこりが分厚く積もっていて、長いこと見捨てられていた家特有のみじめさをただよわせている。そうでなくとも狭苦しい部屋で、置いてある家具も見栄えがしない。

　モグラは鼻に両手をあてがい、廊下に置いてある椅子にくずおれた。「ああ、ネズくん！」絶望した声で言う。「いったいぼくは何を考えていたんだろう？　こういう夜に、みすぼらしいばかりの寒くて狭い部屋にきみを連れてくるなんて。本当だったらいまごろきみは、川辺にいて、燃えさかる火の前で足を温めていただろうに。自分の家の素敵な家具に囲まれて！」

　しかしネズミは自分を責めて落ちこんでいる友には目もくれない。あちらこちらを駆けずりまわって、ドアをかたっぱしから開けていき、部屋や戸棚のなかを覗いては、ランプやろうそくに火をともして、あちこちへ置いてまわる。「なんて気の利いた家だろう！」ネズミは陽気に声を張り上げる。「こんなにすっきりまとまって！　小さな空間をじつにうまく活用している！　必要なものにすぐ手が届くよう、あらゆるものの置き場が計算されつくしている！　こういう家で過ごす晩は、きっと気持ちがいいよ。まずは火を盛大に焚かなくちゃ！　それはぼ

第5章　懐かしの我が家

くにまかせてほしい——どこに何があるか、そのへんの勘はよく働くんだ。つまりここが居間なんだね？　すばらしい！　小さな寝床をふたつ、壁に作りつけにするというのは、きみのアイデアかい？　すごいなあ！　さて、ぼくは薪と石炭を取ってくるから、モグくん、きみにはぞうきんがけを頼む——ぞうきんは、食卓の引き出しのひとつに入っていたよ、ほこりをさっと払えばますます居心地がよくなる。がんばれモグくん！」

　ほめ上手な友に励まされてモグラは自分も立ち上がり、目についたものから一生懸命ほこりをふき取って、ぴかぴかに磨いていく。そのあいだネズミのほうは薪やら石炭やらを腕いっぱいに抱えて部屋を行ったり来たりし、そのうち暖炉に赤々と火が燃えた。こっちへ来て温まりなよとネズミに呼ばれたものの、そこでモグラはまた絶望してソファのひとつに倒れこみ、暗い顔をぞうきんに埋めた。「ネズくん」うめくようにして言う。「きみの夕食をどうしよう。かわいそうに、寒くて疲れきって、お腹がぺこぺこのきみに、出してあげられるものが何もない。パンくずひとつ、ないんだ！」

　「どうしてそうやって、なんでもあきらめるんだい！」ネズミがたしなめるように言う。「たったいま、台所の食器棚にイワシの缶詰をあける缶切りを見つけたよ。あれは間違いなくそうだ。そういうものがあるってことは、近くにイワシの缶詰があるってことじゃないか。ほら、立ち上がって！　気を取り直して一緒にさがそうじゃないか」

　それでふたりは食器の棚をひとつひとつさがし、あらゆる引き出しをひっくりかえした。その結果、大満足というわけにはいかないが、まずまずの収穫があった。イワシの缶詰ひとつと、ほぼ手つかずで残っていた非常食用の乾パン1箱、さらには銀紙に包まれた太いソーセージも見つかった。

　「これなら宴会だってひらけるぞ！」テーブルの準備をしながらネズミが言う。「今夜こうして、ぼくらと夕食の席を囲めるなら、何を差し出しても惜しくないって動物がきっといる！」

　「パンがない！」モグラが悲しそうに言う。「バターもない、それに——」

　「それに、フォアグラもない、シャンパンもない！」ネズミがにやっと笑って続けた。「それで思い出したけど、通路のつきあたりにある小さなドアはなんだい？　貯蔵庫に決まってるよね！　この家のあらゆる贅沢品があそこに保存されているんだ。ちょっと待ってて」

　ネズミは貯蔵庫のドアへ走り、まもなく軽くほこりにまみれて、両手両脇にビールの瓶を抱えてもどってきた。「なんだかんだ言ってモグくん、きみは贅沢をしているね。何も恥ずかしく思うことなんてないさ。ここは文字通り、小さな楽園だ。おや、あそこにかけてある版画はどこで手に入れたんだい？　家庭らしくていいねえ。モグくん、きみがこの家をあれだけ懐かしく思ったのも不思議じゃないよ。いったいどうやってここに家を構えたのか、くわしいいきさつを教えてくれないか」

　それでネズミが皿やナイフやフォークをテーブルに並べ、卵立てで辛子を溶いているあい

だ、モグラはまだ胸にわだかまりは残るものの、自分の家について語りだした。最初は恥ずかしそうだったが、慣れてくるとだんだんに熱が入ってきた——これはもともとこうする計画だった、あれはよくよく考えてああなった、などと説明したかと思うと、ひょんなことから叔母さんがくれたもの、掘り出しもの、お買い得品、苦労して貯めた金で買ったもの、節約に節約を重ねて買ったものまで、ひとつひとつ紹介する。話しているうちにすっかり気分がよくなって、モグラは自分の家にあるものをさわってみたくなる。ランプをひとつ取り上げて、ネズミに見せびらかし、どこが優れているか、いちいち説明する。そのうちにモグラは自分たちがどれだけ夕食を待ち望んでいたか、すっかり忘れてしまった。ネズミのほうは死にそうなほど空腹だったが、それを表に出さないよう気をつかい、モグラの差し出す品々を、ひたいに皺を寄せながら真剣に観察し、合間に意見を求められれば、「すごいねえ」とか、「これは優れものだよ」などと言ってやっていた。

　それでもようやくネズミがモグラをテーブルに誘い出し、イワシの缶詰をあけにかかったところで、たくさんの小さな足が砂利を踏む音が響いてきた。子どもたちが外で何か言い合っているようで、それがとぎれとぎれに聞こえてくる——「さあみんな1列に並んで。そのランタン、も少し高くかかげてくれ。トミー、おまえはいまのうちに咳をしておけよ、ぼくが、1、2の3と言ったあとはもう咳はなしだ——おや、おちびさんのビルはどこだ？——ああそこか、早くこっちにおいで、みんな待ってるんだから——」

　「いったい何事だい？」ネズミが手をとめてモグラに聞く。

　「ああ、野ネズミじゃないかな」モグラはちょっと得意げに答える。「この時期はクリスマスキャロルを歌ってまわるんだ。このあたりの名物みたいなものでね。うちの前だって素通りしない。うちには最後の最後にやってくるんだ。来ればよく、温かい飲み物を出したり、余裕があれば夕食も出してやっていた。またあの歌声が聞けるかと思うと、昔にもどった気分だよ」

　「見に行こう！」ネズミが言って飛び上がり、玄関口にむかって走っていった。

　ドアを勢いよくあけたとたん、この季節にふさわしい美しい光景が目に飛びこんできた。角製のランタンの光が前庭をぼんやり照らすなか、8匹か10匹ほどの小さな野ネズミたちが半円を描くように並び、赤い毛糸のマフラーを首に巻きつけ、両手をポケットに深くつっこんで、かじかむ両足をひょこひょこ動かしている。きらきら光る小さな目を恥ずかしそうに見交わしてくすくす笑っているものがいるかと思えば、涙をすすりあげてコートの袖口でごしごしふいているものもいる。ドアがひらいたと見ると、ランタンを持った年かさの子ネズミが、「それじゃあ行くよ、1、2の、3！」と言い、それを合図に幼い子ネズミたちの甲高い声があたりに響きわたった。昔ながらの聖歌だった。畑仕事が休みのときや霜に閉じこめられて外に出られないときに、この子たちの祖先が暖炉の隅でつくった歌が、こうしてクリスマスの時期に代々歌い継がれてきたのだ。ぬかるんだ通りや、ランプの光がともる窓辺で。

クリスマスキャロル

村人よ、霜のおりる今日
戸口を大きく　開け放とう
風吹きこみ、雪も吹きつけよう
それでもぼくらを招き、火に当たらせておくれ
朝に喜びが　訪れるように！

みぞれ降る寒空、ぼくら立ちつくし
指に息かけ、足踏み鳴らし
長い道を　歩き通し
寒さを押して　暖かい家めざし
もたらしにいく、幸せのきざし！

夜もなかばを　過ぎたころ
ひときわ輝く　星あらわれるころ
幸せが　雨のように降るころ
ぼくらは星にみちびかれて　祝福にむかう
毎朝幸せが　訪れるように！

雪のなかゆく　善人ヨセフ
馬小屋の上、大きく光る星ひとつ
マリアよ、ここだ　ここで迎えよう
あの屋根の下、寝わらの上
幼子の誕生を　喜ぼう！

やがて天使が　喜び知らせた
「お祝いの歌を、最初に歌ったのはだれ？
それはもちろん、誕生の場に居合わせた
馬小屋に暮らす　動物たちだ
この喜びの朝、すべてのものが幸せだ！」

楽しい川辺

　歌が終わると、歌い手たちははにかみながらもくすくす笑って仲間を横目で見ている。それからしんと静かになったが、それもつかのまだった。まもなく地上から、ほんの少し前にネズミとモグラが下りてきたトンネルを通って、遠くで鳴る鐘の音が喜びに満ちた音楽のように、かすかに響いてきた。

「野ネズミくんたち、いい歌だったよ！」ネズミが心の底からほめた。「さあ、じゃあ、みんななかに入った、入った。火に当たって何か温かいものを飲むといい！」

「そうそう、みんなお入り」モグラが勢いこんで言う。「まるで昔にもどったみたいだ！　全員入ったら、ドアを閉めるんだよ。あのベンチを火の前に持っていってすわりなさい。そこでしばらく待っていれば、ぼくらが──ああ、ネズくん！」モグラが絶望して叫び、いまにも泣きそうな顔になって椅子にどすんと腰を下ろした。「どうしよう！　みんなに出すものなんて、何ひとつありゃしない！」

「全部ぼくにまかせてくれ」自信たっぷりにネズミが言う。「そこのきみ、そうそうランタンを持ってるきみだよ。ちょっとこっちに来てくれないか。聞きたいことがある。このあたりで夜遅くまであいている店はあるかね？」

「ええ、だんなさん、ありますとも」聞かれた野ネズミがうやうやしく答えた。「この時期、村の店は１日じゅうあいていますよ」

第5章　懐かしの我が家

「じゃあ頼みがある！」とネズミ。「これからすぐ出かけてほしい。そのランタンを持ってね。まず——」

それからぶつぶつとやりとりが続き、モグラの耳にも切れ切れに話が聞こえてきた——「新鮮なものを頼む！——いや1ポンドもあれば足りるだろう——必ずバギング印のものをね。ほかのブランドじゃだめなんだ——やっぱりあれが最高だ——もし見つからなかったらほかの店を当たってくれ——ああ、もちろん自家製だ、缶詰はだめだよ——まあそんなわけで、がんばって行ってきてくれたまえ！」最後にはチャリンチャリンとお金が手から手へわたる音が響き、野ネズミは買ったものを入れる大きなバスケットとランタンを持って、急いで外へ駆けだした。

ほかの野ネズミたちは、ベンチの上に1列に並んで腰掛け、短い足をぶらぶらさせてうれしそうに火に当たり、しもやけになった足がじんじんするまで温めている。そのあいだモグラは軽い世間話でもしようと話題を振ったがうまくいかず、野ネズミたちの家の歴史に踏みこんでしまい、無数にいる兄弟姉妹の名前をかたっぱしから聞くはめになった。幼い弟や妹たちは、今年はまだクリスマスキャロルを歌いに出してもらえず、じきに両親の許可が出るのを楽しみに待っていると言う。

そのあいだネズミはビールの入った瓶を1本手にとり、ラベルを確認していた。「これ、オールド・バートンじゃないか」感心したように言う。「きみは趣味がいい！　こういうときにはやっぱりこれだよ！　温めて砂糖でも加えて、ホットビールをつくろうじゃないか！　モグくん、用意を頼むよ。ぼくはコルク栓を抜くから」

ビールを温める準備にさほど手間はかからず、ブリキの容器に入れたビールを暖炉の火の一番熱いところへ差しておく。まもなく野ネズミのめいめいが、ホットビールをちびちび飲んでは、むせたり、喉を詰まらせたりして（温めたビールは、幼い子たちには刺激が強すぎるのだ）、目をぬぐってはゲラゲラ笑い、さっきまで寒い思いをしていたことなどすっかり忘れている。

「この子たちは演劇もやるんだ」モグラがネズミに教えた。「脚本を自分たちで書いて、それを自分たちで上演する。それがまたうまいのなんのって！　去年なんか、すごいのをやってくれたよ。ある野ネズミが海賊船につかまって、奴隷船をこがされるはめに陥って、ようやく逃げて家に帰ってきたときには恋人が修道院に入ってしまっていたっていう話。思い出した、きみだ！　きみがあの劇に出ていた！　ちょっと立ってセリフを言ってごらん」

言われた野ネズミは立ち上がり、はにかんだ様子でくすくす笑っていたが、室内をぐるっと見まわしたとたん、緊張して固まり、何も言えなくなった。仲間が励まし、モグラもほめたりすかしたり、ネズミなどは肩を揺さぶりまでした。けれども何をやっても、野ネズミの緊張を解くことはできなかった。しまいには溺れた者に人工呼吸で息を吹きかえさせようとするよう

楽しい川辺

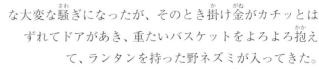

な大変な騒ぎになったが、そのとき掛け金がカチッとはずれてドアがあき、重たいバスケットをよろよろ抱えて、ランタンを持った野ネズミが入ってきた。

バスケットにぎっしり詰まった中身がテーブルの上にあけられると、演劇の話はすっかり忘れられてしまった。ネズミが采配をふるって、あれを取ってきて、これを並べてなど、各人に仕事が割り振られた。まもなく夕食の用意が整うと、上座にすわったモグラは半ば夢見心地で、ついさっきまで侘びしい姿をさらしていたテーブルに、おいしそうな食べ物が山と並ぶ光景にみとれた。野ネズミたちが顔を輝かせて料理にかぶりつくと、空腹が頂点に達していたモグラも、魔法のように用意された食べ物をなりふりかまわずむさぼりながら、やっぱり帰ってきてよかったと喜んだ。みんなは食べながら地元の最新ニュースについて語り合い、モグラがかたっぱしからぶつける山ほどの質問に、野ネズミたちは、できるかぎり答えていった。ネズミのほうはほとんど何も言わず、野ネズミたちが好きなものを食べられているか、量は足りているかと、しじゅう気を配ってくれていたので、モグラはまったく世話をやく必要がなく、何も心配しなくてすんだ。

やがて野ネズミたちがバタバタと席から立ち上がった。お祝いの言葉をしつこいぐらいに言い、家で待っている幼い弟や妹たちへのお土産でポケットをふくらませる。最後の野ネズミが出ていってドアが閉まり、すきまからもれるランタンの光も薄れていくと、モグラとネズミは暖炉の火をかきたてて、椅子をそばに持ってきた。寝る前に飲むホットビールを温めながら、長い1日のできごとをふりかえって話をしていると、やがてネズミが大あくびをし、「モグくん、ぼくはもうだめだ」と言いだした。「眠たくて目をあけていられない。きみはあの寝床で眠るのかい？　だったら、ぼくはそっちの寝床をつかわせてもらう。こぢんまりして、本当にいい家だ！　なんでも身近にあるんだから！」

ネズミは寝床にはいあがると毛布でぐるぐる巻きになり、刈り取り機に入った大麦がひと束になって落ちていくように、あっというまに眠りに落ちていった。

モグラも疲れきっていたから、ネズミのあとからすかさず寝床に入り、大喜びで枕に頭を落ち着けた。目をつぶる前に、懐かしい家のなかをあらためて見まわす。揺れる火明かりに照ら

第5章　懐かしの我が家

されて、見慣れたものたちがモグラの目に優しく映る。長いあいだ一緒の時を過ごすうちに、いつのまにか自分の一部となっていたそれらが、恨み言ひとつ言わず、いままたモグラを迎え入れてくれていた。こんなふうに思えるのも、じつはそれとわからぬよう、あれこれ気をつかって働いてくれたネズミのおかげだった。見れば見るほど、まったく質素な家で、しかもひどく狭いと、あらためて思うモグラだったが、それと同時に、このささやかな住まいが自分にとってどれだけ大きな意味を持つか、生き物にとって自分の居場所があるということがどれだけ幸せなことか、いまさらのように気づかされた。かといって新しい生活や、地上のすばらしい空間にきっぱり見切りをつける気もなく、お日様や、外の世界がもたらしてくれるものにすっかり背をむけて地下の家に引きこもる気もなかった。地上の魅力はあらがいがたく、いまこうしていても、出てこい出てこいと上から呼ばれているのがわかる。まもなく自分はまたあの広い世界に出ていくだろう。けれどもそのあとで必ずここに帰ってくる。そう思うと何とも言えない幸せな気分になる。どこに目をむけてもすべて自分のもの。それらが再び帰ってきた自分を見て喜び、いつもと変わらず温かく迎えてくれる。まったくうれしいことだった。

第6章
ヒキガエル

　ま だ夏になったばかりのまぶしい朝のこと。川の土手は活気づき、水は慣れたペースですいすいと流れている。灌木は生い茂り、草はつんつんのびて、熱い太陽がありとあらゆる植物を糸でもつかって地面からひっぱりあげて、自分のほうへ引きよせているようだった。モグラとネズミは夜明けから起きていて、舟遊びの季節を迎える準備で忙しかった。ペンキやニスを塗り直し、オールを修繕し、クッションの破れをつくろい、なくしたボートのフックをさがすなど、やることはいくらでもあった。小さな居間で朝食を終えつつ、今日1日何をしようかと熱心に話しこんでいるところへ、ドアをノックする重々しい音が響きわたった。

　「なんだなんだ！」とネズミ。卵で口まわりがべたべたになっている。「モグくん、悪いがきみ、出てくれないか。もう食べ終わってるよね」

　モグラが玄関に応対に出ていくと、まもなくネズミの耳に、モグラの驚いた声が聞こえてきた。居間のドアが勢いよくあいて、モグラが「アナグマさんだ！」と重大発表をする。

　アナグマが自分たちの家にあいさつうかがいにやってくるというのは、どんな家でも光栄なことと言ってよかった。どうしてもアナグマに会いたいとなっても、たいていは偶然に出会うのを待つしかない。朝早くに、あるいは夜遅くに、どこかの垣根沿いを音もなく歩いているところへ出くわすか、そうでなかったら、森のどまんなかにあるアナグマの自宅をさがすしかないが、それは軽はずみにできることではなかった。

　アナグマは重々しい足音を響かせて部屋のなかに入ってくると、ネズミとモグラをまじめく

さった顔で見つめた。ネズミは卵をすくっていたスプーンをテーブルクロスの上に落とし、口をあんぐりあけた。

「時間だ」アナグマが極めておごそかな口調で言う。

「えっ、なんの時間？」ネズミはあせって、暖炉の上の時計に目をやった。

「誰のための時間かと、聞くべきだな」とアナグマ。「ヒキガエルだよ。ヒキガエルの時間だ！　冬が終わりしだい、ヒキガエルをたたきなおそうと言っていたじゃないか。それを今日やろうってわけだ！」

「ああ、ヒキガエル！」モグラがうれしそうに言う。「そうでした、そうでした！　思い出しましたよ！　みんなで彼をまっとうなヒキガエルにしてやろうって！」

「これは昨夜、たしかな筋から聞いた話だ」アナグマが続ける。「ちょうど今朝、ヒキガエル屋敷に、すごい馬力の新車が届くらしい。試しに乗ってみて、気に入ったら購入するという話なんだ。おそらくいまごろは、あのぞっとする衣装を忙しく身につけていることだろう。（どちらかと言えば）男前なヒキガエルだが、あんなばかげた格好をしているところを、まともな神経の持ち主が見たら間違いなく失神する。手遅れになる前に、我々が急いで行動を起こす必要がある。これからヒキガエル屋敷にむかうから、きみたちふたりについてきてもらって、この救出任務をなんとしてでも成功させたい」

「そのとおり！」ネズミが声を張り上げて立ち上がった。「哀れで不幸な動物を、我々の力で救出しよう！　必ず改心させてやる！　これまでにないほど、がらりと変えてやる！」

それで3人はヒキガエルを救出すべく、アナグマを先頭に出発した。1列に並んで進んでいったのはたしかに賢明だった。てんでばらばらに道に広がって歩けば、何かあってもうまく立ちまわれず、助け合うこともできない。

ヒキガエル屋敷の私道へ入ると、アナグマの予想どおり、赤塗りの（ヒキガエルの好きな色だった）ぴかぴか光る大きな新車が屋敷の前にとまっていた。近づいていくと、ドアが勢いよくあいて、ヒキガエルが肩をそびやかし現れた。ゴーグル、帽子、ゲートル、

ばかでかいコートに身を包み、手首まで覆う手袋をはめながら、踏み段から下りてくる。
「やあ！　きみたち！」3人の姿を認めるなり、ヒキガエルが陽気に声をかけた。「ちょうどいいところへやってきた。ひとつ、これからスリル満点の──スリル──満点の──旅に──出かけ──」
　勢いこんで誘おうとしたものの、目の前に黙って立つ友たちのよそよそしい顔に気づいてしどろもどろになり、しまいには口を閉ざした。
　アナグマが玄関の踏み段へ近づいていきながら、ネズミとモグラにむかって「彼を屋敷のなかへ入れてくれ」ときっぱり言う。暴れて抗議するヒキガエルをふたりが玄関へと追い立てているあいだ、アナグマは新車のお抱え運転手に顔を寄せる。
　「残念だが、今日の仕事はなくなった」とアナグマ。「ヒキガエル氏は、心変わりしてね。もう車は用済みになった。これは決定事項だから、どうか理解してもらいたい。待っていても無駄だよ」そうしてみんなのあとから玄関に入ってドアを閉めた。
　「よし、じゃあ始めよう！」玄関ホールに4人がそろったところで、アナグマがヒキガエルに言った。「まず最初に、そのばかげた衣類を全部脱ぐんだ」
　「冗談じゃない！」ヒキガエルが憤慨して言った。「いったいこれは何事だ？　ちゃんと説明してもらおうじゃないか」
　「じゃあ、きみたち、脱がせて」アナグマがあっさり言う。
　その仕事に取りかかる前に、まずネズミとモグラは、足を蹴り上げながら悪口雑言のかぎりをつくすヒキガエルを床に押し倒さないといけなかった。それからネズミがヒキガエルにまたがって押さえつけ、そのあいだにモグラがヒキガエルから1枚1枚服を脱がせていく。最初は威勢よく怒鳴っていたヒキガエルも、武装を解かれると同時に元気もなくしていくようだった。いまや「魔の暴走ライダー」から、単なるヒキガエルにもどった彼は、弱々しげな笑みを浮かべながら、懇願するようにふたりの顔を交互に見ている。ようやく事情が飲みこめてきたらしい。
　「ヒキガエルよ、いずれこうなることは、自分でもわかっていたはずだ」アナグマが厳しい口調で言う。
　「何度も警告をしたのに、まったく意に介さず、父親が残してくれた財産を無駄につかい、不謹慎な行動から、この近辺に暮らす動物たちの評判まで落としてしまった。めちゃくちゃな運転をして事故を起こし、警察と何度も揉める。自由気ままは大変結構だが、それにも限度があって、我々動物は友がばかげたことをするのを放っておけない。おまえは限度を超えてしまったんだよ。もちろん、いいところもいっぱいあるから、あまりつらく当たりたくはない。それでもおまえに分別を取りもどしてもらうために、オレはもうひと肌脱ごうと思っている。これから一緒に喫煙室へ行ってもらいたい。そこでおまえの行状について、はっきり話して聞

かせよう。話が終わって外へ出るときには、おまえは入ったときとは別人のようになっているだろう」

アナグマはヒキガエルの腕をしっかりつかんで喫煙室へ入っていき、ドアを閉めた。

「無理に決まってる！」ネズミがばかにするように言う。「ヒキガエル相手に説教しても、なんの効き目もないよ。なんだかんだ言い訳するに決まってるんだから」

ネズミとモグラはそれぞれひじ掛け椅子に心地よく収まり、ふたりが出てくるのを辛抱強く待った。閉まったドアのむこうからアナグマの低い声がたえまなく聞こえてくる。巧みな演説よろしく、声の大きさにも強弱がつけられている。そのうち演説の合間に、さめざめと泣く声が混じってきた。明らかにヒキガエルのものだった。お人好しで感じやすいものだから、いずれにしろあっさり改心するのだ——しばらくのあいだは。

45分ほどたったころ、ドアがひらき、再びアナグマが、まじめくさった顔でヒキガエルの手を引いて現れた。ヒキガエルはすっかり打ちひしがれてぐったりしており、皮膚はたれさがり、足はガクガク、頰には涙の筋がくっきり残っている。アナグマの心打たれる話にとことん感じ入ったのだろう。

「ほら、ヒキガエル、すわってごらん」アナグマが椅子を指さして優しく言う。「さて、みんな」アナグマが続ける。「喜ばしい知らせがあるぞ。とうとうヒキガエルは、自分の間違いに気

第6章　ヒキガエル

づいたようだ。心の迷いからしでかした過去の行動を深く反省している。そうして金輪際、自動車とはきっぱり縁を切り、2度と手を出さないそうだ。オレにまじめに約束したよ」

「それはすばらしいです」モグラがあらたまった口調で言う。

「じつにすばらしい」ネズミは疑わしげな口調だ。「——それがもし本当なら」

ネズミは言いながらヒキガエルの顔を食い入るように見ていた。その反省しているらしい目のなかに、ほんのかすかだが、何かきらりと光るようなものがあり、それが気になって仕方ない。

「残るはあとひとつ」アナグマが深刻な口調で言う。「いいか、ヒキガエル、おまえがたったいま喫煙室で約束したことを、友人を前にここでもう1度くりかえすんだ。まずひとつ、おまえは自分のしでかしたことを後悔しており、まったくばかなことをしでかしたと思っている。そうだな？」

そこで長い、長い間があった。ヒキガエルはおろおろした様子で、顔をあっちへむけ、こっちへむけし、ほかのみんなはしんと黙って待っている。

それからとうとう口をひらいた。

「違う！」ちょっとすねた顔をしながらも、ヒキガエルの口調は堂々としたものだった。「後悔なんかしてない。ばかなことをしたなんて思ってない！　ただもう、めくるめく経験だった！」

「なんだって？」アナグマは大変な衝撃を受けて、大声を張り上げた。「この約束破りめ。たったいま、あそこで言ったじゃないか——」

「ああ、言った、言った。"あそこ"ではね」ヒキガエルがじれったそうに言った。「あそこでならなんでも言うよ。弁舌巧みなアナグマさんの話には、まったく心打たれるばかりだ。押さえ所をはずさない、じつに見事な説得だった。あそこでなら言葉巧みにわたしを好きなように操れる。しかし、あそこを出て、よくよく考えてみたら、自分はまったく後悔も反省もしていないとわかった。だから、もう何を言っても意味がない。そうじゃないか？」

「じゃあ、約束はしないと言うのか？」アナグマが言う。「2度と自動車には触れないと、おまえはそう言ったじゃないか？」

「それは違う！」ヒキガエルが勢いこんで言う。「その反対だ。いま1度、固く約束しよう。最初に目に入った自動車に乗りこんで、プップー！　わたしはすぐ出発する！」

「ほらね、言ったとおりだろ？」ネズミがモグラに言う。

「なるほど、よくわかった」アナグマがきっぱり言って立ち上がった。「おまえには説得は効かないようだから、あとは力に訴えてみようと思う。きっとこうなるだろうと心の隅でずっと思っていたんだ。ヒキガエル、おまえはよく我々3人に、うちに来て泊まっていけと誘ってくれた。この立派な家に。そこでいまその誘いを受けて、オレたちはここに泊まることにする。

おまえが改心して正しく物事を判断できるようになったら出て行くが、それまではがんとしてここから動かない。さぁ、きみたち、ヒキガエルを２階に連れていって寝室に閉じこめて鍵をかけてくれ。そのあとオレたちで相談して、問題を片づけよう」
「ヒキくん、これはきみのためなんだよ」ネズミは優しく言うと、モグラと一緒にヒキガエルの脇に肩を通した。ヒキガエルは足を蹴りだし、暴れながら、ふたりの忠実な友に階段を引きずられていく。
「なあ、きみたち、また昔のように、仲良く、楽しく、やろうじゃないか——こんなむごいことをしないでさ！」
「よくなるまでのあいだ、ぼくらがきみの代わりに全部きちんとやっておくよ」モグラが言う。「これまでのような、お金の無駄づかいもなくなる」
「警察と揉めることもなくなる」ネズミが言って、ヒキガエルを寝室に押しこんだ。「病院に何週間も入って、女の看護師に命令されることもなくなる」モグラが言い添え、ドアに鍵をかけた。
鍵穴からもれてくるヒキガエルのわめき声を聞きながら、ふたりは階段を下りていった。それから３人集まって、今後の事を相談する。
「思った以上に手強いな」アナグマがため息をついて言う。「ヒキガエルがあそこまで我を張るのを初めて見たよ。かといって放ってはおけない。一瞬でもひとりにするのはまずいから、交替で見張ろう。やつの体から悪い虫が出ていくまでね」
それで夜は順番にヒキガエルの部屋で眠り、昼間は３つの時間帯に分けて交替で見張ることになった。
最初は誰もが手こずった。まるで発作を起こしたように、突然ヒキガエルが寝室の椅子をかたっぱしから並べて自動車らしきものをつくったかと思うと、先頭の椅子に腰を下ろし、ぐっと身を乗りだして前方を凝視する。次の瞬間、恐ろしい奇声を発し、その奇声がどんどん大きくなって、やがて頂点に達すると、くるりと宙返り。それから、バラバラになった椅子の上にぺたんとうつぶせになり、しばらくの間、うっとりしている。しかし時間がたつにつれて、そういう目も当てられない発作もだんだんに減ってきた。
ならば何か新しいものに興味を持たせようとするものの、何にも関心を示さず、ただぐったり、げんなりしている。
ある晴れた朝、ネズミが見張りを交替しようと上がっていくと、アナグマはあきらかにじれていた。足をのばして自分の森をじっくり散策し、地下の穴ぐらにもぐりたくてしょうがないのだ。「ヒキガエルなら、まだベッドのなかだ」ドアの外でアナグマが言う。「相変わらずだよ。『ほっといてくれ、何もいらない、どうせすぐよくなるから、そう心配するな』って、そんなことばかり言っている。だが気をつけろよ！　ああやって、日曜学校の優等生が賞をもらうとき

第6章　ヒキガエル

みたいに神妙にしているときは、何かずるい作戦を練っているに違いないんだ。いまにきっと何かやらかす。そういうやつなんだよ。じゃあ、あとはまかせた」

「やあヒキくん、気分はどうだい？」ネズミは陽気に声をかけてヒキガエルの枕もとに近づいていった。

なんの返事もない。

しばらくして、ようやく弱々しい声が返ってきた。「すまないねえ、ネズくん。こちらのことより、きみはどうなんだ？　それにあの頼もしいモグくんは？」

「ああ、ぼくらなら大丈夫」と答えたあと、「モグくんはアナグマさんと一緒に、そのへんを駆けまわってくるって言ってたから、ふたりとも昼ごはんまでは帰ってこないよ」と、うっかり余計なことまで付け加えてしまう。「だから午前中はきみとぼくのふたりきり。ぼくもいろいろ考えるから楽しくやろうじゃないか。まずは飛び起きることだな。さあほら、こんな気持ちのいい朝にくすぶっていたらもったいない！」

「ああ、ネズくん、きみは優しいね」ヒキガエルが言う。「だが、わたしの状況はまったくわかっていないようだ。"飛び起きる"なんて、いまのわたしにはとても無理だよ。まあでも、心配しないでくれたまえ。友だちのお荷物にはなりたくない。きみたちの厄介になるのも、あとわずかだろう。いまではほとんどそう願っているよ」

「そりゃあ、こっちもありがたい」ネズミが本心から言う。「さすがに弱り果てていたんだ。もうきみの面倒を見なくていいというなら、バンバンザイだ。こんな天気のいい日に、しかも舟遊びのシーズンが迫ってる！　まったくヒキくんも人が悪いよ。まあ、きみのためなら苦労を苦労とも思わないが、それにしたって、こっちの負担は相当なものだ」

「いややはり、苦労は苦労だろう」ヒキガエルが物憂げに言う。「わたしだってそれぐらいわかる。当然だよ。わたしの面倒をみるなど、きみはもううんざりしている。だからこれ以上迷惑はかけちゃいけない。自分がお荷物であることは十分承知しているよ」

「なら話は早い」とネズミ。「だが、きみが本当に心を入れ替えようっていうなら、どんな面倒だろうと、ぼくは買って出るからね」

「ならば、ネズくん」ヒキガエルがますます弱々しい声で言う。「ひとつ、これが最後のお願いだと思って頼まれてくれないか――ちょっと村までひとっ走りして――もう手遅れだとは思うんだが――医者を呼んできてほしいんだ。いやいい、忘れてくれ。また面倒をかけてしまうことになる。それよりは、放っといて自然な流れにまかせたほうがいい」

「えっ、どうして医者に来てもらう必要があるんだい？」

ネズミが言ってヒキガエルに近づき、しげしげと様子をうかがう。ヒキガエルは身じろぎひとつせず、ベッドのなかで体をぺたんと伏せていた。次に口をひらいたときには、声がさらに弱々しくなり、口調も別人のようになっていた。

「たしかに、きみは気づくのが遅いな――」とヒキガエル。「いや、そもそも――どうして気づかなきゃいけない？　気づくことだって、厄介事のひとつだ。明日になって、きみは自分の胸にむかって言うことだろう。『ああ、どうしてもっと早くに気づかなかったのか！　ああ、何かしら手を打ってやれたのに！』ってね。だが、それもまた厄介だ。気にしなくていい――わたしの言ったことは忘れてくれ」

「ちょっと待ってくれ」ネズミはなんとなく不安になってきた。「本当に必要だって言うんなら、もちろん医者だって呼んでくるさ。だけど、まだそこまで行ってないだろう。何かべつの話でもしようぜ」

「だめなんだな、それが」ヒキガエルが悲しい笑みを浮かべて言う。「ここまで来てしまうと、"話"なんてものは、まったく役に立たない――いや、それを言うなら医者だってそうだ。それでもこれで最期となると、どんなに細いわらでもつかまずにはいられない。ところで医者を呼びに行ってくれるなら――また厄介事を増やしてしまうようで気が引けるんだが、同じ道沿いだったと思い出したもんだから――弁護士にも家に寄ってもらえるよう頼んでくれないか？　いろいろ片づけてしまいたい。ちょうどいい折りだからね――というより、いまを逃したらほかにない。どんなに体調が悪かろうと、人生の後始末は自分でつけないとね」

弁護士！　そこまで考えているなんて、本当に具合が悪いんだ！

第6章　ヒキガエル

　ネズミは恐れおののいて部屋から飛び出したものの、ドアに鍵をかける慎重さは失っていなかった。

　外に出たところで、はたと足をとめて考える。ふたりの友は遠くへ行っていて、相談する相手は誰もいない。

「大事を取ったほうがいいな」よくよく考えて、そう判断した。「昔から、なんでもないのに、病気だ、病気だって大騒ぎはしていた。でも弁護士を呼んでくれなんて言うのは初めてだ！　なんでもなかったとしても、『ばかだなあ、まったく』と、医者のほうで元気づけてくれるだろう。それだけでも呼ぶ価値はある。あとは適当にご機嫌を取って帰ってもらえばいい。いずれにしろそんなに時間はかからない」

　ネズミは友のために、村をめざして一目散に駆けだした。

　ヒキガエルのほうは、鍵の閉まる音がしたとたん、ベッドから軽やかに跳ね起きて窓辺に寄り、ネズミが私道の先に姿を消すまでじっと見ていた。それから心の底から大笑いすると、手近にある一番格好のいい服に手早く着替え、化粧台の小さな引き出しから現金をつかみとって、かたっぱしからポケットに詰めた。

　それからシーツを何枚かベッドからはがして端と端を結んで長くする。チューダー様式の立派な窓はこの寝室の特徴でもあるが、その窓の中央の仕切りに、即席のロープの片端を結びつけると、それを伝ってヒキガエルは窓から外へ下りていき、地面に軽々と着地した。

　それからネズミがむかったのとは反対の方向へ、陽気な曲を口笛で吹きながら意気揚々と歩いていった。

　ついにアナグマとモグラがもどってきて、ネズミにとって気の重い昼食が始まった。まったく情けないとしかいいようがない打ち明け話を、ネズミは恥を忍んで友に打ち明ける。乱暴な口こそきかないものの、アナグマには辛辣なことを言われるだろうと覚悟していたから、それはなんとかやり過ごすことができた。けれども、精一杯ネズミの肩を持ちながらも、「さすがのネズくんも、今回はうかつだったね。ヒキくんのほうが一

枚上手だ」とモグラに言われたのは、相当こたえた。
「ヒキガエルのやつ、まったく、うまくやったもんだ」ネズミがしょぼんとして言う。
「おまえが、してやられたんだ！」アナグマがかっとなって口をはさんだ。「だが、こうして話していても、起きてしまったことはどうしようもない。もうしばらくは帰ってこないだろう。最悪なのは、やつが自分はまったく頭がいいと慢心して、またばかげたことをしでかすかもしれないということだ。それでも、オレたちは自由になり、もう貴重な時間を見張り役に費やさなくてもいい。それが唯一の慰めだ。まあでも、しばらくはこの屋敷で寝泊まりしたほうがいいだろう。いずれヒキガエルが運びこまれてくる——担架に乗せられるか、警官２人に腕をつかまれるかしてな」
　そう言うアナグマも、ヒキガエルが先祖伝来の屋敷にもどり、もとの生活に落ち着くまでには、山あり谷あり、まったくおかしな事件が待ち受けていることをまだ知らない。
　ヒキガエルのほうはと言えば、家から数キロ離れた街道を元気はつらつ、ただもうお気楽に歩いていた。
　最初のうちはひとけのない裏道ばかりを選んで歩き、畑をいくつも横切ってたびたび進路を変えた。しかし追っ手を気にする心配がなくなったいまは、してやったりという気分で、ほとんど踊り上がるような足取りで街道を歩いている。おまえはじつによくやったと太陽がほほえみかけ、あらゆる自然が、きみは天才だとほめたたえているようだった。
「たしかにうまい手だった！」自画自賛して、くっくと笑っている。「腕より頭——つまるところ、力は頭脳には勝てない——それはもう世の真実だからな。ああかわいそうなネズくん！アナグマがもどってきたら、間違いなく、こっぴどく叱られる。いいところはいっぱいあるのに、残念ながらネズくんはおつむが足りない。ろくに教育も受けていないんだろう。いつの日か、わたしが教えて一人前にしてやらんといかんな」
　こんなふうにうぬぼれながら先へ先へと進んでいくと、やがて前方に「レッド・ライオン」という看板が、道路に飛び出す格好でつり下がっているのが目に入った。目抜き通りのなかほどにあるホテルで、そう言えば、まだ朝食を食べていなかったとヒキガエルは思い出す。ずいぶん歩いたから腹はぺこぺこだった。
　ホテルのなかへ堂々と入っていくと、喫茶室に席を取って、一番早くできて最も豪華な昼食を注文した。
　半分ほど食べ終えたところで、あの耳慣れた音が道路から近づいてきた。ヒキガエルははっとして、全身を激しくふるわせた。プップー！　だんだんに近づいてきて、ホテルの中庭に入ってくると、そこでとまった。自分がどうにかなってしまいそうで、ヒキガエルはテーブルの脚にしがみついた。
　まもなく自動車でやってきた一行が、ああ腹がすいたと口々に言いながら喫茶室に入ってき

第6章 ヒキガエル

た。今朝のドライブがどれだけ楽しかったか、目に見えるように語り、自動車はやっぱりすばらしいと、愉快そうに話している。
　ヒキガエルはしばらく全身を耳にして聞いていたが、とうとう我慢しきれなくなり、席をそっと立ってカウンターで支払いをすませると、そぞろ歩きでもするようにホテルの中庭へこそこそと近づいていった。「別に悪いことじゃない」自分の胸にむかって言う。「ちょっと見るだけさ！」
　自動車は庭のまんなかにとまっていて、見張り番もなく放っておかれ、あたりをぶらついている人間もいない。みな昼食を食べに行っているのだろう。ヒキガエルは自動車のまわりをゆっくり歩いて、あちこち観察して意見を述べては深く考えこんでいたが、まもなくこんなことを言いだした。
　「ふーむ。こういう車は簡単に発進させることができるんだろうか？」
　いったいどうしてそうなったのか、自分でもわからないのだが、気がつくとヒキガエルはハンドルを握って回していた。耳慣れた音が響くとともに、昔の興奮が再びもどってきて、身も心も自動車のとりこになった。夢のように運転席にすわっていて、夢のように中庭を走り抜け、

第6章　ヒキガエル

　夢のようにアーチ道を通り抜け、良いことと悪いことの分別も夢のように忘れてしまい、明らかにまずいことになるという恐怖も、しばらくのあいだ頭の隅に追いやられている。スピードをあげた車は商店街をあっというまに抜けて、ひらけた田園風景のなかをのびる街道へつっこんでいった。そのあいだヒキガエルはただひたすら最盛期の自分がもどってきた喜びにひたっている。魔の暴走ライダー、ここに復活！　彼の通るところ、みな道を譲り、そうでなければあっさり轢かれて、夜空に永遠に輝く星となる！　そんなことをひとりぶつぶつ言いながら、調子に乗ってエンジン全開にすれば、それに応えて車はブルーン！　ブルーン！　すさまじい音を響かせて、あっというまに何キロも進んでいく。しかし、どこへむかっているのか運転手にはわからない。ただ本能のおもむくままにこの時間を楽しみつくし、その結果どういうことになろうとおかまいなしだった。

　「思うに今回の事件においては」首席判事が弁舌さわやかに言う。「事実はおのずから明白であり、唯一の難点は、いま目の前の被告人席ですくみあがっている、まったく懲りることを知らない厚顔無知な罪人に、いかにして十分な罰を処すかということに尽きるのであります。それではこの者の証拠十分な罪状についてお知らせしましょう。ひとつ、この者は高価な自動車を盗み、ふたつ、無謀な運転で公共交通を麻痺させ、みっつ、地方警察に対して、すこぶる侮辱的なふるまいに及んだ。さて書記官殿、これら諸々の犯罪をこの者に悔いあらためさせるために、我々はどのような処分を与えればいいか、考えをお聞かせ願いたい。当然ながら、証拠不十分による情状酌量については考慮する必要はありません」

　書記官はペンで鼻をひっかきながら言う。「なかには、自動車の窃盗が最も罪が重いと考える人もおりましょう。実際そのとおりです。しかし警官を侮辱したこともまったく許しがたいことで、これには最も厳しい罰を処すべきでしょう。たとえば窃盗に対して12か月──これでも甘いのですが。公共の交通を攪乱したことに対して3年──これも寛大な処置です。さらに警官を侮辱したことについて15年──と言いますのも、証人の発言によれば、その暴言たるや相当に悪質なもので、しかも実際にはその10倍の量を吐いたそうで、わたしに言わせれば、まったく信じがたいことです。それらをすべて合わせたならば、この者には19年の禁固がふさわしいかと──」

　「最大級の刑罰を！」と筆頭判事。

　「──それでしたら、ここは大事を取って、ちょうど切りのいい20年の禁固ということでいかがでしょう」書記官が言った。

　「完璧だ！」判事が感心して言う。「被告人！　気をひきしめて、しゃきっと立ち上がりなさい。今回は20年、牢屋に入ってもらうことになった。ただし、いかなる罪状であろうと、もし再び我々の目の前に現れたなら、そのときにはこんなものではすまないと覚悟するのだぞ！」

　その言葉を合図に、よるべないヒキガエルに、血も涙もない小役人どもがわっと襲いかかり、鎖でつないで法廷から引きずり出した。わめき、祈り、反論するヒキガエルは、市場の端から端までひっぱっていかれ、途中、野次やニンジンやお決まりの罵声を浴びせられた。気まぐれな民衆は警察に追われる人間には同情し、逃げるのに手を貸しさえするのに、刑が確定した罪人には容赦ない。学校帰りの子どももみな、紳士が街じゅうを引きまわされるこっけいな場面に面白がって囃したてる。

　やがて足音もうつろに響く跳ね橋に差しかかり、先のとがった落とし格子の下をくぐると、古めかしい塔が空高くそびえたつ厳めしい古城が見えてきた。そのアーチ道に入っていくと、衛兵の詰め所があり、ぎっしりつまった非番の兵士がヒキガエルを見てにやにや笑う。当番に当たっている衛兵が立つそばを通ると、まるで唾を吐くかのような、思いっきりいやみな咳をされた。それが罪人への軽蔑と嫌悪を示すのに、勤務中の兵士にできる精一杯だった。その先に続く曲がりくねった階段は時代をへてすっかりすり減っており、上がり口に立つ鉄の鎧兜で身を固めた兵たちが、ひさしの下から威嚇する視線を投げてきた。中庭に出ると大型の番犬が引き綱をめいっぱいひっぱって宙をひっかき、ヒキガエルに襲いかかろうとする。年老いた看守たちは槍を壁に立てかけておいて、ミートパイと黒ビールの入った酒瓶を前にうとうとしていた。

　さらに先へと進んで、拷問部屋や、ねじで親指を締めつける部屋の前を過ぎ、非公式の処刑場が控える曲がり角を横目に通り過ぎ、一番奥まった牢獄の中心に位置する恐ろしく陰鬱なド

第6章　ヒキガエル

アの前にたどりついた。ヒキガエルを引ったててきた役人ふたりは、とうとうそこで足をとめた。ドアの脇には老齢の看守がすわっていて、ずっしりした鍵束をいじりまわしている。

「ちくしょうめが！」役人が言って兜を脱いでひたいの汗をぬぐう。「ぼうっとしてないで、立ち上がれ。おまえにこの悪辣なヒキガエルを引きわたす。こいつは極悪犯で、悪知恵を働かせたら右に出るものはない。せいぜい心して見張ることだ。万が一不祥事が起きれば、おまえの首が飛ぶぞ。ふたりそろってくたばっちまえ！」

看守は神妙にうなずき、みじめなヒキガエルの肩に皺だらけの手をのせた。錆びついた鍵が錠のなかでまわる音がひびく。役人が出ていくと、ばかでかいドアが大きな音を立てて閉まった。楽しきイングランドがいかに広いとはいえ、これほど大規模で頑丈で厳重に守られた城はなかなかない。気がつけばヒキガエルは、その城の一番奥まったところにある地下牢に閉じこめられ、よるべない囚人となっていた。

キタヤナギムシクイが川べりの土手の暗がりに身を隠し、か細い声でさえずっている。夜の 10 時を過ぎているものの、空はまだ、お日様が残したわずかな光をつかんで放さずにいた。それでも、夏の短夜のひんやりした指にひとなでされて、午後のむっとする暑さはすっかり遠くへ散っている。

土手に寝そべるモグラは、夜明けから遅い日暮れまで、雲ひとつない空からふりそそぐ日差しに疲れ、まだ荒い息をつきながら友の帰りを待っていた。その日ネズミはカワウソと前々から約束があると言って出かけたので、モグラは別の仲間たちと川にいた。帰ってみたところ、家のなかは真っ暗でがらんとしていて、ネズミはもどってきていないようだった。きっとまだカワウソと一緒にいるに違いない。熱気のこもっている屋内にいる気はしなかったので、ひんやりしたギシギシの葉の上に寝ころがって今日 1 日をふりかえり、楽しかったことを思い出している。

するとそこへ、ネズミの軽い足音が近づいてきて、からからに乾いた草を踏んだ。「ああ、この涼しさは極楽だ！」そう言って腰を下ろすと、何やら考えこむ顔で川をじっと覗きこみ、口を閉ざしてぼうっとしている。

「夕食は食べてきたんだよね？」モグラが愛想良く声をかけた。

「ああ、断れなかった」とネズミ。「帰るって言ったのに耳を貸さない。ほら、あそこの家はいつだって、もてなし上手だろ。帰る時間のぎりぎりまで客を楽しませようと心を砕く。けど、そのあいだこっちはずっと、何か悪い事をしているような気分で落ち着かなかった。だって、家族全員が不安におののいているんだから。むこうはそれを隠そうとしていたけどね。モグくん、どうやら困ったことになっているらしい。ポートリー坊やがまたいなくなってね。カワウソがどれだけ息子のことを大切に思っているか、知っているだろう。あいつはそんなこと、決

第7章　あかつきの笛の音

して口には出さないけど」

「え、あの坊やが？」モグラが軽い調子で言う。「いなくなったとして、どうして心配する必要があるんだい？　ふらっと出ていって道に迷って帰れなくなるなんて、しょっちゅうじゃないか。それでもまたひょっこりもどってくる。冒険好きなんだよ。それで大変な目にあったことなんて1度もない。父親と同じように、みんなあの子のことは知ってるし、かわいがっている。きっと誰かが見つけて無事に送りとどけてくれるよ。ほら、ぼくらだって、見つけたことがあるじゃないか。家から何キロも離れたところで。そのときだってぜんぜん平気な顔でにこにこしていた」

「ああ、だが今回は深刻なんだ」ネズミは暗い顔で言う。「もう数日ももどってこない。高いところも低いところも、父親があらゆるところをさがしてまわったんだが、これっぽっちも手がかりが見つからない。何キロも先まで出かけて、いろんな動物に聞いてみたんだけど、誰もポートリー坊やのことは見なかったし、うわさも聞かなかったって。本人は認めたがらないけど、カワウソのやつ、心配でたまらないんだろう。聞けばポートリー坊やはまだ泳ぎを習いはじめたばかりだって言う。きっと堰のことを心配しているんだ。この時期はまだ水がたくさん流れ落ちてくる。それにほら、罠やなんかも仕掛けられているじゃないか。子どもなんて、好きにやらせておくのが一番だって、そんなふうに言ってたカワウソが、今度ばかりは神経質になっている。それでさ、ぼくが帰るときにカワウソも一緒に外に出てきてね。少し風に当たって足を動かしたいんだ、なんて言ってたけど、そんなんじゃないってすぐわかったから、こっちもしつこく迫って、とうとう全部聞き出してやった。するとどうだい、カワウソのやつ、夜通し浅瀬を見張るって言うんだ。ほら、ずっと昔、まだ橋ができる前、浅瀬がむきだしになっていた場所があっただろう？」

「ああ、そこならよく知ってる」とモグラ。「だけどどうしてそんなところへ？」

「どうやら、ポートリー坊やは、そこで最初に泳ぎを教えてもらったらしい。川岸に近い砂州から飛びこんでね。カワウソはそこで魚

のつかまえ方も坊やに教えたんだ。初めてつかまえた魚をポートリー坊やはたいそう自慢に思っていたらしい。つまりあの子のお気に入りの場所なんだ。だからどこにいても、最後はきっとそこにもどってくるんじゃないかって思ってるんだ。こんな時間にどこをほっつき歩いているにしても、坊やがかわいそうなことに変わりはないんだけどね。でもきっと好きな浅瀬にもどってくる、それか、たまたま通りかかったところで昔を思い出して、そこで遊んでいるかもしれないって、カワウソはそう思っているんだ。それで毎晩、見張りに行く——もしもってことがあるかもしれないって、万に一つの望みをかけてね！」

ふたりはしばらく黙りこんで、同じ光景を思い浮かべていた——心配顔のカワウソが浅瀬にぽつんとしゃがんで目を凝らし、ひょっとしたら息子が現れるのではないかと、夜を徹して待っている姿を。

「さてと」まもなくネズミが言った。「そろそろ帰って寝るとするか」そう言いながら、まったく動こうとしない。

「ネズくん」モグラが言う。「帰って寝るなんて無理だよ。眠れやしないし、何も手につかない。ほかに何かやるべきことがあったとしてもね。舟を出して上流まで行ってみようよ。1時間もすれば月が出るから、そうしたらできるだけがんばってさがしてみよう——寝床に入って何もしないでいるより、そのほうがずっといい」

第7章　あかつきの笛の音

「ぼくも同じことを考えていた」とネズミ。「いずれにしろ、こんな暑い日は眠れない——それに夜明けもそう遠くないから、途中、早起きの動物から、何か手がかりを聞けるかもしれない」

　ふたりは舟を出し、ネズミがオールを握って慎重にこいでいった。川の中程は空の光がかすかに反射して、行く手が細く、くっきり見えるのだが、川岸近くには暗い影が落ちている。それがあまりに黒々とはっきりしているので、影ではなく、土手や茂みや樹木が、そこまで下りて来ているように思える。それでモグラはそこをよけて、慎重に舵を取らないといけなかった。

　暗い夜のしじまを破って、さまざまな音が聞こえてくる。姿は見せないものの、夜に動き回る小さな生き物たちが、さえずり、鳴き交わし、草をかき分け、それぞれの仕事にせっせと励んでいるのだろう。太陽が日差しを振りまくころには、この者たちにも休息のごほうびが待っている。川の音もまた、日中よりはっきり響き、ブクブクッとか、スポンッとかいう音が、思いがけずすぐ近くで聞こえたりする。さらには、それとはっきりわかる呼び声がとつぜんして、そのたびにふたりははっとするのだった。

　空を区切る地平線が、色濃く、くっきりしだした。なかでもとりわけ黒々と見える部分が銀色に光りだし、その光が少しずつ盛り上がっていったかと思うと、堂々たる月がゆるゆると顔を出した。月はやがて地平線を遠く引き離して上昇し、もやい綱を解かれた舟のように空にぽかりと浮かんだ。するとさっきまで闇に包まれていた地上がぼうっと明るくなり、広々とした湿地や静かな庭の隅々までが、光のなかにさえざえと浮かび上がった。川もまた、いまでは岸の端から端までくまなく見える。柔らかな月光に、謎も不安もすっかり洗い流され、あらゆるものが本来の姿をさらけだして、再び昼間のように輝きだした。と言っても、目に映る風景は昼とは明らかに違っていた。見なれたものたちがこっそりどこかに隠れて着替えをすませてから、再びふたりの前にそっと姿を現したかのようだった。昼間とはまた違う雰囲気をただよわせ、わたしが誰だかわかるかしらと、はにかんでいる。

　ヤナギの木に舟を結わえつけて、ふたりは静寂に包まれた銀色の世界に降り立ち、生け垣や木の洞をさがし、細流やその暗渠、小さな溝や干上がった水路まで、辛抱強く見てまわった。それからまた舟に乗りこんで反対の岸にわたり、そこでまた同じ捜索を続ける。そうやって少しずつふたりが上流にむかっていくあいだ、雲ひとつない空に浮かぶ月は、自分は関係ないとばかりに涼しい顔をしている。ところがじつはそうではなく、ふたりを精一杯応援して、捜索がしやすいように遠くから光を投げかけてくれていたのだ。やがて月の帰る時間が迫ってくると、名残惜しそうにふたりに別れを告げて地平線の下に沈んでいき、野原と川は再び謎めいた闇に包まれた。

　しばらくして、ある変化がゆっくりと現れた。地平線がくっきり見えてきて、野原や木の輪郭もはっきりしてきたが、何もかも、月が出ていたときとは違う風情をただよわせている。ふ

いに鳥がひと声、甲高く鳴いたかと思うと、またしんと静まった。そよ風が立って、アシやガマの葉がさわさわと鳴る。モグラにオールを持たせておいて、自分は舟のともにすわっていたネズミが、ふいに背筋をきりりとのばし、全身を緊張させて一心に耳をそばだてた。土手に目を走らせながら舟を慎重にこいでいたモグラは、おや、どうしたのだろうとネズミに目をむける。

「消えた！」ネズミの緊張が解け、座席に沈みこんだ。「美しくて、不思議で、めずらしい音だよ。こんなに早く消えてしまうんなら、最初から聞かなきゃよかった。あんな音を耳にしたら、ほかのことなんてどうでもよくなって、もう１度聞いてみたい、ずっと聞いていたいって思ってしまうからね。あっ！　またし！」ネズミが叫び、また背をきりりとのばした。すっかり心を奪われて、長いことしんと黙っている。

「ああ、消えるよ、消えちゃうよ」まもなくネズミが言った。「モグくん！　いい音だよ！　心が喜びにわきたつような、細くて甲高い笛の音が遠くから聞こえてくる。こんな音楽があるなんて夢にも思わなかった。甘い旋律なのに、力強く呼びかけている。モグくん、こいで！　こいで！　あの音楽も声も、ぼくらを呼んでいるに違いない！」

モグラはわけがわからないながら、ネズミの言うとおり舟をこいだ。「ぼくには何も聞こえないよ。ただ風がアシとトウシンソウとカワヤナギを揺らす音しか聞こえない」

モグラの言葉を聞いていたとしても、ネズミは何も答えなかった。心はどこかへ行ってしまったようで、全身を細かくふるわせているばかり。ここに来て初めて出会った神のような存在につかまって、あらゆる感覚が麻痺してしまったかのようだった。目に見えない力強い手に揺さぶられるネズミは、無力でありながら幸せな、赤子のようだった。

静寂のなか、モグラが着実に舟を進めていくと、まもなく川がふた股に分かれる地点にさしかかった。片側は長いよどみになっている。とうの昔に舵取りをやめていたネズミは、頭を軽く動かして、よどみのほうへ舟を進めるようモグラに教える。忍びよる朝日がみるみる広がっていって、水辺をふちどる草花がいまでは宝石のように色鮮やかに輝いている。

「ますますはっきり聞こえてきた、これは近いぞ」ネズミがうれしそうに言う。「ほら、もうきみにも聞こえるはずだ！　ほら——そら——聞こえた！」

モグラははっとして息をとめ、舟をこぐのをやめた。喜ばしい笛の音が水のように流れてきたと思ったら、モグラの体に当たって波のように砕け、モグラの全身をすっぽり包みこんだ。ネズミが見ていると、モグラの頬を涙が流れ落ちた。ネズミは頭を下げて、モグラと同じ気分にひたる。

しばらくそこにとどまっていると、土手をふちどるオカトラノオが、紫色の花でふたりの体にそっと触れてきた。それから、うっとり甘い旋律と手をつないで、有無を言わせぬ力がゆうゆうとやってきて、モグラに何やら命じた。それに従うようにモグラは背を倒し、再びオー

ルで舟をこぎだした。

　そのあいだにも光はどんどん強さを増していったが、夜明けの訪れとともにさえずるはずの小鳥の声がまったく聞こえない。聞こえるのは天上の調べのような音楽だけで、あたりは驚くほど静かだった。

　川面をすべるように進んでいく舟の両側で、この朝は土手に茂る草がたとえようもないほど、みずみずしく青々として見えた。バラがこれほどまでに生き生きとしているのも、アカバナがこれほど元気旺盛に茂っているのも、メドースイートがこれほどかぐわしい香りをそこらじゅうにまき散らしているのも初めてだった。

　それから堰が近づいてきたのか、あたりいっぱいに水音が広がり、ここで旅は終わりだと、ふたりともなんとなくわかった。何が待っているにせよ、落ち合うのはここ以外にない。

　水面に大きな半円を描く白い泡。目を上げれば、堰の両肩からこぼれる水が緑を映し、降りそそぐ日差しを跳ねかえしてきらきら光っていた。両岸まで届く大きな堰が川をせきとめ、白い泡の筋となって落ちてくる水が、穏やかな水面で渦を巻いている。おごそかな水のとどろきが、あらゆる音をかき消し、あたりに心地よい静寂を生みだしていた。

　流れのまんなかには、堰のきらきら光る大きな腕に抱かれるようにして、小さな島がじっとうずくまっている。周囲にシラカバやハンノキを密にめぐらして、ひっそり目立たないようでいながら、見る者の目を引きつけずにはおかなかった。内側に何を隠しているか知らないが、選ばれて呼ばれた者たちがやってくるまでは誰にも見せまいと、自らをベールで覆っているようだ。

　ふたりはゆっくりと、しかし迷いも疑いもまったくなく、おごそかな気持ちで何かを期待しながら、泡立つ水のあいだを抜けていく。花の咲き乱れる島のへりまでたどりつくと、そこに舟をつないだ。静寂のなかに上陸したふたりは、花やかぐわしい香草や灌木の茂みを押し分けて進んでいき、やがて平地に出てきた。そこは緑の美しい小さな芝生で、クラブアップル、ワイルドチェリー、スローベリーといった天然の果樹が周囲を取り巻いている。

　「ここだよ、夢のような音楽が誘っていたのは。ここに来いとぼくを呼んでいた」ネズミがうっとりした顔で、そっとささやいた。「もし神様がどこかにいるというなら、この聖なる地に違いない！」

　そこでふいにモグラは偉大な存在に対する畏れを感じた。全身から一気に力が抜け、頭が自然に垂れ、足が地面に根っこを生やしたようになった。けれども怖いとは思わず、むしろ心のなかは幸せいっぱいで、なんとも言えず気分がいい——とはいえ、目には見えなくとも、自分をその場に釘づけにしているのは、偉大な存在に対する畏れの念であるとわかっており、だとしたらそれは、8月の精霊がすぐ間近にいるとしか考えられなかった。友をさがそうと、力をふりしぼってふりかえったところ、ネズミはすぐ隣でかしこまっていて、何かにおびえるよう

第7章　あかつきの笛の音

に激しくふるえていた。周囲を取り巻く木々には小鳥がびっしり群がっているというのに、あたりはまだしんと静まり、そうしているうちにも光はぐんぐん強さを増していった。

　何もなければ、おそらくモグラは目など絶対上げなかっただろう。しかしいま、笛の音は静まったとはいえ、呼びかける力は依然として強く堂々として、有無を言わせなかった。この世を生みだした造物主が、よかれと思って隠しているもの。それを、いずれは死ぬ動物ごときが見たならば、すぐに命を取ってやると、死神に脅されたとしても、見ずにはいられなかった。

　ふるえるモグラがうやうやしく頭を上げると、差し迫った暁に信じがたいほど色鮮やかに輝く自然が一瞬息をとめて、こちらを見守るかのように思えた。気がつくとモグラは、動物の友であり救い主でもある、パーンの神の眼のなかを覗きこんでいた。後ろに湾曲した角が2本、朝日のなかで光り、険しいかぎ鼻が優しげな両眼のあいだにある。眼はおどけた表情でこちらを見守り、あごひげに囲まれた口の両端が半ば笑うようにきゅっと持ち上がっている。筋肉の盛り上がる腕を広い胸の上に置き、しなやかな手には、いましがた口からはずしたパーンの笛が握られている。芝生の上に優雅にのばした毛むくじゃらな脚と、その先についた蹄。そしてモグラが最後の最後に目にしたのは、その蹄のあいだに身を丸めてぐっすり眠っている小さくて丸っこくて、ぷっくりした子どもらしい姿——カワウソの赤ん坊だった。これらすべてを目にして、モグラは一瞬息がとまりそうになる。澄みわたった朝空の下、たしかに自分は神を目にした。それでも生きていることに気づいて、モグラはひたすら驚いている。

楽しい川辺

「ネズくん！」ようやく息をすることを思い出したモグラが、ふるえながらささやいた。「怖くないのかい？」

「怖い？」ネズミがつぶやき、言葉にしようのない愛情のこもった目をきらきらさせている。「神様が怖いだって？　まさか、そんな！　ああ、でも——でもやっぱり——怖いよ！」

それからふたりは地面にしゃがみ、頭を下げて祈りを捧げた。

すると突然、前方の地平線上に、巨大な黄金の円盤が堂々と姿を現した。その最初の光が川べりの平らな牧草地を突きぬけて、ふたりの顔を直撃すると、ネズミもモグラも、あっと目がくらんだ。再び目が見えてくると、まぼろしは消えていて、あたりいっぱいに夜明けを告げる小鳥の歌声が響きわたっていた。

ふたりして前方をぼうっと見ていると、これまで見たものがすべて失われたことが徐々にわかってきて、むなしさが胸に押しよせる。気まぐれなそよ風が川面から踊り上がり、ハコヤナギの葉をかき乱し、朝露にぬれたバラの花を揺らしたあとで、ふたりの顔をなでるように軽く吹きつけてきた。その柔らかな感触とともに忘却が訪れた。それは牧神が注意深く最後にもたらしてくれる一番ありがたい贈りもので、動物たちを助ける際に見せてしまった自分の姿を、こうやって忘れさせるのだった。この忘却が訪れなければ、小さな生き物たちの心のなかには、自分では抱えきれない記憶が残り、それがぐんぐん大きくなって、日々を愉快に過ごすことができなくなるからだ。あまりに強烈な記憶は、せっかく助けられた小動物たちのその後の人生

第7章　あかつきの笛の音

を台無しにしかねず、すべて忘れたほうが、以前通り心軽く幸せに暮らせるのだった。

　モグラは目をこすりこすり、ネズミの顔を見た。ネズミはわけがわからないという顔であたりを見まわしている。「ネズくん、ごめん、いまなんて言ったんだい？」モグラが聞いた。

　「えっと、つまりさ」ネズミが考え考え言う。「ポートリー坊やがいるとしたら、ここしかないんじゃないかなって。ほら、見て！　あそこにいるじゃないか！」そう言うと、ネズミは歓声を上げて、うとうと眠っているポートリー坊やのほうへ駆けていった。

　けれどもモグラはまだちょっとのあいだ、その場につったって考えこんでいる。すばらしい夢からふいに覚めて、いったいどんな夢だったろうと思い出そうとするのに、何も思い出せない。何かとてつもなくすばらしい夢だったことは間違いないのに、もう2度とそこにもどることはできない、そんな寝覚めの悲しさを味わっていたのだった。モグラは夢の余韻を振りはらうように悲しげに頭を振ってから、ネズミのあとを追いかけた。

　ポートリー坊やはうれしそうに、キーキー鳴きながら目を覚ました。何度も遊んでもらったことのある父親の友だちがやってきたとわかって、喜んで身をくねらせたものの、次の瞬間にはぽかんとした顔になり、哀れっぽい声を上げながら、何かをさがすように、そこらじゅうをぐるぐるまわりだした。乳母の腕のなかで安心して眠りに落ちたのに、目が覚めてみると、たったひとり知らない場所で寝かされていたと気づき、部屋の隅や戸棚のなかをさがし、部屋から部屋へわたり歩く子どものようだった。

　ポートリー坊やは島のなかを必死になってめぐり、しばらくのあいだ疲れを知らない子どものようにあちこちをしつこくさがしていたが、やがてとうとうあきらめたのか、顔を曇らせてしゃがみこみ、激しく泣きじゃくった。

　モグラはあわてて駆けよって坊やを慰めたが、ネズミのほうはすぐには動かず、芝生の上にはっきり残る蹄の跡をしげしげと見ながら首をかしげている。

　「何か——ものすごく大きな——動物——かな……」考えつつ、とぎれとぎれに言いながら、ネズミは妙な胸騒ぎを覚えていた。

　「ネズくん、行くよ！」モグラが声をかけた。「かわいそうに、いまごろカワウソさんが浅瀬で待っているよ」

　ネズミさんの本物の舟に乗って川下りをしようと言うと、ポートリー坊やのご機嫌はすぐ直った。それでモグラとネズミは坊やを川岸まで連れていき、自分たちのあいだにはさむ形で舟底にしっかりすわらせると、よどみから舟を出した。

　いまでは太陽が高く上がって、暑い日差しがさんさんと降りそそいでいた。小鳥が元気いっぱいに鳴き交わし、両岸から花がほほえんでうなずきかけている。けれども何かが足りないと、ネズミとモグラは感じていた。もっと奔放で色鮮やかな景色をどこかで見ている。けれどもそれがどこだったか、どちらも思い出せない。

再び本流に出てくると、舟を上流にむけ、友が徹夜の見張りをしているであろう場所へむかった。見なれた浅瀬に近づくと、モグラは舟を岸につないだ。それからふたりでポートリー坊やを舟から下ろし、土手道に立たせた。さあ、元気よく歩いていくんだよと言ってから、別れのあいさつ代わりに背中をぽんとたたいてやる。

小さなカワウソは胸をぐっと張ると、よちよちと歩きだした。しばらくすると、ふいに鼻を持ち上げ、足を急がせはじめた。何かを見つけたように甲高い鳴き声を上げながら身をくねらせている。

ネズミとモグラが川の先に目をやると、浅瀬に辛抱強くしゃがんでいたカワウソが、はっと身を固くして立ち上がるのが見えた。カワウソは驚きと喜びの混じった声で吠えながら、カワヤナギのあいだを抜けて土手道に上がり、弾むように駆けていく。そこまで見とどけると、モグラは片方のオールで力いっぱい水をかいて舟のむきを変え、流れに乗って川を下った。とうとうふたりの捜索は終わった。

「ネズくん、なぜだかわからないけど、疲れた感じがする」そう言うモグラは川の流れに舟をまかせ、オールに寄りかかっている。「ひと晩じゅう起きてたからだって、きみはそう言うかもしれない。でもこの季節には徹夜なんてめずらしくないよ。そうじゃなくて、なんだかすごくわくわくするような、それでいて恐ろしいような、そんな経験をしたあとのような感じなんだ。それなのに、実際にはこれといって何も起きなかった」

「あるいは、何かに圧倒されるような、信じられないほどすばらしいことが起きたような感じ」ネズミが舟に背をあずけ、目をつぶりながら言う。「モグくん、じつはぼくもたったいま同じことを思ったよ。ものすごく疲れた感じがするんだけど、体は疲れていない。川の流れに乗って家へ帰れるのはありがたいよね。さんさんと降りそそぐ日差しに、体のしんまで熱くなるってのは、本当にいい！　あっ、アシが風に鳴ってる！」

「音楽みたいだ——どこか遠いところから聞こえてくるような」モグラがうなずきながら、眠たげに言う。

「そうそう」とネズミ。こちらも夢を見ているように気だるげだ。「踊りの音楽——それも軽快なやつがひっきりなしにかかっていて、いつまでも終わらない——あっ、歌も聞こえる。歌詞がついてるよ。とぎれとぎれだけど聞こえる。あっ、また踊りの音楽にもどっちゃった。あとはもう、アシの鳴るかぼそい音が小さく聞こえてくるだけだ」

「ぼくはきみほど耳がよくない」モグラが悲しそうに言う。「言葉は聞きとれないよ」

「じゃあぼくが聞きとって、きみに伝える」そう言うネズミはまだ目をつぶっている。「ほら、また歌が始まった。かすかに、でも聞きとれる。『畏れを頭にすまわせるな——楽しみを悩みに変えるな——救われるとき、おまえはわが姿を見る——しかし、それは忘れよ！』あっ、今度はアシの鳴る音が声みたいに聞こえる——『忘れよ、忘れよ』ほんの小さな声。アシのさやさ

第7章　あかつきの笛の音

や鳴る音と変わらない。あ、また歌が始まった。

『赤くなって傷ついた手足――罠をはずしてやろう――救われるとき、おまえはわが姿をかいま見る――だが必ず忘れよ！』モグくん、アシの生えているほうへこいで！　もっと近づいて！　聞きとるのが難しい。どんどん小さくなっていく。

『救って、癒やし、励ましてやろう――森のなかの小さな迷子よ――見つけて、傷の手当をしてやろう――ただしそのあとは、すべて忘れよ！』モグくん、もっと近づいて、もっとだよ、もっと！　ああ、だめだ。歌は消えて、アシがそよぐ音だけになった」

「その歌、どういう意味だろう？」モグラが首をかしげる。

「ぼくにもわからない」ネズミがあっさり言った。「聞こえた通りに、伝えただけさ。あっ！　また聞こえてきた。今度ははっきりと、全部聞きとれる！　こりゃ本物だ、間違いない、素朴で、激しくて、完璧で――」

「ねえねえ、じゃあ全部教えてよ」しばらく待ってもネズミが先を続けないので、暑さにぼうっとしながら、モグラが言った。

ところが答えは返ってこない。ふりかえったところ、友の黙っている理由がわかった。ネズミは幸せそうな笑みを顔に浮かべ、まだ何かに耳をかたむけている様子だったが、疲れきって熟睡していた。

第8章
ヒキガエルの冒険

　いやな臭いのするじめじめした地下牢に閉じこめられたヒキガエルは、中世につくられた砦の、陰鬱な闇のむこうに広がる、日差しのさんさんと降る外の世界に思いをめぐらせていた。ついこのあいだ、まるでイギリスじゅうの道路を買い占めたかのように、きれいに舗装された街道に好きなだけ自動車を走らせてはめをはずした。それを思い出すとヒキガエルは床に全身をたたきつけて苦い涙を流し、暗い絶望に身をゆだねた。

　「これですべては終わった。少なくともヒキガエルの評判はまるつぶれ。それならすべてが終わったも同然だ。人気者で男前なヒキガエル。裕福でもてなし上手のヒキガエル。すこぶる自由気ままで、はつらつとしたヒキガエル！　再びの自由など、どうして望めよう！　地下牢に閉じこめられるのも当然だ。立派な車を大胆な手口で盗み、考えつくかぎり最悪の暴言を、太った赤ら顔の警官にかたっぱしから浴びせたのだからな！」（そこで泣きじゃくって、喉を詰まらせる）

　「なんと愚かな動物か。あとはもう、この地下牢で朽ち果て、わたしの名を知っているのを自慢にしていた連中から、その名を忘れられるのを待つばかり！　ああ、賢明なアナグマよ！　ああ、賢く、知性あふれるネズミに、分別をわきまえたモグラよ！　いまさらながら、きみたちの判断に恐れ入る。なんと世わたり上手の面々よ！　見捨てられたヒキガエルのなんと哀れなこと！」

　こんなふうに昼となく夜となく、ヒキガエルは数週間にわたって嘆き悲しみ、毎度の食事はもちろん、おやつまで拒否した。だが険しい顔をした年寄りの看守はヒキガエルの懐が豊かなのを知っており、交渉のしだいによっては、心の慰めになるものはもちろん、贅沢な品々も

第8章　ヒキガエルの冒険

外から運びこむことができるのだと、彼にひんぱんに教えていた。
　看守には、働き者で気立てのいい娘がひとりいて、父親の簡単な仕事を手伝っている。この娘がとりわけ動物好きで、昼食後の昼寝を楽しみたい囚人にとっては大迷惑な話なのだが、日のあるうちは、牢獄の分厚い壁に打った釘にカナリヤを入れた鳥カゴをかけておき、夜になると鳥カゴを客間のテーブルの上に移し、覆いをかけておくのだった。
　娘はカナリヤのほかに、まだらのネズミ数匹と、ぐるんぐるんと、ひっきりなしに回っているリスも1匹飼っている。心の優しい娘は哀れなヒキガエルをかわいそうに思い、ある日父親にこう言った。「お父さん！　あんなにみじめで不幸なヒキガエルは見ていられません！　すっかりやせ細ってしまって！　あたしにお世話をまかせてください。あたしがどれだけ動物好きか、わかっているでしょ。ちゃんと食べさせて、しゃんと立たせて、いろんなことができるようにしてやります」
　父親は好きなようにすればいいと娘に答えた。ヒキガエルにはもううんざりしていたのだ。あのむっつりした顔も、でかい態度も、下劣な物言いも、すべていやだった。
　それでその日から娘がけなげに世話をすることになった。地下牢のドアをノックし、「ヒキガエルさん、さあ元気をお出しなさい」と娘はなだめるように言って、なかへ入っていった。「しゃんと背を起こし、涙をふいて、しっかりするのよ。少しでいいから食べ物をお腹に入れるようがんばって。ほら、あたしの分の食事をいくらか持ってきたわ。オーブンから出してきたばかりの熱々よ！」
　娘が運んできたのは、皿2枚をトレイの両脇に置いた牛肉と、キャベツの煮こみ料理。ことこと煮こんだキャベツの匂いが狭い地下牢いっぱいに広がった。その強烈な匂いは、みじめに床に倒れ伏したヒキガエルの鼻をもくすぐり、ひょっとしたら人生は自分が考えるほど無味乾燥で絶望的ではないのかもしれないと一瞬でも思わせる力があった。それでもヒキガエルはまだ泣き叫び、足を投げ出して、気を変えようとはしない。それで賢い娘は1度退散したが、当然ながら匂いのほうは残っている。
　ヒキガエルが泣きじゃくる合間に鼻をひくひくさせていると、騎士道や詩作、これから成すべき偉業など、以前には思いもよらなかったことにまで考えが広がっていき、しだいに気分が明るくなっていく。そう言えばこの世界には広々とした牧草地があり、そこで草を食む牛が

いて、日が差して、風が吹いている。ヒキガエル屋敷には家庭菜園や何種類もの香草を列にして植えた花壇があり、赤や黄色の花を咲かせるキンギョソウに引きよせられて、ハチもやってくる。テーブルに皿を並べるときの心地よい音。作業に熱中して、我れ知らずすわっている椅子を引くときの音。そういったことを思い出していると、狭い地下牢のなかにいても、未来は明るいと思えてくる。——そうだ、仲間が何かしら手を打ってくれるぞ。それに弁護士。今回の事件をまかせたら大はりきりで働いてくれただろうに、数人でも雇わなかったのはなんとマヌケなことか。だが自分には大いなる知恵と財産があると、最後にそこまで考えたところで、ヒキガエルはすっかり元気を取りもどした。

　数時間してもどってきた娘は、大皿と一緒に、いい香りの湯気があがるお茶をカップに入れて持ってきた。大皿には分厚く切った熱々のバタートーストがのり、両面がこんがり茶色に焼けて、パンの気泡から、ハチの巣から垂れるハチミツのように金色のバターがとろけだしている。そのバタートーストの匂いが、ヒキガエルの胸に鮮やかな記憶を次々とよみがえらせていく。

　暖かい台所と霜の降りるまぶしい朝の食事。散策からもどった冬の夜に室内履きを履いた足を炉格子にのせて、ぬくぬくと暖まる居心地のいい居間。猫が満足そうに喉をごろごろ鳴らし、小鳥が眠たげにチチッとさえずる。

第8章　ヒキガエルの冒険

　ヒキガエルは再び背筋をぴんとのばすと、目から涙をぬぐい、お茶を飲んでトーストをむしゃむしゃ食べた。それからまもなく、娘相手に自分のことを進んで語りだした。どんな家にすんでいて、そこで何をしているか。自分はどれだけ重要な人物で、友からどれだけ大切に思われているか。

　ヒキガエルがお茶と同じようにこの話題に元気づけられているとわかって、看守の娘はもっと話させようと考える。

　「ヒキガエル屋敷のことを話して」娘が言う。「素敵なところみたいね」

　「ヒキガエル屋敷とは」誇らしげに言う。「経済的に自立した風格ある紳士が暮らすのにふさわしい、世界にまたとない立派な住まいなんだ。一部は14世紀につくられた歴史ある建築だが、現代人の生活に合うよう、あらゆる文明の利器を備えている。もちろん衛生設備も最新のものを完備。教会にも郵便局にもゴルフ場にも5分で行ける。これぞまさしく——」

　「あら、いやだ」娘が言って声を上げて笑った。「そんなことを言われても信じないわ。本当のところを聞かせてちょうだい。でもその前に、お茶とトーストのお代わりを持ってくるわね」

　娘は1度姿を消し、それからすぐ皿を山盛りにしてもどってきた。

　ヒキガエルは新たなトーストにかぶりつくと、いつもの元気をすっかり取りもどし、娘を相手に、舟小屋やら、魚の泳ぐ池やら、塀をめぐらした菜園やら、豚小屋、馬小屋、鳩小屋、鶏小屋、搾乳所、洗濯場、陶磁器の飾り棚、リネン用の戸棚（これに娘はとりわけ関心を示した）について語った。さらには宴会場もあるのだと言い、ほかの動物たちが集まってテーブルを囲むと、自分は場を最高に盛り上げるべく歌をうたい、物語を語り、最後までみなを飽きさせないのだと自慢する。

　そこで娘がほかの動物たちの話を聞きたがった。ヒキガエルはさまざまな友だちについて、その暮らし方や余暇の過ごし方までふくめてくわしく語って聞かせ、娘は興味津々で聞き入った。ただし娘が動物たちを好いているのは、あくまでペットとしてだった。しかしそれを言ったらヒキガエルが激怒するとわかっていたので黙っている。

　娘がヒキガエルにお休みを言い、水差しの水を満杯にして寝床のわらを整えてやるころには、ヒキガエルはすっかり楽天的なうぬぼれ屋にもどって、もう昔と少しも変わらなかった。自宅で催す晩餐会でよく披露する歌をひとつふたつ歌うと、わらの上で身を丸めてすやすやと眠り、この上なく愉快な夢の世界に遊んだ。

　それ以来、ふたりはよく話すようになったが、わびしい地下牢生活は相変わらず続き、看守の娘がヒキガエルに寄せる同情は日増しに強くなっていった。ほんのささいなことをしただけだというのに、哀れな小動物を地下牢に閉じこめておくのは、あまりにかわいそうだというのが娘の考えだった。うぬぼれ屋のヒキガエルはもちろん、そんな娘の思いを、自分に恋心を募らせているせいだと思いこみ、ふたりを隔てる社会の溝があまりに深いことを嘆かずにはいら

れなかった。というのも娘は美人で、明らかに自分に敬意を持っているように思えたからだ。

　ある朝のこと、娘は何やら考えこむ様子だった。何か聞かれてもぽつりぽつりと答えを返すだけで、ヒキガエルが気の利いたことや面白いことを言っても、耳に入っていないようだった。

「ヒキガエルさん」まもなく娘が言った。「ちょっと聞いてちょうだい。あたしの叔母で、洗濯女をしている人がいるの」

「ほう、それはそれは」口先だけでヒキガエルが愛想よく言う。「だが、気づかいは無用。わたしの叔母にも、洗濯女になったほうがいいと思う者が数人いるんでね」

「頼むから、ちょっと黙っていて」娘が言う。「あなたはしゃべりすぎ。一番の欠点よ。こっちは考えようとしてるのに頭が痛くなる。さっきも言ったように、あたしには洗濯女をやっている叔母がいて、その人がこの城の監獄で必要な洗濯を一手に引きうけているの。お金をもらえる仕事はなんでも一族で引きうけようっていう方針なのよ、わかるでしょ。で、その叔母は月曜の朝に汚れ物を集めて持ち帰って、金曜日の夜に洗った物をもどしにくるの。今日は木曜日。それでいい考えが浮かんだの。あなたは大変なお金持ちで——少なくとも自分ではそう言ってたわよね——叔母はとてもお金に困っているの。あなたにとって数ポンドのお金はなんでもないでしょうけど、叔母にとっては大金よ。それでね、もしあなたが叔母に気に入られれば——カエルだって"ネコなで声"は出せるわ——ふたりのあいだでうまく話がまとまると思うの。つまり、叔母がワンピースやボンネット帽なんかを貸してくれて、あなたは正式な洗濯女として城から逃げ出すことができる。あなたと叔母は似ている点がたくさんあるし——とりわけ体型はそっくり」

「そっくりのわけがない」ヒキガエルがむっとして言った。「わたしの体型はこの上なく優美で——独特なんだよ」

「あたしの叔母もそうよ。独特の体型をしているの。だけど、文句があるなら好きなようにすればいいわ。うぬぼれ屋の恩知らずさん！　あたしはあなたをかわいそうに思って助けようとしているのよ！」

「いやいや、きみの気持ちは大変ありがたい」ヒキガエルがあわてて言った。「ただ、それはないだろう！　ヒキガエル屋敷の当主が、洗濯女の格好でこのあたりを歩きまわるなんて！」

「それじゃあ、あなたはヒキガエルのまま、ここにとどまればいいわ」娘は腹立ちまぎれにぴしゃりと言った。「4頭立ての馬車で出て行きたいんでしょうから！」

　素直なヒキガエルはいつでも自分の非をすぐに認める。「たしかに、きみという女性はじつに善良で優しく、頭がいい。そしてわたしは気位ばかり高い愚かなカエルだ。どうかきみの立派な叔母さんに紹介してもらいたい。きみがこれだけ優しいのだから、その叔母さんも間違いなく高潔な女性だろう。きっと双方にとって満足な形で話がまとまると思う」

　翌晩、娘はヒキガエルの独房に叔母を招き入れた。叔母さんはヒキガエルの1週間分の洗濯

物をタオルにくるんで持ってきていた。あらかじめ姪から話を聞いていた上に、ヒキガエルがテーブルの上にこれみよがしに並べておいた金貨の威力も手伝って、すでに話はついたも同然だった。ヒキガエルは現金と引き替えに、プリント柄の木綿のワンピース、エプロン、ショール、古ぼけたボンネット帽を受け取った。そこで叔母さんがひとつ条件を出してきた。自分に猿ぐつわをかませて縛りあげ、部屋の隅に転がしておいてほしいと言うのだ。いかにも素人くさい手口で、多少の疑いは避けられないだろうが、見つかったときにそれらしい作り話をすれば、いまの仕事を失わなくてすむだろうと言う。

　ヒキガエルは喜んだ。それなら脱獄にも格好がつき、危険を顧みない大胆なヒキガエルという評判にも傷がつかない。それで看守の娘も進んで手伝い、自分ではどうにも身動きできないと思えるまでに洗濯女を縛りあげてやった。

　「さて、じゃあ次はあなたの番よ」娘が言う。「その上着もチョッキも脱いでちょうだい。そのままでも十分太ってるんだから」

　娘は体をふるわせて笑いながら、ヒキガエルの服のかぎホックをはずして木綿のワンピースに着替えさせた。ショールを巻いて、慣れた感じに襞を寄せ、古ぼけたボンネット帽の紐をあごの下で結ぶ。

　「上出来だわ」娘がくすくす笑う。「ここまでお上品な格好をするのは生まれて初めてのことでしょうね。じゃあヒキガエルさん、がんばって逃げるのよ。来た道をそのままもどればいいから。途中なんだかんだ声をかけられたら——きっと男の人がちょっかいをかけてくるわ——気の利いた言葉でも返して適当にあしらってやればいいわ。ただしあなたはいま、夫を失ってから身持ちも堅く、ひとりけなげに生きてきた女性だってことを忘れないでね。おかしなことをすれば、すぐ悪い評判が立つから」

　ヒキガエルは内心ドキドキしながらも、できるだけしっかりした足取りで、むこう見ずな作戦に慎重に乗り出していった。が、それからまもなく、何もかもが自分に味方してくれるとわ

第8章　ヒキガエルの冒険

かって驚いた。それもこれも男性である自分の人気には一切関係なく、別の者のおかげであるとわかって、少し謙虚な気持ちになった。洗濯女に扮すれば、どんなに警戒が厳重なドアでも門でも出入り自由で、まるでその格好はパスポートのようだった。どこを曲がればいいのか迷っているときでも、気がつくと助けられている。早く夕食にありつきたい看守が隣の門から顔を出して、オレをひと晩じゅう待たせるつもりか、さっさとここを通って帰れと教えてくれるのだ。そして案の定、からかわれ、冷やかしの言葉を投げられ、それにすぐさま応酬しなければならなかった。じつはヒキガエルにとって一番やっかいなのがこれだった。ヒキガエルというのは根っから気位の高い偉そうな生き物で、軽口はもちろん、自分をおとしめて笑いを取るのは大の苦手ときている。そういう面ではからきしだめだと自分でもわかっていた。それでも精一杯がんばって地を出さないようにし、下品にならない程度に、相手が投げてきたのと同じだけの毒を返してやった。

　最後の中庭を通り抜けるまでには、もう数時間もたったように思えた。最後に通りかかった衛兵詰め所から、ちょっと寄っていけとしつこく誘われるのを断って、最後に会った看守が芝居がかった調子で腕を広げ、いざ別れのあいさつをと抱きしめようとするのを振りはらってきたのだった。

　と、ヒキガエルの背後で、外へ通じる大門の傍らに作られたくぐり戸がカチッと鳴った。ずっと緊張していたヒキガエルのひたいに外の新鮮な空気が触れた。とうとう自由になったのだ。

　大胆な計略があっさり成功したのにめまいを覚えながら、ヒキガエルは町明かりが見える方向へ素早く歩を進めた。次にどうしたらいいのか、まったくわかっていなかったが、自分の扮している洗濯女の評判と人気が行きわたっている界隈から、できるだけ早く遠ざかる必要があるのはわかっていた。

　考えながら歩いていると、少し行ったところで赤と緑の光が目に飛びこんできた。町のそのあたりから、機関車がエンジンを吹かすシューシューいう音

や、車両を別の線路に移す大きな音がしている。「いいぞ！　これはついてる！　いまこのとき、わたしが世界で一番必要としている列車の駅が目の前だ。もう洗濯女のふりを続けて、この恥さらしな格好で町を歩かなくていい。絶大な効果があったとはいえ、この格好は自尊心によくない」

　それからヒキガエルは駅へ行った。時刻表を調べたところ、自分の家がある方角へむかう列車が、30分後に発車することがわかった。

　「またまたついてた！」

　ヒキガエルはたちまち気をよくして切符を買いに駅の窓口へむかった。

　窓口の職員に駅の名を告げる。それはヒキガエル屋敷が名所になっている村に一番近い駅だった。それから必要な金を取り出そうと、無意識のうちにチョッキのポケットに指をつっこんだ。しかし指が触れたのは木綿のワンピース。それを着ていたからこそ、りっぱな女性として周囲に認めてもらえていたのに、本人はその存在をすっかり忘れていた。それが今、ヒキガエルの手をこばみ、金を取り出すのを邪魔している。まるで悪夢を見ているかのように、ヒキガエルはわけのわからない構造の服と必死になって格闘する。どこから手を入れようとしても服に押さえつけられてしまうようで、何をどうやってもだめ。服にあざ笑われているかのようだった。そうしているあいだにも、後ろには切符を買う人の長い列ができて、みないらいらしながら、ああしたらどうだ、こうしたらどうだと、役に立つこと立たないことを、口々に言ってくる。

　するとついに——どうやったのか自分でもわからないが——障害物を突破して、チョッキのポケットがあるべき場所に指が届いた。ところがいつもそこに入ってるはずの金がないばかりか、金を入れているポケットも、ポケットのついているチョッキもない！

　地下牢に上着とチョッキを両方とも置いてきたことに気づいて、ヒキガエルはぎょっとする。それと一緒に、札入れ、金、鍵、腕時計、マッチ、筆入れなど、人生を価値あるものにする品々を全部置いてきてしまった。たくさんつけたポケットの内に、そういうものを忍ばせているからこそ、他のやつらとは違う生き物といえるのだ。ポケットをひとつも持たずに行き当たりばったりの人生を無責任に歩み、人生ここ一番の戦いに丸腰で望む下等な生き物と自分は違う。

　みじめさのただなかにあって、ヒキガエルは最後の悪あがきに出た。かつて身につけた、その土地の名士と大学教授のそれを合わせたような威厳を再び取りもどして職員に言う。「すまない！　財布を置いてきてしまったのにたったいま気づいた。とりあえず切符をもらえないかね？　金は明日にでも送るとしよう。わたしはこの界隈では有名なんでね」

　窓口の職員はヒキガエルの顔をまじまじと見ていたかと思うと、古ぼけたボンネット帽にちらっと目をやり、それから声を上げて笑った。「そりゃ、有名にもなるでしょうな。こんなおふ

第8章　ヒキガエルの冒険

ざけをしょっちゅうやっているようじゃ。さあ、さっさとそこをどいてください。ほかのお客さんの迷惑です！」

さっきまで後ろからつっついていた紳士が、ヒキガエルを乱暴にどかした。さらに悪いことに「オバサン、邪魔だよ」などと見くだした言い方をされたので、この一件は、この夜起きた事件のなかで、ヒキガエルにとってなによりも腹立たしいものとなった。

すっかり打ちひしがれ、鼻の両側に涙をしたたり落とし、ヒキガエルは列車が待機している駅のホームをやみくもに歩いていった。

ようやく安全な場所まで出てきて、我が家も目の前だというのに、わずかな金が手元にないだけで、そして金で雇われた職員に信用されないというだけで、そこへ行き着けないと考えると、たまらない気持ちになった。まもなく脱獄が発覚して追っ手が差しむけられ、つかまって罵倒され、鎖につながれる。そうして再び地下牢へ引きずられていって、パンと水とわらの生活が始まる。看守の数も罰も、これまでの2倍になるだろう。ああ、あの娘にどんな皮肉を浴びせられるやら！　いったいどうすればいいのか？

足は速くないし、残念ながらいまの姿は人目につきすぎる。客車の下にもぐりこもうか？　男子学生が思慮深い母親からもらった旅費を別のことにつかってしまったときに、そういう作戦に出るのを見たことがあった。

あれこれ考えているうちに、気がつくとヒキガエルは機関車を前にして立っていた。機関士がひとり、油の入った缶を片手に持ち、もういっぽうの手に丸めた綿のぼろきれを持って、愛情こめて機関車を磨いている。
「おや、おや！」機関士が言う。「どうしたね？　そんな浮かない顔をして」
「それが、それが」ヒキガエルが新たな涙にくれて言う。「あたしゃ不幸な洗濯女でございます。お金をすっかりなくしてしまって、切符を買えないんです。なんとかして今夜じゅうに家に帰らなくちゃならないのに、どうしたらよいかわからなくて。ああ、どうしよう！」
「そりゃ、大変だねえ」運転手が考えこむように言う。「金をなくして——家に帰れない——家じゃあ子どもが何人かいて、あんたの帰りを待っている。そうじゃないのかい？」
「ええ、子どもが大勢いるんです」ヒキガエルがさめざめと泣く。「しかもみんなお腹をすかせていて——マッチで遊んで——無邪気にもランプをひっくりかえすかもしれない！——もちろんケンカだってする。みんなでワイワイ大騒ぎ。ああ、どうしよう！」
「よっしゃ、じゃあ、こうしようぜ」人のいい機関士が言う。「あんたは洗濯を仕事にしている。いい商売じゃないか。で、オレは見てのとおり、機関士だ。なんだかんだ言って、恐ろしく汚れる仕事だ。シャツなんぞとことん汚れちまって、かみさんは洗濯にうんざりしてる。もし家に着いて、オレのシャツを2、3枚洗ってくれるって言うんなら、あんたをオレの機関車に乗せてやろうじゃないか。会社の決まりには反するが、こんなへんぴなところじゃ、あまりう

第8章　ヒキガエルの冒険

るさいことは言わねえんだ」

　どん底の気分から一転。ヒキガエルは天にも昇る心地で機関車の運転席にはい上がった。もちろん、洗濯など生まれてから1度もやったことがなく、やろうとしたところでできないし、いまさら始める気もなかった。ヒキガエル屋敷に無事着いて、再び金と、それを入れるポケットがつかえるようになったら、いくらでも洗濯女に出せるよう、たっぷり金を送ってやろう。そうすれば約束を果たしたも同じこと。そのほうが相手はもっと喜ぶだろう。

　車掌が出発進行の旗を振り、機関士がそれに応えて汽笛を軽快に鳴らし、汽車が駅から出ていった。加速するにつれて両側に本物の野原や木々、生け垣、牛、馬が見えてきて、どれもこれもびゅんびゅん飛びすさっていく。それを見ながらヒキガエルは、1分ごとに家に近づいているのを感じて、気の合う友だちや、ポケットでチャリチャリ鳴る金や、眠りにつくときの柔らかなベッドや、口に入れるおいしい食べ物のことを思う。今回の冒険について語ったら、みんなうっとり聞き入って、惜しみない賛辞を贈るだろう。そんなことを想像しながら、ぴょんぴょん跳び上がって歓声を上げ、切れ切れに歌までうたいだしたものだから、機関士はもうびっくり。洗濯女に仕事を頼むのはごくたまにだったが、それにしてもこういう洗濯女にはついぞお目にかかったことはなかった。

　かなりの距離を進んでくると、ヒキガエルは早くも、着いてすぐの夕食に何を食べようかと考えだしたが、そのとき機関士が怪訝な顔をして機関車の脇から身を乗り出し、一心に耳を澄ましているのに気がついた。

　まもなく機関士は石炭の上に乗り上がって、機関車のてっぺんから外を覗きだした。それからヒキガエルにむき直って言う。「妙だな。今夜こっち方面へむかう汽車はこれが最終のはずなんだ。なのに別の汽車がオレたちのあとについてくる！」

　ヒキガエルは浮かれ騒ぎをぴたりとやめた。顔から血の気が引いていき、腰のあたりに鈍い痛みを感じたと思ったら、それが足にも伝わって、しゃがみたくなった。さまざまな可能性が頭に浮かんでくるのをできるだけ考えないようにする。

　このとき月がまぶしく輝き、石炭の上でバランスを取っていた機関士は、はるか後ろまで見わたすことができるようになった。

　まもなく機関士が声を張り上げた。「はっきり見えたぞ！　機関車が1台、同じレールの上を猛スピードで走ってくる！　どうやらこっちを追っているらしい！」

　進退きわまったヒキガエルは石炭のほこりのなかにしゃがみこみ、窮地を抜け出す方策を一生懸命考えるものの、いい考えはまったく浮かばない。

　「どんどん迫ってくるぞ！」機関士が怒鳴る。「あっちの機関車には、まったくけったいな連中が乗ってる！　槍を振りまわす大昔の看守みたいなのや、ヘルメットをかぶって警棒を振りたてる警官。山高帽をかぶってみすぼらしい格好をしている男たちは、間違いなく私服刑事だ

ろう。これだけ距離が離れていてもはっきりわかる。リボルバー銃とステッキを振りかざしてるぞ。みんなして何かしら振りかざしながら、同じことを怒鳴ってやがる——『とまれ、とまれ、とまれ！』だと!?」

　やがてヒキガエルは石炭のなかに両膝をつき、結んだ両手をあげて嘆願した。「どうか、どうか、お助けを。心優しい機関士さん。こうなったら全部白状します！　こんな姿をしてはいますが、わたしは洗濯女なんかじゃないんです！　待っている子どもなどひとりもいない——無邪気だろうと、そうでなかろうと！　じつはわたしはよく名を知られた人気者、立派な屋敷と地所を所有しているヒキガエル。それがついこのあいだ、敵に押しこめられた忌まわしい地下牢から勇気と知恵をつかって脱出を果たしたのです。もしあの機関車に乗っている連中につかまったら、潔白なこの身は鎖につながれ、パンと水とわらの生活を強いられ、哀れで不幸なヒキガエルに逆もどりしてしまう！」

　機関士は鋭い目でヒキガエルを見下ろした。「本当のことを言うがいい——おまえさんはどんな悪いことをして牢屋に入れられたんだ？」

　「たいしたことじゃないんです」哀れなヒキガエルは顔を真っ赤にしている。「持ち主が昼食を食べているあいだに、ちょっと車を失敬した。その時間、車は用なしでしたから。盗むつもりなんて本当になかった。軽い気持ちでちょっとはめをはずしただけだというのに、みんな——とりわけ、警察や裁判所が——それを厳しい目で見て」

　機関士はひどく険しい顔になって言った。

　「おまえはとことん性悪なヒキガエルらしいな。本来なら腹を立てている警察に引きわたして当然のところだ。しかし見たところ、おまえはひどく困っているようだから、このまま見捨てはおかない。ひとつには自動車なんてものをオレは屁とも思わんからだが、もうひとつには、オレが機関車を運転してるときに警察にあれこれ命令されたくないからだ。それに動物に泣かれるのには弱くてね。ついつい情にほだされる。だから元気を出せ、ヒキガエル！　力を尽くして、なんとかやつらを振りきってやる！」

　ふたりは無我夢中で石炭をシャベルですくっていく——ボイラーがごうごうと音を立てて燃えさかり、火花が飛び散り、機関車が飛び跳ねるように加速して一気に進む。それでも追っ手は徐々に距離を詰めてくる。機関士はため息をつき、ぼろ布でひたいの汗をぬぐってから言った。

　「こりゃ無理だな。あの軽快な走りを見ろよ。こっちよりよっぽど上等なエンジンを積んでいる。そうなるってえと、残る手はひとつだ。おいヒキガエル、おまえにとっちゃ、これが最後のチャンスだぜ。耳の穴をかっぽじってようく聞けよ。ここより少し先に長いトンネルがある。それを抜けると線路は深い森のなかへとのびている。オレはそのトンネルを全速力で抜けるが、むこうは当然、少しスピードを落とす。事故が怖いからな。で、こっちはトンネルを抜け

たところで蒸気をとめて思いっきり強くブレーキをかける。そうして安全なスピードになったら、おまえは飛び下りて、森に隠れる。連中がトンネルを抜けておまえを見つける前にだ。それからオレは再び全速力で走るから、連中は気のすむまで、どこまでも追いかけてくればいい。いいか、オレが飛び下りろと言ったらすぐそうできるように準備をしているんだぞ！」

　ふたりはさらに石炭をぽんぽんくべていき、機関車は鉄砲玉のようにトンネルにつっこんだ。エンジンがものすごい音でうなりだし、耳がつんざかれそうになったところで、トンネルのむこうの新鮮な空気のなかへ飛び出した。月明かりに照らされたのどかな夜で、線路の両側に広がる森が、隠れるのに格好の闇を提供している。

　機関士は蒸気をとめてブレーキをかけた。ヒキガエルはステップを下りていき、機関車のスピードが歩くのとほぼ同じになったところで、「いまだ、行け！」と機関士の怒鳴り声が響いた。

　ヒキガエルは飛び下りた。短い土手を転がったかと思うと無事立ち上がり、あわてて森のなかへ駆けこんで隠れた。

　森の外を覗くと、自分を乗せてきた機関車が再び速度を上げて豪快に走っていくのが見えた。それから追っ手の機関車がトンネルから飛び出してきた。轟音が上がり、汽笛が鳴るなか、装いもさまざまな男たちが、めいめいに違った武器を振りかざしながら怒鳴っている。

「とまれ！　とまれ！　とまれ！」

　機関車が行ってしまうとヒキガエルは心の底から大笑いした——牢獄に入れられてから初めてのことだった。

　しかし、もうずいぶん遅い時間で、暗くて寒い上に、ここは知らない森だと思うと、笑い声も消えていった。金もなく、夕食も食べられそうになく、友や家はまだ遠い。列車の轟音に慣れたあとでは、何から何までしんと静まっているのは、なんだか恐ろしくもある。安全な木々から遠く離れる勇気はないが、とにかく線路からはできるだけ離れようと、森のなかに入っていった。

　何週間も壁に囲まれた場所で過ごしたあとでは、森は奇妙によそよそしく感じられる。ヒキガエルは森に笑われているような気がした。夜鷹がキョキョキョキョとお決まりの声で鳴きだすと、森じゅうに自分を追ってくる看守がいて、まもなく包囲されるような気もしてくる。そのうちフクロウが1羽、音もなく飛んできて、ヒキガエルの肩を翼でさっとこすっていった。いまのは人間の手に違いないと飛び上がると、フクロウは低い声でホーホーホー！とあざ笑うように鳴き、なんといやらしい鳴き方かと思っていると、蛾のようにひらひら飛んでいなくなった。1度キツネも1匹通りかかった。足をとめて、ヒキガエルを上から下まで皮肉っぽい目でながめまわすと、「やあ、洗濯女！」と声をかけてきた。「先週は靴下の片方と枕カバーが1枚足りなかったぞ！　2度と同じようなことがないよう気をつけろ！」そう言うと忍び笑

いをもらし、肩をそびやかして歩み去った。ヒキガエルは石を投げてやろうと思ったが、どこにも見つからず、なんとも悔しい思いをした。

　やがて寒さがこたえてきて腹もすき、疲れを覚えてきた。ヒキガエルは隠れるのにちょうどいい木のうろを見つけると、そのなかに枝やら枯れ葉やらを入れて、できるだけ心地よい寝床をつくって朝までぐっすり眠った。

第9章
南をめざす旅人たち

　なぜだか自分でもわからないが、このところネズミは落ち着かない。耕作地の緑が金色に変わり、ナナカマドが赤らみ、森のところどころに黄褐色の絵の具を掃いたような部分が見えるが、光も熱も色も、まだ夏の盛りと同じで、寒い季節が近づいてくる気配はまったくない。それでも小鳥たちは疲れたようで、果樹園や生け垣から絶え間なく聞こえていた大合唱は、夕べの祈りほど寂しくなっていた。そうしてコマドリが幅を利かしだせば、季節が移っていくのは明らかで、あちらこちらで旅支度が始まる。カッコウの声がずいぶん前から聞こえないのは当然としても、ここ数か月のあいだ、いつもそのへんで群れていて、景色の一部のようになっていたその他大勢の鳥たちも、だんだんに見かけなくなり、日ごとに群れが小さくなっていくようだった。こういった鳥たちの動きにいつも目を光らせているネズミには、いよいよ南への大移動が始まるのだとわかる。夜中に寝床にいても、何かに呼ばれるようにして闇の空を飛んでいく鳥たちの羽ばたきと翼のふるえが感じ取れる気がした。

　自然という名の壮大なホテルにもやはり混み合う時期と、がらがらの時期がある。客たちがひとり、ふたりと荷造りをはじめ、支払いをすませて出立し、レストランにも空席が目立つようになる。豪華な続き部屋が閉められ、カーペットが巻き上げられ、給仕が暇を出されるいっぽう、次のシーズンの本格的な幕開けまでホテルに居つづける下宿人も、なんらかの影響を受けることになる。出ていく客たちは今後の計画や進路や新しい住居について熱心に語り合ったのち、別れを告げてめいめい旅立っていき、ホテルは日増しに寂しくなっていく。だから何やら落ち着かず、気分がうつうつとして愚痴っぽくなる者がいても不思議ではなかった。

　「なんだって変化を求める？　ぼくらのようにここに落ち着いて、毎日楽しく過ごせばいいじゃないか？　きみたちはこのホテルのオフシーズンを知らない。ぼくらは残りの愉快な季節

第9章　南をめざす旅人たち

を最後まで楽しむんだ」そう言うと、間違いなく同じ答えが返ってくる。「そりゃたしかにそうだ。きみがうらやましいよ。ぼくらも――また来年にでも――そうしてみたいところだが、いまはもう予定が決まっているんでね。ほら、バスもやってきた――もう時間がないんだよ！」それで彼らはにっこり笑ってうなずいて、結局去っていき、残る者の胸には寂しさと不満がわだかまる。ネズミは自給自足で土地に根づく生き物で、1か所に定住する。それでも、あたりにただよう移動の気配に影響を受けて、どことなく自分もじっとはしていられないような気がしてくるのだった。

　みんながあわただしく出発するなかでは、何をやるにしても集中できない。アシが丈高くうっそうと生い茂る小川も、水の流れはだいぶゆるやかに水位も低くなっていた。ネズミは川辺を離れて田園のほうへぶらぶら歩いていった。すでにほこりっぽく乾燥して見える畑や牧草地をいくつかわたって、黄色い海のように広がる麦畑のなかへ突き進んでいく。波のように穂を揺らす麦のあいだには、虫がそっと身じろぎする音や、小さな鳴き声が満ちていて、それらが入り交じって低いうなりとなって聞こえていた。すっくとのびる固い茎の上に、たわわに実った穂を輝かせる麦畑は、金色の空をいただく森にも思えて、そのなかをぶらぶら歩くのがネズミは大好きだった。

　黄金色の空は、いつもかすかに揺れている。ひそやかにおしゃべりをしていたかと思うと、吹きつけてきた風にびゅんと身をしならせ、またすぐ頭を振って起き上がり、陽気に笑う。麦畑を出たところにも、小動物の友たちが大勢いて、ここはここでひとつの社会をつくって、みな忙しく充実した毎日を送っている。それでもうわさ話をする時間ぐらいはあるもので、友がやってくれば立ち話でもして、近況を報告しあうのがつねだった。

　ところがふだんはそういう礼儀を欠かさない野ネズミやカヤネズミが今日にかぎって知らん顔をしている。多くは穴やトンネルをせっせと掘っているが、なかには数匹でまとまって、「狭いながらも使い勝手よし、近くに食料倉庫アリ」と説明書きのついた小部屋の間取図を真剣に検討している者もいる。ほこりをかぶったトランクや衣類を入れるバスケットをひっぱりだしている者がいれば、すでに荷造りも半ばに入って、ひじまで荷物に埋もれている者もいる。そういったなか、小麦、オート麦、大麦、ブナの実、木の実が、そこらじゅ

楽しい川辺

うで山や束になって、すぐ運び出せるよう準備してあった。

「やあ、ネズくん！」みんなが気づいて声をかけてきた。「ちょっと来て手伝ってくれよ、そんなところで暇そうにしてないでさ！」

「いったいこれは何事だい？」ネズミは厳しい口調で言う。「いくらなんでも冬支度には気が早すぎる！」

「ああ、それはそうなんだが」野ネズミはちょっと恥ずかしそうに言う。「でも、いつだって準備は早いに越したことはないだろ？　あのおそろしい機械がバリバリ音をたてて畑を荒らしまわるまえに、家具やら荷物やら貯蔵品なんかを全部運び出さないといけないんだから。それにきみも知ってのとおり、最近じゃ、いい部屋はすぐ借り手がついてしまうんだ。ここで後れを取ると、余りものの部屋で我慢しないといけない。まあどこでも新しい部屋に落ち着くまでにはやるべきことが山ほどあるんだけどね。たしかに気が早いと言われればそれまでだけど、まだ手をつけたばっかりだから」

「手なんかつけなくていいよ」とネズミ。「こんなにいい天気なんだ。舟遊びをしてもいいし、生け垣沿いを散歩するのもいい。森でピクニックをするとか、楽しいことはいくらでもあるよ」

「うん、でも今日はやめとくよ。いろいろありがとう」野ネズミは手っ取り早く話にけりをつけた。「いつの日か——もっと時間ができたら、そうしたいと思う」

ネズミは軽蔑するようにふんと鼻を鳴らし、帰ろうとして乱暴にむきを変えた。と、帽子入れの箱につまずき、情けない悲鳴をあげて倒れてしまった。

「ぼやっとしてるからだ」野ネズミがよそよそしく言った。「ちゃんと行き先に目をむけてい

第9章 南をめざす旅人たち

れば、怪我をすることもない。しっかりしないとな。そこにある大きなかばん、ネズくん、気をつけてくれよ！　きみはどこかにすわっていたほうがいい。1時間か2時間したら、こっちも手があくから、お相手するよ」

「『手があく』なんて、きっとクリスマスがやってくるまで無理だ。そうに決まってる」ネズミはむくれて言いかえし、来た道をとってかえした。

ネズミはいくぶん気落ちして川辺にもどってきた——忠実な川はいつでも昔ながらにそこにいて、荷造りもしなければ、あわてふためいて冬の住まいへ移ったりもしない。

川の土手をふちどるヤナギの木の枝にツバメが1羽とまっているのが見えた。まもなくまた別の1羽がそこに加わり、それから3羽目もやってきた。大枝の上で3羽はそわそわしながら、何やら小声で熱心に話を始めた。

「こんなに早く」ネズミはツバメたちに近づいていって言う。「何を急ぐ必要があるんだい？　ばかげているとしか言いようがない」

「いや、まだだよ。ぼくらが旅立つ日のことをきみが言ってるんだとしたらね」最初のツバメが言った。「ただ計画を練って、準備をしているだけなんだ。いろいろ話すことがあるんだ。今年はどの経路で行くかとか、どこでとまるかとか。話してるだけで楽しいんだよ！」

「楽しい？」とネズミ。「そこだよ、ぼくがわからないのは。だって、この心地よい場所を去らなきゃいけないんだよ。自分がいなくなったら寂しがる友を置いて、住みなれた家をあとにして、勇気をふりしぼって出発する。行く手にはいろんな問題や不愉快なことが待っていて、新しい環境ややり方に慣れなくちゃいけないのに、それでもそんなに不幸じゃないと、自分を

　だましだましやっていく。そういうことを出発する前に話したり考えたりするのが楽しいなんて——」
　「違うんだ。そりゃあ、きみにはわからないだろう」2羽目のツバメが言った。「最初はさ、なんだか胸がわくわくして落ち着かないんだ。それから、巣に鳩がもどってくるように、思い出がひとつひとつ、頭のなかにもどってくる。夜は夢のなかで思い出すし、昼は空を飛びまわりながら思い出している。そういう思い出はね、みんなで語り合いたいものなんだ。あんなことがあったよね、こんなこともあったよねって。そうやって語り合うなかで、ずっと忘れていた匂いや音や場所の名前なんかがゆっくりよみがえってきて、ああまたあそこへ帰りたいと思うんだ」
　「今年だけでも、ここにとどまることはできないのかい？」ネズミがせつなく訴える。「きみたちがくつろげるように、できるかぎりのことをするよ。きみらが遠くへ去ったあと、ぼくらがここでどんなすばらしい時間を過ごしているか想像もつかないだろ」
　「『逗留』をしてみた年もあるんだ」3羽目のツバメが言う。「その場所がずいぶん気に入って、出発のときが来ても仲間だけで行ってもらって、ぼくはそこに残ったんだ。数週間のうちは無事に過ぎていったが、問題はそのあとだ。夜のなんと長いこと！　日中もお日様が出なくてふるえるばかり！　空気はじとじと湿って、体が冷えるったらない。どこをさがしても虫1匹いない！　これはだめだと思ったね。すっかりくじけてしまったよ。それで風の強い寒い日、ぼくは翼を広げて飛びたった。強い東風に乗って内陸のほうへ飛んでいったんだ。大きな山々の上空を進んでいくときには雪が激しく降ってきて、それに負けないようにするのが大変だっ

た。それでも、眼下で青く透きとおる湖の上にさーっと下りていって、再び熱い日差しを背に受けてすいすい飛ぶときの最高に幸せな気分を心に鮮明に描いて進んでいった。太った虫を口に入れたときのおいしさもね！　それ以前の毎日は悪い夢のようだった。何週間もかけて南へむかったあとは、毎日が幸せな休日で、気楽にのんびりして、好きなだけそこにとどまった。それでも自然の呼び声だけは聞きのがさないよう、いつも注意をしていた！　さすがに１度で懲りたよ。２度と自然に逆らうことはするまいと思った」

　「そう、南へ！　南へ！　そう呼ぶ声がするんだ」ほかの２羽が夢見るように口を添える。「まるで歌うように呼びかけてきて、まばゆい空へと誘うんだ！　ほら、あれ、覚えてるかい──」いつのまにかツバメたちはネズミのことも忘れて、南の思い出を夢中になって語っている。その情熱的な語りにうっとり耳を澄ませていると、ネズミの胸もかっと熱くなってきて、心がふるえだした。まさかそんなものがあるとは思いもしなかった、心の内で眠っていた情熱がとうとう目を覚ましたのだ。実際にはまだ、ネズミは何も経験していない。南へむかう鳥たちの他愛ないおしゃべりを聞いただけだ。それでもこれまでに感じたことのない興奮が全身を走り抜けていく。もし実際にそれを経験したらどうなるだろう──一瞬でも、本物の南の太陽が投げかける日差しを身に受けて、本物の南の匂いをかいだら？　ネズミは目をつぶって、自分が南にいることを想像して、その夢に思う存分身をゆだねた。それから再び目をあけると、目の前の川が鋼のように冷たく、緑の野原が色を失って灰色に見えた。そのときネズミは、もうひとりの忠実な自分に、裏切りをたしなめられたような気がした。

　「それじゃあ、どうしてきみたちは、わざわざここへもどってくるんだい？」ネズミはツバメへのねたましさも手伝って、聞いてみた。「これといった面白みもなく、ぱっとしない、ちっぽけな土地のどこに魅力を感じるんだい？」

　「あのさ」と１羽目のツバメが言う。「ぼくたちには南へ呼ぶ声しか聞こえないとでも？　季節がめぐれば、また別の声に呼ばれるとは思わないかい？　みずみずしい青草やぬれた果樹園が、虫が住みつく暖かな池や草を食む牛が、干し草刈りや、巣作りに絶好の軒先を提供してくれる農家が、ぼくらを呼ぶとは思わないのかい？」

　「それにきみは」また別のツバメが言う。「カッコウの歌声をまた聞きたいと願う生き物は、自分だけだと思っているのかい？」

　「とにかく」３羽目が言う。「ぼくらはまた、イギリスの小川の水面にそっと揺れるスイレンを思い出して故郷が恋しくなるんだ。でもいまはそういったものが全部色あせて、心ひかれない。別の音楽に血が騒いでいるんだ」

　再びツバメたちは自分たちだけのおしゃべりにもどっていった。今度は、すみれ色の海や、黄褐色の砂、トカゲのはいまわる壁などといったものに、思いをはせているようだった。

　ネズミは落ち着かなげにまたふらふらと歩きだし、川の北側の土手からなだらかに隆起する

斜面を上がっていく。てっぺんまで来たところで腰を下ろし、南の景色をさえぎるように長く連なる丘をながめた。これまではその丘がネズミにとっての地平線であり、その先は未知の世界であって、そこに何があるのか、見たいとも知りたいとも思わなかった。ところが今日ばかりは、南を見たいという新たな思いが胸に芽生え、なだらかな丘のラインが、希望に脈打っているように見えた。すると見えないものがすべてであり、知らないことにこそ、人生の真実があると思えてくるのだった。こちら側はつまらないが、丘のむこうには絶えず移り変わる色鮮やかな世界がある。その世界がいまネズミの心の眼にはっきり見えていた。輝く緑の海に白く砕ける波！　日差しの降りそそぐ海岸！　海岸沿いには白い別荘が建ちならび、オリーブの木立を背景にきらきら輝いている！　静かな波止場をにぎわせる勇壮な船の数々！　船はゆったりした海に浮かぶ、ワインや香辛料を産出する紫色の島々にむかう！
　ネズミは立ち上がって再び川のある方角へ下りていったが、途中で気が変わり、ほこりっぽい脇道の斜面に落ち着く場所を見つけた。道沿いに鬱蒼と生い茂るひんやりした草に半ば埋もれるようにして腰を下ろし、舗装された街道とその先に広がる驚くべき世界に思いをはせる。富と冒険を求める旅人が大勢その街道を歩いていき、旅の果てに何を見つけたか知らないが、とにかく、先へ、先へと進んでいった！
　と、ネズミの耳に足音が聞こえ、少し疲れた様子で、こちらにむかって歩いてくるものの姿が見えた。相手もネズミのようだが、全身ほこりだらけ。そばまでくると、こちらにあいさつをしてきたが、その仕草がどこか外国風だった。旅のネズミは一瞬ためらってから、感じのいい笑みを浮かべて道をはずれ、川ネズミの横のひんやりした草の上に腰を下ろした。旅ネズミは疲れていて、何か思うところがあるようだったので、川ネズミは声もかけずに休ませておく。旅でこわばった筋肉をのばして頭を休めるには、黙って隣にすわっているのが一番だとわかっていた。
　旅ネズミはやせていて鋭い目鼻立ちをしていた。少し猫背で、指はほっそりと長く、目尻に皺が寄り、ちょうどいい位置に飛び出した形のいい耳に金色の小さな耳輪をつけている。メリヤス編みのシャツも、継ぎが当たってシミがついているズボンも、もとは青色をしていたようだが、いまはすっかり色あせていた。わずかな手荷物を青い木綿のハンカチにくるんでいる。
　しばらく休んだあとで旅ネズミはため息をつき、鼻をくんくんさせてあたりを見まわした。「クローバーが咲いているんだな。風に甘い香りが混じっている」旅ネズミが言う。「後ろで牛が草を食んでいるらしい。口いっぱいに頬ばってむしゃむしゃやりながら、ときどきそっと鼻を鳴らす音がする。遠くでは草を刈っているらしい。むこうでは森を背景に民家からひと筋青い煙が上がっている。どこか近くに川も流れているらしい。水鳥のバンの鳴き声が聞こえるからね。で、きみはその体付きからすると、舟を操って暮らしている川ネズミのようだ。何もかもが眠っているように静かでありながら、日々の営みは続いている。こういう暮らしもいい

第9章 南をめざす旅人たち

ねえ。世界一すばらしい暮らしと言ってもいい。ぐらつかない精神の持ち主にならば！」

「ええ、これが本当の暮らしです。これ以外にはありません」そう言ってネズミはうっとりした顔をして見せるが、いつもと違って本気でそうは思えなかった。

「いや、オレが言った意味はそれとはちょいと違う」相手が慎重に言う。「でも最高の暮らしには違いない。実際オレもやってみたからわかるんだ。6か月のあいだは最高だった。それがいまこうして痛む足を引きずり、空きっ腹をかかえて出ていこうとしている。南へ徒歩でむかうんだ。昔の暮らしにもどってこいと、なじみの声に呼ばれてね。それこそがオレ本来の暮らし方で、結局いつもそこにもどっていく」

じゃあこの人も、みんなと同じってことか？　川ネズミは心のなかでそう思った。「それで、いままではどこにいたんです？」どこへむかうのかとは、あえて聞かなかった。その答えはもうわかっている。

「感じのいい小さな農場」相手はあっさり言った。「あの道をずっと進んでいった先だ」そう言って北の方角をあごでさす。「悪くないところでね。欲しいものはなんでも手に入った。人生で望むものはすべて、いやそれ以上に。それなのに、いまこうして旅に出ているんだから驚きだ。でもまったく後悔はないし、出てきて本当によかったと思っている。まだまだ相当の距離を歩かねばならないが、心のおもむくままに何時間だって歩いていくさ！」

旅ネズミは瞳を輝かせて地平線をひたと見すえ、内陸からしきりに聞こえてくるらしい何かの音に耳をかたむけているようだった。牧草地や畑から軽快な音楽とともに歌声が聞こえてくるらしい。

「あなたは、ぼくらとは違うようですね」と川ネズミ。「畑を耕して暮らしてきたようには見えないし、そもそもこの土地で生まれ育ったのではない」

「ああそうだ」旅ネズミが言った。「オレは海ネズミ。出身はコンスタンチノープルの港なんだが、そこでもやっぱりよそ者だ。コンスタンチノープルというのは聞いたことがあるかい？　美しい町でね。歴史ある輝かしい都だ。ノルウェーの王シグルズのことも知っているかい？　60隻の船を連ねてコンスタンチ

ノープルにやってきた。一行を歓迎するため、シグルズ王の行列が進む通りには紫と金の天蓋がずらりとはりめぐらされ、トルコの皇帝皇后が王の船まで出かけていって、そこで宴会がひらかれた。王が国へ帰ったあともたくさんの北方人があとに残って皇帝の護衛を務めたんだ。オレの先祖もノルウェー生まれで、王が皇帝に贈った船とともにそこに残ったんだ。以来、オレたちは海を旅して暮らしてきた。それも不思議じゃない。オレにしてみれば、生まれ故郷のコンスタンチノープルも故郷なら、そこからイギリスのテムズ川にいたるまでの美しい港はどれも自分の故郷なんだよ。そのあたりに散らばる港のことはなんだって知ってるし、港のほうでもオレのことをよく知っている。波止場や岩壁に下りたった瞬間に、ああ家に帰ってきたと、そう思うんだ」

「大航海もなさるんですよね」ネズミが興味津々で聞いた。「何か月も陸地が見えず、食料もだんだんに少なくなって、水もつかえる量が決まっている。そのあいだ心を通い合わせる相手はだだっぴろい海だけっていう、そういう生活ですよね？」

「いやそうじゃない」海ネズミがざっくばらんに言う。「そういう生活はオレにはまったく合わない。乗るのは沿岸航路を進む船ばかりで、陸が見えなくなることはめったにない。上陸したあとがまた、海に出ているときと同じくらいに楽しくてね。ああ、南の港町！ あの匂いといい、夜の停泊灯の明かりといい、すばらしいったらない！」

「なるほど、大航海よりそっちのほうがよさそうですね」ネズミはちょっと疑わしげにそう言った。「もしよかったら、あなたの旅の話を聞かせてください。勇気ある旅ネズミは、どんな土産話を持ち帰ることができるんでしょう。そういう話を年取ってから炉端ですれば、残りの人生も勇壮な思い出で輝きつづけますよね。白状すると、なんだってぼくは、こんな狭くて窮屈な世界で生きているんだって、そんなことを今日思ってしまいまして」

「じゃあ最後の航海について、聞かせてやろう」海ネズミが語りだした。「その目的地がこの国だった。内陸の農地で暮らそうという強い希望を胸に航海に乗り出してきたんだ。この旅の話をすれば、オレの波瀾万丈の人生をわかってもらえるだろう。そもそものきっかけは、よくあるような家庭のごたごただ。これ以上ここにとどまっていたらオレはどうにかなっちまう。そう思って小さな商船に乗りこんだ。コンスタンチノープルからギリシャや地中海の島々へむかう船で、数々の逸話がある有名な海をいくつもわたっていった。活気に満ちた昼と穏やかな夜！　港を出たり入ったりを繰りかえしながら、昔なじみと再会し、暑い日盛りには、ひんやりとした寺や、壊れた貯水槽のなかで眠り、日が沈むと宴会をひらいて歌をうたった。大きな星がいくつも散らばるビロードのような空の下でね！　そこから航路を転じてアドリア海をのぼった。琥珀色、薔薇色、藍玉色と、さまざまにいろどられた岸辺。陸に囲まれた大きな港に船を休め、古代から名高い町々をめぐり歩いた。そしてとうとうある朝、堂々とのぼった太陽を背に、船は黄金の航路を進んでイタリアのベニスへむかった。ああ、美しいベニスの都。あ

そこではネズミが楽々と歩きまわって、楽しいひとときを過ごせる！　夜になって歩き疲れたら大運河のへりにすわって友と宴会をひらく。あたりいっぱいに音楽が響きわたり、満天に星が輝くなか、ゆらゆら揺れるゴンドラの磨き上げた鋼鉄の舳先に光がきらきら、ちらちらしている。そのゴンドラの数がすごいんだ。運河をぎっしり埋めつくしているものだから、それらを伝って岸から岸へとわたっていける！　あとは食べ物だ——きみはエビやカニは好きかい？　おっと、こういう話はいまはやめておこう」

　海ネズミはしばらく黙っている。そのあいだ川ネズミも口を閉ざし、夢見るような顔つきになって、運河に浮かぶ自分を想像し、波の打ちつける防波堤から霧の合間を縫って高く響いてくる幻の歌に耳をかたむけている。

　「そして最後にまた南へ船を走らせる」海ネズミが言った。「イタリアの海岸を下っていくと、ついにはパレルモに着く。そこでオレは船を下りて、幸せな長逗留を決めこんだ。同じ船に長く乗っていることはしない。なぜって頭が固くなって、狭い考え方しかできなくなるからね。それにシチリア島は、お気に入りの猟場のひとつ。あそこにいるのは知り合いばかりで、暮らし方も性に合ってる。そこの田舎にいる友だちの家に泊めてもらって、陸の生活を何週間も楽しんだ。ところがそのうちまた体がうずうずしだしたから、サルデーニャ島とコルシカ島へ向かう商船に乗りこんだ。再びすがすがしい風に吹かれ、潮のしぶきを顔に受けて、気持ちいいったらなかったよ」

　「えっ、でもむうっとして、ものすごく暑いって聞きましたけど。その——船倉って言うんで

したっけ？」川ネズミが聞いた。
　海ネズミはこっそり片目をつぶるような仕草をした。「その点はぬかりない。オレの部屋は船長室だから」あっさりと言ってのけた。
　「それにしたって、いろいろな苦労があるでしょう」ネズミは言って考えこむ。
　「まあ水夫はね」ここでまたこっそり片目をつぶって見せた。
　「コルシカ島からは」海ネズミが続ける。「ワインを本土に運ぶ船に乗せてもらった。日暮れにはアラッシオの町に着いて、そこに船をとめて、積んできたワインの大樽を海へ次々と放り投げる。あらかじめ樽は長い綱で数珠つなぎにしてあってね。それから水夫がボートに乗りこみ、歌をうたいながら岸へとこいでいく。そのあとからイルカの行列みたいに、1列に長くつながった大樽がぷかぷか浮いてひっぱられていく。砂浜では馬が待機していて、小さな町の急坂に樽を引きずっていくんだ。これがまた、ガラガラ、カチャカチャとにぎやかでね。最後の樽が行っちまうと、オレたちも上陸し、軽く腹ごしらえをして休む。夜は遅くまで仲間と飲んだくれ、翌朝にはオレひとり、大きなオリーブの林に行って仕事を休み、のんびり休養した。しばらくは旅暮らしとは縁を切りたいと思ってね。港も船の航行も、もうたくさんだと思ったんだ。それで農夫たちに交じってのらくらと暮らした。みんなが働く様子を寝そべってながめ、青い地中海をはるか下に見下ろす高い丘の上で大きくのびをした。しかしとうとうまた旅立った。今度は休み休み、歩いたり、船に乗ったりして、ゆっくりとマルセイユへむかった。マルセイユに着けば、同じ船に乗っていた昔の仲間と再会したり、大海へむかう大きな船を訪ねたりして、またしても宴会だ。あのエビやカニのうまいことと言ったら！　マルセイユのエビとカニが夢のなかに出てきて、歓声とともに目を覚ましたこともあったっけ！」
　「それで思い出しました」川ネズミが親切に言った。「お腹がすいている、とさっきおっしゃいましたよね。もっと早くにお誘いするべきでした。一緒にお昼ごはんを食べませんか？　ぼくの穴ぐらはすぐそこなんです。お昼はだいぶ過ぎましたけど、あるものをなんでも食べてください」
　「そいつはありがたい」と海ネズミ。「じつはここに腰を下ろしたときから腹がぺこぺこでね。おまけにうっかりエビやカニの話なんかしたものだから、無性に腹が減ってきた。ただ、もしできるなら、ここに持ってきてもらえないか？　よほどのことがないかぎり、オレは穴へもぐるというのが苦手でね。ここに持ってきてもらえれば、食べながら、オレの航海や楽しい暮らし——少なくともオレにとっては非常に楽しいんだが——について、話してやれる。見たところ、きみもこういう生活には心ひかれるようだ。だいたい屋内に入ったが最後、ほぼ間違いなく、オレは眠りこけてしまうよ」
　「それはいい考えです」川ネズミは言って急いで家に取ってかえした。昼食用のバスケットをひっぱりだして簡単な食事を詰めていくのだが、海ネズミの生まれと好みを考え合わせ、1

メートルほどもあるフランスパンや、ニンニク風味のソーセージ、よく熟成したチーズも入れ、さらには長い首にわらを巻きつけた酒瓶も入れる。なかに詰まっているのは、遠い南の丘陵で日光をさんさんと浴びて育ったブドウのワインだ。全部詰め終わると、川ネズミは大急ぎでもどっていく。一緒にバスケットの中身をあけて道ばたの草の上に並べていきながら、旅慣れた海ネズミに、趣味がいいだとか気が利いているだとかほめられて、川ネズミはうれしさに顔を赤くした。

空腹が少し収まってくると、海ネズミはまた最後の航海の話を続け、話の世界にすっぽり入りこんだ川ネズミをスペインの港から港へと連れまわした。ポルトガルのリスボンやオポルトや、フランスのボルドーに上陸させたかと思えば、イギリスのコーンウォールやデボンなどの心地よい港に案内し、さらにはイギリス海峡をずっと北にのぼって、最後に上陸した波止場へと連れていく。そこにいたるまでには、逆風に吹かれ、嵐に追いまくられ、まったく大変な思いをしたのだが、上陸したとたん、海ネズミはまた新たな春の到来を知らせる不思議な兆しをとらえ、それに元気を得て奥地への長い旅へと踏み出したのだという。いやというほど耳にした海のうなりも聞こえない、どこか遠い静かな農場で暮らしたいと無性に思い、海ネズミの足は自然と速まったのだった。

川ネズミは話のとりこになって、興奮にうちふるえている。嵐吹く入り江を越えたかと思うと、町の雑踏のなかを抜け、上げ潮に乗って湾の砂州をわたったかと思うと、にぎわう小さな町をいくつも隠し持って蛇行する川ものぼった。そのうち話が内陸の農場に移ると、川ネズミは大きなため息をついた。そういう退屈な話は聞かなくてもわかっていた。

そのころには食事もすんで、海ネズミはすっかり元気を回復していた。声を朗々と響かせ、遠い灯台の光みたいに目をきらきらさせて、南国産の燃えるような赤いワインをグラスについでは、こちらへぐっと身を乗り出し、そのたくみな話術で、聞き手の身も心もがっちりとつかんでいる。海ネズミの灰色がかった緑色の目は、たえまなく泡立って色を変える北の海のようだったし、グラスのなかで熱いルビーのように輝くワインは南の心臓そのもので、その鼓動に共鳴する勇者を誘うようにドクドクと脈打っている。変わりやすい灰色と変わらぬ赤色。そのふたつの光に押さえつけられ、魅了され、川ネズミは自分の意志を失って完全に支配されている。光が届かない静かな世界は、遠くへ退いて消えてしまったかのようだった。

いっぽう話のほうはますます輝きを増してよどみなく続き、ときに歌に変わる。しずくを垂らす錨綱を引き上げながら水夫たちが歌う囃し歌。吹き荒れる北西風のなかで朗々と響く帆綱のハミング。日没の杏色の空を背景に、漁師たちが網を引き上げながら歌う素朴な民謡。いま響いているギターとマンドリンの和音は、ゴンドラから聞こえてくるのか？　それとも小型帆船からか？　おや、今度は風のうなり？　ひゅうひゅうと物悲しげな音が、怒りをぶちまけるかのように甲高い音に変わり、耳をつんざくほどに高まったかと思うと、ふいに静まった。

ひゅるひゅる、ひゅるひゅると、まだかすかに聞こえているのは、ふくらむ横帆が風を切る音か？　話のとりこになった川ネズミは、こういった音のすべてを実際に聞いているようだった。そればかりか、腹をすかせて鳴くカモメやウミネコの鳴き声、砕ける波の優しい響きや、それをまともにかぶる砂利のうめきまで聞こえた。そういった音が消えていくと同時に、再びさまざまな港を舞台に血湧き肉躍る冒険話がはじまった——逃走、逃亡、結集、友情、偉業。島で宝をさがし、静かな潟で釣りをし、熱い白砂の上で長い昼寝をする。それらすべてを川ネズミは実際に体験しているかのようだった。
　ふと気づけば海ネズミは、深海の漁や、２キロメートル近くある大きな網にかかった銀色に光る大量の獲物のことを話している。月の出ない夜に波の砕ける音がやけに耳につくと思ったら、はるか高い頭上で、霧のなかから船の舳先がぬっと飛び出してきて、巨大な定期船が間近に迫っていたとわかって肝を冷やす。めでたく帰郷とあいなれば、岬をまわりこんだ先に、港の灯台の光と岩壁に集まった人々の姿がぼんやり見え、陽気な歓声が上がると同時に、係留用の大綱が海に落とされて、バッシャーンと水音が上がる。急な細い坂道をとぼとぼと歩いてむかうのは、赤いカーテンが心地よさげな光を宿す窓辺だ。
　夢の世界にいる川ネズミにも、冒険を語っていた海ネズミが立ち上がったのがわかったが、まだ話は続いていて、灰色の海のような目で川ネズミをしっかりとらえている。
　「そしていま」海ネズミがそっと言った。
　「オレは再び旅立つ。南西をめざして長い道をひたすら歩き、ほこりにまみれて毎日を送る。そのうち灰色の海沿いに広がる小さな町へたどりつく。そこはオレのよく知った町で、波止場の急斜面にへばりつくようにして家々が立ちならんでいる。暗い戸口から下へのびる石の階段にはピンク色の花を咲かせるカノコソウがぼうぼうと生い茂っているんだが、それを下りていった先には必ず、青く輝く海がある。古い防波堤の鉄の環や杭に結びつけられて横たわる小舟は、幼いころに出たり入ったりして遊んだ小舟と同じ派手な色のペンキで塗られている。満ち潮の海でサケが飛び跳ね、サバの群れが青い背中を光らせて波止場近くや波打ち際までやってきて跳ね回る。昼となく夜となく、窓のそばを巨大な船がすべっていき、停泊所に入るか、大海へ出ていくかする。遅かれ早かれ、海の民の船はすべてそこに集結する。やがて時がくれば、オレの船もそこに錨を下ろす。それまではあわてちゃいけない。じっくり時間をかけて待てば、やがてオレの船が現れ、引き綱に引かれて流れのまんなかに行き、どっさり荷を積まれて、船首から前方にのびるバウスプリットを波止場のほうへむける。そこでオレは小舟をつかうか、大綱を伝うかして、船にこっそり乗りこむんだ。そうしてある朝目が覚めると、乗組員たちの歌声と行き交う足音が、巻き上げ装置の音や、錨の鎖を引き上げる陽気な音が、あたりいっぱいに満ちている。船首の三角帆と前方の帆が広がり、船が進路を定めて走りだすと、波止場のむこうに立ちならぶ白い家々がゆるゆると後ろにすべっていき、また航海の始まりだ！

第9章 南をめざす旅人たち

　岬をめざしてゆっくり進むうちに、船は帆布を身にまとい、外海に出たとたん、緑の波に打たれながら風に船体をかたむけて、南をめざして突き進む！
　さて、若いきみ。きみも一緒に来たらいい。時は過ぎ去り、2度ともどってこない。南の国はまだきみを待っている。呼びかけに応えて冒険に出ないと、いまという時は過ぎ去って永遠にもどってこない！　家から1歩外に出てドアを閉め、陽気に歩きだす。たったそれだけで、古い暮らしから新しい暮らしへ踏み出せる！　そうしていつの日か長い時間がたち、見るべきものを見つくして、やりたいことをやりつくしたら、また走ってここに帰ってくればいい。なじみの静かな川辺に腰を下ろし、山ほどのすばらしい思い出を友に時を過ごす。まあ、オレは路上で追い越されるだろうな。きみは若く、老いぼれのオレは無理ができない。足をとめて休んでいるときに、ふとふりかえると、とうとう追いついてきたきみの姿が目に入る。心も軽く意気揚々と歩いてくるきみの顔には、南への思いがあふれている！」
　虫の音がだんだんに小さくなって消えていくように、海ネズミの声も聞こえなくなり、あたりがしんと静まった。川ネズミはまだ身動きもままならなかったが、じっと前方を見つめていると、遠い道路の白くなった表面に、黒いしみのように小さくなった海ネズミの姿が見えた。
　川ネズミはふらふら立ち上がると、あわてず慎重に、バスケットを片づけていった。まだ夢を見ているような気分で家に帰りつくと、必要な身のまわり品と大事にしている物を集めて荷づくりを始めた。やけにのろのろと手を動かし、夢遊病者のように部屋のなかを歩きまわり、口を半開きにしながらも、耳はつねにぴんと立てている。それから荷を肩にかつぎ、長旅に耐えられる頑丈なステッキを慎重に選ぶと、あわてることなく決然と玄関の敷居をまたいだ。とそのとき、戸口にモグラが現れた。
　「ちょっとネズくん、どこへ行くの？」モグラはびっくりして言い、ネズミの腕をしっかりつかんだ。

「南へ行く。みんなと一緒に」夢見るような一本調子でぶつぶつ言い、モグラの顔はまったく見ない。「まず海をめざして歩いていき、それから船に乗って、ぼくを呼んでいる岸へむかう！」

ネズミは決然と体を前に押し出した。あわてる様子はないが、何がなんでも出発するという強い意志がうかがえる。これはただごとではないと思ったモグラはネズミの前に立ちはだかり、相手の目を覗きこんだ。とろんとした目は灰色になって、何やらそわそわしている。これは友の目じゃない。何か別の動物の目だとモグラはすぐに気づいた。力いっぱいネズミに組みついていって、家のなかに引きずりこみ、押し倒して押さえつけた。

ネズミは必死にもがいたが、しばらくすると急に力が抜けたように暴れるのをやめた。ぐったり疲れて横になり、目をつぶってぶるぶるふるえている。それからモグラが椅子にすわらせようと手を貸すと、ネズミは崩れるように腰を下ろして小さくなった。しばらく全身を激しくふるわせていたが、じきにおさえが利かなくなったように、涙を流さずに泣きじゃくりだした。モグラはドアをしっかり閉め、ネズミの荷物を引き出しのひとつに放りこんで鍵をかけた。それから友の隣に黙ってすわり、奇妙な発作が治まるのを待つ。しだいにネズミはうとうとしだし、眠ったかと思うと、途中何度もはっと目をあけて、わけのわからない不思議な言葉を口走って、何も知らないモグラを戸惑わせた。しかしそれも過ぎると、ネズミは今度こそぐっすり眠った。

モグラは心配でならなかったが、ひとまずネズミをそこに残し、てきぱきと家事を片づけていく。暗くなってきたころに再び居間にもどってみると、ネズミはまだ椅子にすわっていた。目は覚ましているものの、しょぼんとして口をつぐみ、すっかり打ちひしがれた様子だった。急いで友の目を確認したところ、以前のようにつやつやした濃い茶色の目にもどっているとわかって、モグラは心からほっとした。それから隣に腰を下ろしてネズミを元気づけ、何があったのか話してくれるよう頼む。

哀れなネズミは精一杯がんばって少しずつ話しだした。しかし、あの熱い興奮をどうして冷めた言葉にできるだろう？　いまも耳について離れない海のさまざまな音や、海を行く旅ネズミが魔法のように再現した幾百もの思い出を、どうすれば、それを知らない相手にわかってもらえるのか？　いまでは魔法も解けてきて、ネズミ自身わからなくなってきた。あれほど輝いていた話の世界が色つやを失い、これ以外に自分の人生はないと、数時間前には固く信じていたことが、なんだかあやふやになって説明のしようがない。それだから、この日1日ネズミは何をしていたのかと、モグラが首をかしげるのも無理はなかった。

モグラにはっきりわかるのは、友は病的な発作を起こしたということ。それもいまは治まって、まだふるえてがっくりしてはいるものの、再び正気を取りもどしたということだった。しかししばらくのあいだは日々の生活に興味が持てないらしく、将来にも希望が持てないよう

第9章　南をめざす旅人たち

だった。移りゆく日々が確実にもたらす、その季節ならではの楽しみにも目がむいていない。
　そこでモグラはさりげなく、めぐり来る季節のことに話題を持っていった。あちこちで収穫が始まっていて、山積みになった荷車を馬が力いっぱいひっぱっているよ。干し草の山がどんどん高くなって、穀物の束が点々と置かれたからっぽの畑に、大きな月がのぼるんだよ、などと話してやる。そのほかにも、近所のリンゴの実が赤くなって、木の実が茶色くなってきたとか、ジャムや保存食をしこんで、果実や花のジュースを濾す時期だとか、話のなかで少しずつ季節を進めていき、やがて真冬までたどりついて、ぬくぬくとした部屋で過ごす喜びのひとときについて語りだすころには、モグラはすっかり詩人になっていた。
　話を聞いていたネズミの背が少しずつのびていき、口をはさむようになってきた。どんよりしていた目に再び輝きがもどり、始終何かに耳を澄ませているような態度も消えた。
　モグラはそこでいいことを思いつき、さっとその場を離れると、鉛筆と半分に切った紙を数枚持ってもどり、それらをテーブルの、ネズミのひじのそばに置いた。
　「もうずいぶん詩を書いてないよね」とモグラ。「今夜あたり、ひとつどうだろう。あれこれ思い悩んでいるよりずっといい。きみはいつだって、何か書いていると気が晴れてくるじゃないか──それが単なる言葉遊びでもね」

　ネズミは面倒くさそうに紙を押しやった。賢明なモグラはいったん部屋を出てネズミをひとりにしておく。しばらくしてからまた覗いてみると、ネズミは詩作に没頭していて、何の音も耳に入らないようだった。何かささっと書きつけては、鉛筆の端をチュウチュウ吸うことを繰りかえしている。書いている時間より、吸っている時間のほうが長いのは確かだが、それでもモグラはうれしかった。ようやくネズミが自分を取りもどしはじめたとわかったからだ。

第10章
ヒキガエルの冒険は続く

　木の洞は東にむかって口をあけていたので、ヒキガエルはずいぶん早くから目が覚めた。まぶしい朝日に直撃されたせいもあるが、足の先が冷えきってしまったのもその理由のひとつで、このためヒキガエルはおかしな夢を見ていた。
　チューダー様式の窓がある自宅の立派な寝室で寝ている夢だったが、寒い冬の夜に耐えられず、寝具たちがめいめい起き出して、こんなに寒くちゃかなわないとぶつぶつ文句を言いながら、暖炉の火で暖まろうと勝手に台所に駆けおりていく。ヒキガエルは裸足でそのあとを追いかけ、凍りつくような石敷きの道を何キロも走っていきながら、ばかなことを言わないでくれ、頼むから寝室にもどってくれと寝具たちに懇願している。いつも分厚い毛布をあごの下までひっぱり上げて眠るヒキガエルだったから、本当はこれだけの寒さにあったらもっと早くに飛び起きていていいはずだった。しかし敷石の上にわらを敷いただけの寝台で数週間も寝ていたので、多少体が慣れていたのだろう。
　起き上がると、まず目をこすり、それから寒さにかじかむ足の先をこする。いったいここはどこだろうと、あたりに目を走らせながらしばらく考えていたが、そのうちすべてを思い出して、心臓がびくんと飛び跳ねた──脱獄、逃亡、追跡──そして何よりも自分は自由になった！
　自由！　その言葉は毛布50枚分に匹敵する暖かさだった。自分の帰りをいまかいまかと待っている喜ばしい外の世界のことを考えると、頭の先から爪先まで全身が温まった。見事もどってきたヒキガエルに仕え、こびへつらい、力を貸し、親しく交わろうと、みんなが待ちかまえている。あの災難が襲いかかるまではそれが当たり前だったのだ。ヒキガエルは体をぶるぶ

第10章　ヒキガエルの冒険は続く

るっと揺すり、頭から落ち葉を払い落とす。身だしなみが整うと、心地よい朝日の下へ堂々と出ていった。

　寒いけれど自信たっぷり、空腹でも希望に満ち、休養と睡眠と、さんさんと降る日差しに元気を得て、昨夜の恐ろしいできごとは、すべて消えてしまった。

　夏の早朝、ヒキガエルは世界を独り占めした気分だった。朝露にぬれた森のなかを縫って歩いて行っても、あたりはしんと静まって誰もいない。森の先に広がる青々とした草原を歩いても自分ひとりしかおらず、何をやってもかまわない。道路に出てくると、これまたひっそり寂しげな雰囲気がただよっていて、道路自体が迷い犬のように、仲間をさがしてあちこちに目をやっているようだった。けれどヒキガエルが欲しいのは話のできる仲間であり、自分がこの先進むべき道を明確に教えてほしかった。心にやましさなどまったくなく、ポケットには金が詰まっていて、自分を再び監獄にぶちこもうと血眼になって国中をさがしている追っ手もいない、というのであれば何も気にせず、道路が手招きし指し示す方角へ気ままに歩いていけばいい。しかし1分1分が貴重ないま、ヒキガエルは現実的にならざるをえず、しゃべることもできない役立たずの道路を蹴ってやりたい気分だった。

　物言わぬ田舎道はまもなく、運河の形をした、はにかみ屋の弟と一緒になった。運河は道の手を取って自信たっぷりに進んでいくが、やはりこちらも口をつぐんで、よそ者には話しかけようともしない。

　「ふん、勝手にしろ！」ヒキガエルは独り言をつぶやきだした。「だがひとつだけ、はっきりしている。川も運河もどこかからやってきて、どこかへ行きつく。その事実は誰にも変えようがないんだぞ、ヒキガエル！」それで水際を辛抱強く歩いていった。

　運河の曲がり目にさしかかったところで、馬が1頭、後ろからとぼとぼとやってきた。何か心配事でもあるように、うなだれて歩いている。首輪にくくりつけた引き綱が長くのびていて、最初はぴんと張っているのだが、歩いていくうちに先の方がだらんと垂れて水に浸かり、ぽたぽたと真珠のようなしずくが落ちている。ヒキガエルは馬をそのままやりすごし、その場に立って、これからどんな運命が自分に降りかかってくるのか待つことにした。

　静かな水面の上に心地よい渦ができたかと思うと、舳先の丸い荷船が後ろからすべってきて、ヒキガエルと並んだ。派手な色で塗られた船べりがちょうど運河沿いの引き船道と同じ高さになり、船のなかには、麻の日よけ帽をかぶった、ずんぐりした大柄の女がひとり乗って、たくましい腕を舵にのせている。

　「奥さん、いい朝だねえ！」女がヒキガエルに声をかけ、船を近づけてきた。

　「ええ、本当に！」ヒキガエルが礼儀正しく応じ、女と並ぶようにして引き船道を歩いていく。

　「差し迫った問題さえ抱えていなければ、まったくすばらしい朝ですよ。ところがこのあたし

ときたら、嫁に出した娘から急いで来てくれと呼ばれましてね。何があったのか知りませんが、きっと大変なことになっていると覚悟はしているんです。奥さんも子どもがおありなら、わかってくださいますよね。それで仕事を放り出し——あたし、洗濯とアイロンを仕事にしていましてね。見ればおわかりですよね——そればかりか、幼い子どもたちも、自分たちでなんとかやりなさいと置いてきてしまったんです。それがもう手に負えないわんぱくどもでしてね、奥さん。そこへ来てあたしが、お金をなくすわ、道に迷うわで、嫁いだ先の娘がどんなことになっているかなんて、もう考えたくもありません！」

「その嫁いだ娘さん、いまどちらに？」荷船の女が聞く。

「川のそばに住んでいるんです」とヒキガエル。「ヒキガエル屋敷っていう立派なお屋敷の近くです。たしかこのへんにあると聞いていたんですが。ひょっとしたら奥さんもご存じじゃないかしら？」

「ヒキガエル屋敷？　驚いた、あたしがむかってるのも、そっちだよ。この先数キロメートルで、この運河は川に合流する。ちょうどヒキガエル屋敷のちょっと上流でね。そこからなら歩いてすぐだよ。どうだい奥さん、この船でそこまで一緒に行かないかね。乗せてやるよ」

女が船を岸に近づけると、ヒキガエルはしめしめと思い、軽やかに飛び乗った。またまたついてた！　最後に勝つのはヒキガエルだ！　心のなかで思わず歓声を上げている。

「じゃあ、奥さんは洗濯を仕事にしてるんだね？」船がすべりだすと女がヒキガエルに愛想よく話題を振った。「そりゃまた、いいご商売で何より。あたしに言われたくないかもしれないけど」

「どこをさがしたって、これ以上にいい仕事はありません」ヒキガエルがうきうきしながら言う。「上流階級のお客様はみなうちに頼むんですよ——お金をもらったってよそには頼みたくない、なんて言ってね。そりゃもう評判です。まあこの仕事については何から何まで心得ていますからね。隅々にまで気を配ります。洗いも、アイロンかけも、糊付けも全部こちらで請け負って、紳士が夜会で着るシャツまできちんと仕上げます——すべての行程にあたしが目を光らせているんです！」

「だけど、まさか奥さんひとりで全部はやらないでしょ？」

「ええ、若い娘を雇っています」ヒキガエルがあっさり言ってのける。「20人ほどがつねに作業をしています。でも若い娘っていうのは、ご存じでしょ。おしゃべりばかりで、しょっちゅう手が遊んでいる」

「そうだよ、そうそう」女が心から賛同する。「でも、奥さんはそういう子たちをびしっとしつける！　で、奥さんは洗濯が好きなんだよね？」

「もう大好き！」ヒキガエルが言う。「天職っていうのかしら。洗濯桶に両腕をつっこんでいる以上に幸せな時間はありません。考えなくても手が勝手にすいすいと動いてしまって！　こ

んなに楽で楽しい仕事はありません。本当ですよ、奥さん」
「あらまあ、こりゃ、ついてるわ！」女が考え深げに言う。「奥さんとあたし、どっちにとっても幸せだ！」
「えっ、それはまたどういう意味でしょう？」ヒキガエルがおずおずと聞く。
「ほら、あたしを見てちょうだいな」女が言う。「あたしも奥さんと同じで、洗濯が好きでね。まあ、あたしの場合はひとつところにとどまっていないから、ぜんぶ自分でしなくちゃいけない。なのにうちの亭主ときたら怠けもんでね。荷船をあたしに押っつけて、ふらりといなくなるもんだから、こっちは自分のことをする時間がまったくとれない。本当だったら、いまごろ亭主はここにいて船をこいでいるか、馬を引いて世話をしているはずなんだ。まあ、ありがたいことに、うちの馬は自分の面倒を自分で見られるから助かってるんだけどね。亭主のほうは夕食用のウサギを仕留めてくるとか言って、犬と一緒に出かけちまってさ。次の水門で落ち合おうなんて言ってたけど、どうせ来やしないよ。犬と一緒に出かけたら、まず帰ってこない。まったくタチが悪いったらないんだ。そんなこんなで、あたしゃ洗濯をしている暇がない」
「あら、洗濯なんてどうでもいいじゃないですか」ヒキガエルは話の先行きが不安になって話題を変える。「それより、ウサギですよ、ウサギ。きっと肉付きのいい若いウサギを仕留めてきますよ。奥さん、タマネギはありますか？」
「いやいや、あたしは洗濯のこと以外考えられなくて」女が言う。「奥さんのほうこそ、よくまあウサギのことなんて考えられるねえ。これから楽しいひとときが始まるっていうのに。船室の隅に、あたしの汚れ物が山と積んである。そのうち一番出番が多そうな物——奥さんみたいなレディーに、あからさまな名前は言えないけど、ひと目見れば、ああ、あれだなとわかるよ——をひとつかふたつ選びだして、それを洗濯桶につっこんで、道々洗ってくれていいよ。だってほら、好きなんだろう、洗濯が。やってもらえりゃ、こっちだって大助かりだ。桶もせっけんも、すぐそこにある。やかんはストーブの上にのっかってるし、運河から水をくみあげるバケツもあるよ。奥さんが楽しんでくれるなら、あたしはそれでいいんだよ。手持ちぶさたでそこにすわって、景色をながめて大あくびをしているよりずっといい」
「奥さん！　それよりあたしに船をこがせてください！」ヒキガエルがすっかり怖じ気づいて言った。「そのあいだ、奥さんがご自分で好きなように洗濯をするのが一番です。あたしがやったらダメにしてしまうかもしれませんし、奥さんのお好みどおりに洗えるかどうか。あたしは紳士服の洗濯に慣れておりまして、そっち専門なんです」
「奥さんがこぐって？」女が声を上げて笑う。「荷船をまともにこぐには練習が必要なんだよ。それに、この仕事は退屈でね、奥さんには楽しんでもらいたいんだよ。だから好きな洗濯はそっちにやってもらって、あたしは要領のわかっている荷船をこぐ。奥さんが大好きだっていう仕事をまかせてあげる楽しみを、あたしから奪わないでちょうだいな」

第10章　ヒキガエルの冒険は続く

　ヒキガエルは完全に追いつめられてしまった。逃げ道をさがしてあちらこちらへ顔をむけてみるものの、遠く離れた土手に飛び移ることは不可能だとわかり、しぶしぶ運命を受け入れることにする。
　やってやろうじゃないか、きっと洗濯なんてばかでもできる。破れかぶれになって自分に言い聞かせた。
　桶、せっけん、その他必要なものを船室から取ってきた。でたらめに選んできた汚れ物を桶に入れると、以前ガラス越しに何気なく覗いた洗濯屋の仕草を思い出しながら、仕事にかかった。
　長く感じられる30分が過ぎていき、1分経過するごとにいらいらが募っていく。何をどうやっても洗濯物は喜ばず、少しもきれいにならない。優しい言葉をかけても、平手打ちしても、こぶしで殴っても、いつでも桶のなかからこちらを見て笑っている。悔いあらためようという気はさらさらなく、自分は一生罪に汚れた体で満足だとでも言いたげだった。1度か2度、ヒキガエルは肩越しにこそこそ視線を走らせた。女は前方をじっとにらみ、船をこぐのに没頭しているようだった。ヒキガエルは背中がひどく痛みだした。おまけに、ふと目をやったところ、自慢のすべすべした手に細かい皺が寄っているのに気づいた。洗濯女だろうとヒキガエルだろうと、絶対口にするべきではない不謹慎な言葉を小声で吐き出したところで、ヒキガエルはま

たせっけんをどこかにすっとばした。これで50回目だった。

どっと笑い声が上がったのに驚き、ヒキガエルは背筋をのばして、あたりを見まわした。荷船の女が、おかしくてたまらないというように背をそらして大笑いし、頬に涙を流していた。

「とっくり見せてもらったよ」息をはあはあさせながら女が言う。「どうせかたりだとわかっていたよ。あの気どったしゃべり方からすればね。まったくたいした洗濯女だよ！ おそらく、ふきん1枚洗ったことがない。賭けたっていい！」

さっきからヒキガエルのなかでふつふつとたぎっていた怒りが、この言葉で爆発し、すっかりわれを失った。

「船をこぐしか能のない、下劣なデブ女！」ヒキガエルが怒鳴った。「上の身分の者にむかって、その口の利き方はなんだ！ もちろんわたしは洗濯女なんかじゃない！ もっと早くに知らせておくべきだったな。わたしこそはあの有名なヒキガエル。一身に尊敬を集める立派なヒキガエルなのだ！ いまのところは日陰の身に甘んじているが、それにしたって荷船女ごときに笑い飛ばされる筋合いはない！」

女がヒキガエルに近づいてきて、ボンネット帽の下を覗きこみ、そこにある顔を鋭い目でしげしげと見つめた。「なんと、まあ！」女が叫んだ。「驚いた！ おぞましくて、いやらしくて、ぞっとするヒキガエル！ それがあたしの美しく清潔な船に乗りこむとは！ もう我慢がならない！」

女はつかのま舵から手を放した。しみだらけの太い腕をぐっと突き出してヒキガエルの前足をつかみ、もういっぽうの腕で後ろ足をつかむ。

次の瞬間、ヒキガエルの見ている世界がふいに逆さまになった。荷船が軽やかに空を飛んでいき、風がびゅっと耳に吹きこんできたと思ったら、ヒキガエルはくるくる回転しながら空を飛んでいた。

バシャン！ ついに運河に落ちたとき、その水はふるえあがるほどに冷たかったが、それをもってしても、いきりたつ自尊心と、熱

い怒りを冷ますことはできなかった。

　水を吐き出しながら水面に上がり、目もとから藻を払いのける。最初に目に入ったのは、あの太った女で、遠ざかる荷船のへりからヒキガエルを見かえしてゲラゲラ笑っている。ヒキガエルは咳きこみ、喉を詰まらせながら復讐を誓った。

　岸まで一気に泳いでいこうとするものの、木綿のワンピースが邪魔をしてそうはいかない。やっとのことで土手に手をかけたが、自力で急な斜面を上がるのは思った以上に大変だとわかった。

　ようやく上がりきったところで、1、2分休んで息を整える。それからワンピースのスカートを両腕で抱えこみ、足の許すかぎり全力で走って荷船のあとを追いかけた。強い怒りと復讐心がスピードに拍車をかける。

　そばまで近づいたところ、女はまだゲラゲラ笑っていた。「その体を洗濯用のローラーに通したらどうだい」ヒキガエルにむかって大声で言う。「ついでに顔にアイロンをかけて、折り目をきっちりつけてやれば、かなり見られるヒキガエルになれるよ！」

　ヒキガエルは決して挑発に乗らない。ひとつふたつ、相手にぶつけてやりたい言葉は思い浮かんだのだが、口先だけの気休めの復讐はいらなかった。復讐は相手を確実に懲らしめるものでなければ。

　必要なものは前方に見えていた。ヒキガエルはさっと走っていって馬を奪った。引き船用の綱をはずして放り投げると、馬の背にひらりと飛び乗り、腹を猛烈に蹴って全速力で走らせる。それから広々とした田園地帯をめざすべく、引き船道からそれて轍のついた道を、馬の背に激しく揺られながら進んでいった。1度ふりかえったところ、荷船は運河の向こう岸に乗り上げ、女が身ぶり手ぶりも激しく、「とまれ、とまれ、とまれ！」と怒鳴っている。

　「その歌は前にも聞いた」と言ってヒキガエルは笑い、馬に拍車をかけて全速力で進んでいく。

　荷船用の馬は全力で長時間走れるものではなく、やがて全速力から速歩になり、速歩から並足になり、最後はゆっくり進んでいった。それでもヒキガエルは満足だった。どんな速さであろうと、自分は進んでいて、女は動けずにいると知っているからだ。すっかり気分も落ち着いてきて、いまではじつにうまいことをやったと思っている。日なたをぽくぽくと静かに進んでいくだけで満足で、脇道や馬しか通れない細道を選んでいく。そうしながら、最後にまともな食事をしたのはいつだったかと思うものの、運河をはるか遠くに引き離すまで、それは考えないようにした。

　馬に乗って何キロもの距離を進んだあたりで、熱い日差しを浴びてヒキガエルは眠気を覚えてきた。と、馬が脚をとめて頭を下げ、草をむしゃむしゃやりだした。馬から落ちる寸前にヒキガエルははっと目を覚ました。あたりを見まわすと、そこは広々とした共有地で、見わたすかぎりハリエニシダやイバラがぽつぽつと生えていた。すぐ目の先に、むさ苦しい馬車が1台。

放浪の民のロマ族が家にして、各地を転々とするような幌馬車だった。そのかたわらに男がひとり、ひっくりかえしたバケツの上に腰を下ろし、タバコを吸いながら、あたりの自然を一心にながめている。すぐそばで小枝を集めて火を焚き、そこに鉄鍋をかけており、鍋からはぶくぶくぐつぐつと煮える音がして、湯気もうっすら上がっていた。そこからただよう匂いがもうたまらない！　何か熱々のこってりした料理をつくっているらしく、さまざまな食材から立ちのぼる匂いが渾然一体となって、これ以上はない完璧な匂いをつくりだしている。まるで自然の魂が匂いとなってこの世に姿を現し、女神や母親さながらに子どもたちを慰め、元気づけようとするかのようだった。ここにいたってヒキガエルは、自分はこれまで本物の空腹を覚えたことがなかったと悟った。さっきまでのひもじさは一瞬のめまいと変わらず、いま感じている空腹こそが本物で、すぐにでもなんとかしてやらないと何か大変なことが起きるか、他人に迷惑をかけてしまうように思えた。

　ヒキガエルは男に目をむけ、戦って奪うのと、甘言で釣るのとどっちが楽だろうと、ぼんやり考える。それから今度はその場にとまって鼻をくんくん、くんくんさせて、男をじっと観察する。すわってタバコを吹かしていた相手が、ヒキガエルに目をむけた。

　まもなく男は口からパイプを抜いて、さりげない感じで声をかけてきた。「あんたの馬、売るかい？」

　ヒキガエルはびっくり仰天。ロマ族が馬の売り買いに目がなく、チャンスを見つけたら逃さないということを知らなかったのだ。移動生活を続けるロマ族には実際そういうチャンスが山ほどあるのだが、これもヒキガエルには考えが及ばぬことだった。馬を現金に替えようなどとは思いもしなかったが、この男の提案に乗れば、いま自分が心から欲しているものが難なく手に入るとヒキガエルは気づいた。つまりはすぐつかえる金と、腹にたまる朝食だ。

　「なんですって？」ヒキガエルは男に言った。「この若くて美しい、あたしの馬を売れとおっしゃるんですか？　冗談じゃありません。これがなかったら、あたしは毎週どうやって、お客様の家に洗濯物を届ければいいんですか？　それに、この馬はあたしの大のお気に入りで、馬のほうでもわたしにぞっこんなんです」

　「ならロバを飼って、かわいがんなよ」男が言う。「それで間に合わせてる連中もいる」

　「あなたはわかってない」ヒキガエルが続ける。「あたしの立派な馬はあなたのような方には手が出ませんよ。何しろ純血種──の血が混じっているんですから。もちろん、見た目ではわかりませんけど──親の片方はたしかにそうなんです。それに一番いいときには馬車馬の賞も取りました──あなたがまだこの馬を知らないときです。でももし馬にくわしければ、ひと目見ただけでそうとわかるはず。それだけの馬を買おうなんて、普通は考えませんよ。ちなみにあなた、この若くて美しい愛馬をいったいいくらで買いたいとお思いなの？」

　男はまず馬をとっくりながめてから、同じようにヒキガエルの風体もじっくり観察し、それ

からまた馬に目をもどした。「脚1本に1シリング」ぶっきらぼうにそう言うと、男はそっぽをむいて、またタバコを吹かしながら、広々とした景色を穴のあくほど真剣に見つめている。

「脚1本に1シリング？」ヒキガエルは声を張り上げた。「ちょっと待ってちょうだい。全部でいくらになるか、計算しなくては」

ヒキガエルは馬を下りた。馬に草を食べさせておいて、自分は男の隣に腰を下ろして、指を折り折り計算する。しばらくしてようやく言った。「脚1本に1シリングでしょ？　となると全部で4シリング。たったそれだけなんて、話にならないわ。この若くて美しい愛馬を4シリングで売るなんて、とても考えられません」

「なるほど」と男。「じゃあ、こうしよう。5シリングでどうだい？　この馬の本来の価値からすれば、3シリングと6ペンスの上乗せだぜ。これでいやなら話はナシだ」

そこでヒキガエルはすわったまま、長いことかけてじっくり考えた。いまの自分は、空腹の一文無し。家に着くまでにはまだしばらくかかる——というより、どれだけかかるかわからない——さらには、依然として追われる身でもある。このような状況にあれば5シリングはずいぶんな大金に思えるが、そのいっぽうで、5シリングで馬が買えるはずもないという考えも浮かぶ。しかしもともとこれは自分の馬じゃないんだから丸もうけだ。とうとうヒキガエルは決断した。

「ちょっと、あなた！　あたしのほうでも条件を出しましょう。これでいやなら話はナシ。あたしは6シリング6ペンスの現金をいただく上に、自分が食べられるだけの朝食をふるまってもらいましょう。もちろん1回に食べられる量よ。その鉄鍋からわくわくするような、いかにもおいしそうな匂いがしてるじゃない。その料理でいいわ。その代わり、こっちはこの若くてぴちぴちした馬に、美しい馬具や装飾品をすべておつけしたまま、おわたししましょう。それでも足りないとおっしゃるなら、そう言ってくださいな、あたしは先へ行きますから。この近くに、もう何年も前からあたしの馬を欲しいと言っている人がいるんです」

第10章　ヒキガエルの冒険は続く

　男は不平たらたらで、こんな損な取引を、もうふたつみっつもしたら、こっちは完全に干上がっちまうと言いだした。それでも結局、ズボンのポケットから帆布でできた汚い袋をひっぱりだし、6シリングと6ペンスを数えてヒキガエルの手にのせた。それからひょいと幌馬車のなかに消えたと思ったら、大きな鉄の大皿にナイフ、フォーク、スプーンをのせてもどってきた。鍋をかたむけて、もうもうと湯気をあげる、こってり熱々のシチューを大皿にあける。それがまた世界一贅沢なシチューで、ヤマウズラ、キジ、ニワトリ、ノウサギ、アナウサギ、メスのクジャク、ホロホロチョウ、それ以外にも、もう2種類ほどが煮こまれている。ヒキガエルは皿を膝の上にのせて、ほとんど泣きそうになりながら、ガツガツ、ガツガツ、腹へ詰めこんでいく。ひたすらお代わりを繰りかえしても男は文句ひとつ言わずによそってくれる。これほどすばらしい朝食を食べたのは生まれて初めてだった。

　これ以上はもう無理と思うほどに腹いっぱいシチューを詰めこむと、ヒキガエルは立ち上がり、ロマの男にさよならを言った。愛情たっぷりに馬に別れを告げ、川べりの地理にくわしい男からどっちの方角へ行ったらいいか教えてもらうと、これ以上はないというぐらいの上機嫌で再び旅へと出発した。じつのところ、いまのヒキガエルは1時間前とはがらりと変わっていた。まぶしい日差しがさんさんと降りそそぐなか、ぬれた服もさっぱり乾き、ポケットには再び金が入っており、友のいる安全な家に着々と近づいている。何よりもうれしいのは、栄養満点の熱々の食事を取ったせいで、全身に力がみなぎり、気分も明るく、自信が出てきたことだった。

　陽気に歩いていきながら、ヒキガエルはこれまでの冒険と逃亡の数々をふりかえる。これでもう一巻の終わりだと思うたびに、いつもなんとかして解決策を見つけた。そんな自分を思って、ヒキガエルの胸は誇りとうぬぼれで膨らんでいく。

　「わっはっは！」あごを宙に突き上げて意気揚々と歩きながら、独り言を言う。「なんと賢いヒキガエル！　世界広しといえども、わたしほど賢いヒキガエルはいない！　敵はわたしを牢獄に閉じこめ、周囲に番兵を置いて、夜も昼も看守に見張らせた。それをこのわたしは見事な技量と勇気ですべて突破して外に出た。警官を引きつれ、リボルバー銃で武装した敵が機関車に乗って追いかけてくると、わたしは指をパチンと鳴らし、ワハハと笑いながら虚空に消えた。それから不運にも、意地悪いデブ女の手で運河に投げこまれた。さてわたしはどうしたか？　岸まで泳いでいき、女の馬を奪い、それに乗って意気揚々と走り去り、さらには馬をポケットいっぱいの現金とすばらしい朝食に替えた！　わっはっは！　男ぶりよく、人気者で、何をやっても成功するヒキガエル！」

　うぬぼれが高じて、しまいには自分を讃える歌までつくり、誰も聞いていないというのに、歩きながら声をかぎりに歌っている。どれほどうぬぼれが強い動物だろうと、ここまで自分をほめちぎる歌をつくる者はおそらくないだろう。

楽しい川辺

歴史に輝く　幾千万の勇者たち
一番強いのは　誰でしょう？
その勇気、世界が讃える
並ぶ者なき　ヒキガエル

オックスフォード大学の　賢人たち
すべて負かしたのは　誰でしょう？
知らないことは　ひとつもない
博覧強記の　ヒキガエル

ノアの箱船で　泣き叫ぶ動物たち
陸を見つけて励ましたのは　誰でしょう？
困ったときこそ　みんなを支える
叱咤激励の　ヒキガエル

そろって　行進しながら
最敬礼する　軍人たち
あれは　王か将軍か？
勇猛果敢な　ヒキガエル

女王と　お付きの侍女たちが
窓辺にすわって　針仕事
「あのハンサムなお方、誰かしら？」
眉目秀麗の　ヒキガエル

　じつはこのあとにも、まだまだ続くのだが、あまりにうぬぼれが激しいので、これ以上は書けない。ここにあげたのは比較的おとなしい部分だ。
　田舎道を歩きながら歌い、歌いながら歩いて、1分ごとに自信満々になっていくのだが、まもなくその自信もへし折られることになるのを、本人は知らない。
　何キロか歩いたところで街道が見えてきた。そこに入って白い道路の先に目を走らせると、点のようなものがこちらに近づいてくるのがわかった。その点はやがて玉になり、さらに大きいぼやけた影になり、まもなくヒキガエルが非常に見慣れたものに変わった。それから、これまた非常に耳慣れたうれしい音が聞こえてきた。プップー！

第 10 章　ヒキガエルの冒険は続く

「こりゃすごい！」ヒキガエルは興奮する。「また本物の人生が始まる。長いこと恋しく思っていたすばらしい世界がいままた目の前にひらけてきた！　ともに自動車を愛好する兄弟よ！　彼らを呼んで、また適当な話をして丸めこんでやろう。これまで何度もそれで成功しているんだから、きっと乗せてもらえる。乗りこんだら、さらに話を盛り上げてやり、うまくいけば、自分で自動車を運転してヒキガエル屋敷に帰れるかもしれない！　アナグマのやつ、ざまあみろ！」

自信たっぷりに道路に出ていって、自動車に手を振る。自動車はゆるやかなスピードで走ってきて、こちらに近づくにつれてさらにスピードを落とした。と、次の瞬間ヒキガエルの顔が

真っ青になり、心臓がすうっと冷たくなり、膝がガクガクして立っていられなくなった。しまいに体をふたつ折りにして道路に倒れ、吐き気を催しそうになる。

またしても不幸のどん底につき落とされた。それというのも、近づいてくる自動車というのが、レッド・ライオン・ホテルから自分が盗んだものだったのだ。人生の転落が始まった、あの運命の日！　自動車に乗っている人々も、ホテルの喫茶室にすわっていたときに目にした面々と同じ！

ヒキガエルはみすぼらしい姿で路上に力なくうずくまり、絶望してぶつぶつつぶやきだした。「もうおしまいだ！　一巻の終わりだ！　また鎖と警察！　地下牢！　干からびたパンと水！　ああ、わたしはどこまでばかなんだ！　田舎道を威張って歩きながら、うぬぼれた歌なんかうたい、まっぴるまに街道に出ていって人に手を振る。本当なら闇に隠れ、裏道を通ってこそこそと家に帰らなくちゃいけなかったのに！　救いようのないヒキガエル！　幸薄いヒキ

ガエル！」
　恐ろしい自動車が徐々に近づいてきて、ついにヒキガエルの少し手前でとまった。紳士がふたり車から下りてきて、道路でふるえている何かぐしゃっとした固まりのまわりを歩いたかと思うと、ひとりが声を上げた。
　「おやまあ！　かわいそうに！　哀れなおばあさんかと思ったら──この人、洗濯女だよ──道路で気を失って倒れたんだ！　きっとこの暑さにやられたんだろう、かわいそうに。もしかしたら今日１日何も食べていないのかもしれない。車に乗せて近くの村まで連れていってやろう。きっと友だちぐらいいるだろう」
　ふたりしてヒキガエルをそっと抱きあげて自動車に乗せ、柔らかなクッションを背中にあてがってから出発した。
　話しぶりからすると、ずいぶんと優しく、思いやりのある人たちらしい。それにこっちが誰なのか、まったく気づいていない。それがわかるとヒキガエルはとたんに勇気がわいてきて、まず片目をそっとあけて、それからもう一方の目もあけた。
　「ごらん！」紳士の片方が言う。「早くもよくなってきたみたいだ。新鮮な空気を吸ったせいだろう。奥さん、気分はどうです？」
　「ご親切に、ありがとうございます」いかにも弱々しい声でヒキガエルが言った。「だいぶすっきりいたしました」すると紳士が言う。「それはよかった。でもじっとしていたほうがいい。それに無理にしゃべろうとしなくていいから」
　「ええ、ええ」とヒキガエル。「ただその、前に移って、運転席の隣にすわらせてもらえれば、顔いっぱいに風を受けて、いっぺんに回復すると思ったものですから」
　「なんと頭のいい女性だろう！　ああ、ぜひそうしたらいい」紳士が言って車をとめ、ヒキガエルを慎重に運転席の隣にすわらせてから、また車を発進させた。
　いまではヒキガエルもすっかりかつての自分にもどっていた。背筋をぴんとのばし、あたりをきょろきょろ見まわしながら、運転への渇望と必死に戦っていた。かつての自動車熱がまたヒキガエルをとりこにしていた。
　これは運命だ！　ヒキガエルは心の内で叫ぶ。なぜそれにあらがう？　どうして我慢しなくちゃならない？　それで運転手のほうをむいて言った。
　「すみません、ちょっとお願いが。少しのあいだでかまいませんので、わたしに運転をさせてもらえないでしょうか。ずっと拝見していたのですが、見たところそんなに難しそうではなく、むしろ面白そう。それに自動車を運転したことがあるのよって、友だちに自慢できたら、どんなにうれしいでしょう！」
　この提案に運転手が大笑いしたので、もうひとりの紳士がどうしたのかと聞いてきた。事情を知った紳士は、「奥さん、たいしたもんだ！　威勢がいいねえ、気に入ったよ。やらせてあげよ

第10章　ヒキガエルの冒険は続く

うじゃないか。よく見ていてやれば事故の心配もない」
　運転手があけた席にヒキガエルが勢いこんですわり、ハンドルを握った。何もわかりませんという顔で運転操作の説明を素直に聞いたあとで車を発進させる。最初は極力ゆっくりと、慎重に。今度こそ失敗したくなかった。
　後ろにいる紳士が感心して手をたたいた。ヒキガエルの耳に紳士のほめ言葉が聞こえる。「うまいねえ！　洗濯だけじゃなく、車の運転までできるなんて！　こんな女性は初めてだ！」
　ヒキガエルは少しスピードを出した。それからまた少し、また少しと、スピードを上げていく。
　紳士たちが心配して声を張り上げるのが聞こえる。「危ないよ、洗濯おばさん！」これを聞いてヒキガエルはかっとなり、またおさえが利かなくなってきた。
　やめさせようと運転手が手を出すと、その手を片ひじで座席に押さえつけ、全速力で走りだした。びゅんびゅん吹きつける風と、エンジンのうなりと、体の下で軽くはずむ自動車の動きに、たがのはずれた頭が高揚していく。
　「洗濯おばさんだなんて、とんでもない！」うっかり叫んでしまった。「わっはっは！　われこそはヒキガエル。自動車泥棒！　脱獄犯！　必ずや逃げおおせるヒキガエル！　おとなしくすわっていたまえ。本物の運転をきみたちに見せてやろう。その名も高き、運転の名手、怖いもの知らずのヒキガエルにおまかせあれ！」
　驚きの声を上げて、紳士ふたりがヒキガエルに飛びかかった。「つかまえろ！」ふたりして怒

鳴っている。「ヒキガエルをつかまえろ！　人の車を盗んだ、この性悪な生き物め！　縛って、鎖でつないで、近くの交番に引きずっていけ！　何をしでかすからわからない、危険なヒキガエルをやっつけろ！」
　悲しいかな！　紳士たちはもっと考えるべきだった。こういった捕り物劇を始める前に、まず車をとめなくてはならないことを思い出すべきだったのだ。ヒキガエルがハンドルを半回転させると、車は道路沿いにつくられた低い生け垣を突き破った。車が大きくはずみ、ものすごい衝撃があって、タイヤが馬洗い池の泥を激しくかき回す。
　気がつくとヒキガエルは宙を飛んでいた。勢いよく空に打ち上げられたと思ったら、次の瞬間にはツバメのようにきれいな弧を描いている。それがまた気持ちよくて、このままずっと飛びつづけたら、翼が生えてきてヒキガエル鳥に変身するんじゃないかと思っていると――バサッ！　密に生い茂る湿地の柔らかな草の上に、背中から着地した。身を起こすと、池のなかに落ちた自動車が見えた。ほとんど沈みかけていて、紳士も運転手も、丈の長い上着に邪魔されて泳ぐこともままならず、水のなかであっぷあっぷしている。
　ヒキガエルはあわてて立ち上がると、田舎道を全速力で駆けだした。生け垣をよじのぼり、溝を飛び越え、畑をぴょんぴょん跳ねてつっきっていくものの、しまいには息が切れ、疲れはて、ゆっくり歩かねばならなくなった。ところが息も整って落ち着いて考えられるようになると、くっくと忍び笑いをもらしはじめた。忍び笑いはやがてゲラゲラ笑いとなり、しまいは生け垣の陰にしゃがみこんで、腹を抱えて笑った。
　「わっはっは！」何もかもうまくいったのがうれしくて、ヒキガエルはすっかり有頂天だった。「またもや勝利！　いつものように、最後に勝つのはヒキガエル！　相手をうまくだまして自動車に乗せてもらったのは誰だ？　風に当たりたいからと言って、まんまと前の席に移ったのは誰だ？　試してみたいからと、ちゃっかり運転をさせてもらったのは誰だ？　そうしてやつらを馬洗い池に落としたのは誰だ？　心の狭い、恨みがましい、臆病な旅行者が、当然の報いのように泥のなかでもがくあいだ、車から無傷で脱出し、軽やかに宙を飛んでいたのは誰だ？　もちろん、それはヒキガエル！　賢明なヒキガエル、偉大なヒキガエル、立派なヒキガエル！」
　そこでまた突然歌いだし、声も高らかに歌いつづけた。

　　自動車行くよ　プップカプー
　　道路を走る、びゅんびゅんびゅん
　　池に　つっこませたのは？
　　やっぱり賢い　ヒキガエル！

楽しい川辺

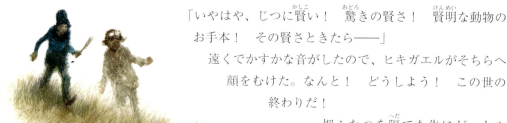

「いやはや、じつに賢い！ 驚きの賢さ！ 賢明な動物のお手本！ その賢さときたら——」

遠くでかすかな音がしたので、ヒキガエルがそちらへ顔をむけた。なんと！ どうしよう！ この世の終わりだ！

畑ふたつを隔てた先にゲートルを巻いた運転手と、大柄な田舎の警察官ふたりが見えた。こちらへむかって全速力で走っている！

哀れなヒキガエルは弾かれたように立ち上がり、再び走りだした。心臓が口もとまで飛び上がってくる。「うわっ！」息を切らしながら叫ぶ。

「わたしはなんてマヌケなんだ！ うぬぼれたマヌケ！ またもや得意になって！ またもや大声で歌なんかうたって！ ぼんやりすわって、無駄話！ バカ！ バカ！ バカ！」

ちらっと後ろをふりかえると、追っ手がどんどん近づいているとわかって目の前が暗くなる。無我夢中で走りながら、つねに後ろを確認する。追っ手との距離はどんどん縮まっていた。全力をふりしぼるものの、ヒキガエルという動物は太っていて足も短く、追いつかれるのは時間の問題だった。いまではすぐ後ろに追っ手の声が聞こえる。ヒキガエルは行き先を考えずにやみくもに走り、なりふりかまわず無茶苦茶に走った。肩越しにふりかえると、勝ち誇った顔の敵がいた。と、いきなり足の下の地面が消えて、手が宙をつかみ、バシャン！ 気がつくと頭まですっぽり水に浸かっていて、あらがえない力で急流に運ばれていく。パニックになりながらも、うっかり川に飛びこんでしまったのだとわかった。

水面まで上がって、水際の低い土手に生えるアシやトウシンソウをつかんでみるものの、流れが早すぎてすぐ手から抜けてしまう。

「うわっ！ もう２度と車なんて盗まない！ うぬぼれた歌なんか２度とうたわない！」

それから１度沈んで、息を切らし、水を吐き出しながら再び浮かび上がった。少し先の土手に、大きな暗い穴があいているのが見える。ちょうど頭の上あたりの高さで、流れに運ばれて

第10章 ヒキガエルの冒険は続く

　そこに近づいた瞬間、ヒキガエルは片手をのばして土手のへりをつかみ、しがみついた。それからゆっくりと、苦労しながら水から体を引き上げ、とうとう穴のへりに両ひじをつくことに成功した。そこでしばらくじっとして息を整える。もうへとへとだった。
　息を吐き、水を吐きながら、目の前の暗い穴をじっと見ていると、奥のほうで何かまぶしい、きらきらしたものが動いて、こちらへ近づいてくるのがわかった。近づくにつれて、そのまわりに顔の輪郭が見えてきて、それがなんと、よく知っている顔になった！
　茶色くて小さく、頰ひげが生えている。
　きまじめそうな丸い顔に、きりりとした耳と絹のような毛並み。
　川ネズミだった！

第11章
涙は夏の嵐のように

　ネズミはちんまりした茶色い手をのばしてヒキガエルの首根っこをしっかりつかむと、力をこめて引き上げにかかった。ゆっくりと、しかし着実に、びしょぬれになったヒキガエルは穴のへりを越え、とうとう無事に穴の入り口に立つことができた。泥と草にまみれて水をぽたぽた垂らしてはいるものの、そこに立っているのは昔と同じ、愉快で元気なヒキガエルだった。ここは友の家で、もう逃げも隠れもしなくていい。自分の身分にはふさわしくない上に、あれこれと気をつかわないといけない面倒で恥ずかしい格好ともおさらばだ。
　「ああ、ネズくん！」声を張り上げる。「きみを最後に見た日から、わたしがどれだけ大変な目にあったか、きみには想像もできまい！　裁判にかけられて、つらいのなんの、でも立派に切りぬけた！　それから逃げて、変装して、だまして、頭をつかってすべて切りぬけた！　地下牢に入れられて——もちろん出たさ！　運河に投げこまれて——泳いで岸にたどりついた！　馬を盗んで——それを売って大金をもうけた！　みんなをだまして、思い通りに操った！　賢いヒキガエルは失敗なんてひとつもしない！　最後の大手柄はなんだったと思う？　これからじっくり話してやるから——」
　「ヒキくん」ネズミが険しい顔をしてきっぱり言った。「すぐに２階へ上がって、その木綿の古着を脱ぐんだ。どこかの洗濯女のものらしいな。きれいさっぱり体を洗ってから、ぼくの服を着て、せめて外見だけでも紳士らしくして下りておいで。みすぼらしいったらありゃしない。こんなに情けなくて恥ずかしい生き物をぼくは生まれて初めて見た！　そんなふうに威張りく

第11章　涙は夏の嵐のように

さってつべこべ言ってないで、さっさと行ってくれ！　あとできみに話がある！」
　ヒキガエルは一瞬踏みとどまって、何か言いかえしてやろうかと思った。地下牢でいやというほど命令されたあと、今度はここでネズミにまで命令されるとは！
　しかしそこで、帽子掛けの上についた鏡に、古ぼけた黒いボンネット帽を斜めにかぶった自分の顔が映ったのを見て気が変わり、素直に化粧室に駆け上がった。そこできれいに顔と体を洗い、服を着替えたあと鏡の前に立ち、誇りと喜びに胸を膨らませながら、このわたしを一瞬でも洗濯女と見違えた人間の気が知れないなどと思って、長々と立ちつくしている。

　下におりたときにはテーブルに昼食が用意されていて、ヒキガエルは大満足だった。ロマの男から豪華な朝食をごちそうになってから、いろいろと大変な目にあい、激しい運動で体力もつかっている。
　この席でもヒキガエルは食べながら、ネズミを相手に自分の冒険話を披露する。自分の賢さを強調し、危険のさなかにあっても冷静で、窮地に陥っても知恵で切りぬけたなどと、まるで華やかな冒険活劇のように語った。しかし語れば語るほど、自慢すればするほど、ネズミの顔は厳しくなり、押し黙ってしまう。
　話の種も尽きてヒキガエルが黙ると、しばらく沈黙が続いた。それからネズミがおもむろに切り出した。
　「あのね、ヒキくん、すでにきみは大変な目にあってきたわけだから、あまり厳しいことは言いたくないんだ。でもまじめな話、きみは自分がどれだけばかげたことをしてきたか、わかっているのかい？　自分で認めたように、手錠をかけられ、地下牢に入れられ、ひもじい思いをした。追いかけられて命からがら逃げ出し、ばかにされ、からかわれ、みっともなくも水に投げこまれた——しかも女の人に！　それのどこが面白い？　何が楽しい？　それもこれもすべて、きみが自動車を盗まずにはいられなかったことが始まりだ。自動車に目をつけたが最後、きみは必ず騒ぎを起こす。自動車を見ると夢中になってしまうのはわかる——いつだっ

て5分と辛抱しちゃいられない——だけど、どうして盗まなくちゃいけない？　スリルがたまらないと言うなら、足の1本でも折ればいい。もうこれしかないと思ったら、ばんばん金をつぎこんで破産だってすればいい。でもどうして犯罪にまで手を染めるんだ？　いったいいつになったら分別を取りもどし、友人たちのことを考え、友に信頼されるようになろうと考えるんだ？　行く先々でほかの動物たちに、ほらほら常習犯とつきあってるやつが来たぜ、なんて言われて後ろ指さされるのを、ぼくが喜ぶとでも思うのか？」

　ヒキガエルには非常に大らかであるという良い所があって、真の友になら、何を言われても気にしなかった。たとえ、これはこうだと相手に決めつけられても、また別の角度から問題を見ることができる。それだからネズミが真剣に説教をしているあいだ、ヒキガエルは心のなかでこんなことをつぶやいていた。「でも面白いんだもん！　最高に！」そればかりか、相手には聞こえないように、「ケケケのケ」とか、「プップカプー」などと奇妙な声を発し、それとわからないように鼻を鳴らしたり、サイダーの栓を抜くときのようにシュポンという音を立てたりしている。

　それでいて、ネズミが話を終えると、深々とため息をついて、ことさらしおらしく、こんなことを言う。「まったくきみの言うとおりだよ、ネズくん！　きみの言葉はいつだって正しく思える！　まったくぼくは、うぬぼれの強い、マヌケだ。それがいまはっきりわかった。よし、これからはいいヒキガエルになって、もうバカな真似はしない。

自動車のことだけど、川に落ちてきみの家まで流されてきたあの1件以来、さほど興味が持てなくなってね。それどころか、きみの巣穴のへりにしがみついて、息を整えているあいだに、ふいに思いついたんだ。まったくすばらしいことをね。ほら、船にエンジンがついたモーターボート——うわっ！　そんなに怒らないで！　足を踏み鳴らしたり、物をひっくりかえしたりしないで。ちょっと思いついただけだ、もうこの話はやめよう。コーヒーを飲み、タバコを吹かし、静かにおしゃべりをしよう。それから、わたしはのんびりぶらぶらヒキガエル屋敷にもどり、また昔のように

きちんと家を切り盛りする。もう冒険は十分やった。静かで落ち着いた、まじめな生活をする。地所をぶらぶら歩いて、まずいところは改善し、ときには庭もいじって景観をよくする。友人が訪ねてくれば、ちょっとした晩餐会をひらいてもてなし、観光馬車で田舎をゆっくり見てまわるのもいい。古き良き時代にやっていたようにね。あのころは、落ち着きを失って無性に何かやりたくなるなんてことはなかった」

「のんびりぶらぶらヒキガエル屋敷にもどる？」ネズミがびっくりした様子で声を張り上げた。「何を言ってるんだ？　きみは聞いてないって、そう言うつもりかい？」

「聞いてないって、何を？」ヒキガエルの顔が少し青ざめる。「言ってくれ！　ネズくん！　早く！　わたしに遠慮はいらない！　聞いてないことって、なんだ？」

「つまりきみは」小さなこぶしでテーブルをたたきながらネズミが言う。「オコジョとイタチのことは何も聞いてないと？」

「えっ、森に住む連中がどうした？」ヒキガエルが叫んで手足をぶるぶるふるわせる。「聞いてないぞ、なんにも！　やつらがどうしたんだ？」

「——やつらがヒキガエル屋敷を乗っ取ったって、知らないの？」

ヒキガエルはテーブルにひじをついて、両手であごを支えた。目にみるみる涙が盛り上がり、大粒の涙がテーブルに落ちる。ポタッ！　ポタッ！

「ネズくん、話してくれ」まもなくヒキガエルが言った。「洗いざらい全部。落ちるところまで落ちたんだ。これ以上は落ちようがない。何を聞いたって平気だ」

「今回、きみが起こした問題。つまり、自動車に関する——間違った思いこみがもとで、社会からしばらく姿を消していたじゃないか」ネズミが辛抱強く、ゆっくりと嚙んでふくめるように言うと、ヒキガエルは素直にうなずいた。

「当然ながら、このへんじゃあ、その噂で持ちきりだった。川辺ばかりじゃなく、森でもね。例によって動物たちの意見は分かれた。川辺の連中はきみを支持して、あんな不当な扱いはない、最近じゃあ、この国の裁判もまったく当てにならないって言いだした。だけど森の連中は厳しいことを言ったよ。当然の報いだ、あんなことをいつまでも続けさせていいわけがないってね。さらには、ずいぶんと生意気なことも言った。あいつの人生は終わった！　もう２度ともどっては来ない！」

ヒキガエルはまたうなずき、ここでも口をひらかなかった。

「そういう了見の狭いやつらなんだ」ネズミが続ける。「だけどモグラとアナグマは、どんなときでもきみの味方だ。いまにもどってくると信じた。どんな風にだかはわからないが、必ずもどってくるってね」

椅子にすわったヒキガエルが少し背筋をのばし、かすかなつくり笑いを浮かべる。

「ふたりはこう言った」ネズミがつづける。「きみのように厚かましくて口達者で、しかも金

をたんまり持っている者はどんな法律の網の目もくぐれると、歴史が証明しているじゃないかってね。それでふたりは、きみがもどってきたらすぐ生活できるようにと、身のまわり品を持ってヒキガエル屋敷に泊まりこんで、毎日部屋に風を通した。もちろん、その先のことを予想してのことじゃない。森の連中にうさんくさいものを感じてはいたんだけどね。さて、ここからがこの話の一番つらくて痛ましいところだ。ある暗い夜——本当に真っ暗で、風がびゅんびゅん吹いて雨も土砂降り——イタチの一団が完全武装して、私道からこそこそ忍びこんで正面玄関に近づいていった。それと同時に、むこう見ずなフェレットの一団が菜園を抜けて侵入し、裏庭と家事室を占拠した。その一方で、悪事に手段を選ばないオコジョの1隊が小競り合いをしながら温室とビリヤード室を占拠し、庭に出る大窓を開け放した」

「そのあいだモグラとアナグマは喫煙室で暖炉に当たって語り合っていて、何も気づかない。なにしろ動物が外を出歩くような夜じゃなかったからね。そこへ血に飢えた悪党どもがドアを蹴破り、四方八方からふたりに襲いかかった。アナグマたちも必死に応戦したけど、いったい何ができただろう？ 丸腰のところを不意打ちされ、しかもたったふたりで山ほどの敵を相手にしなきゃいけない。かわいそうに、友情に厚いふたりは、侵入者に棒きれでしたたかに殴られ、土砂降りの寒空の下に放り出され、悪口雑言のかぎりをぶつけられた！」

思いやりのないヒキガエルはそこで一瞬クスリと笑ったが、すぐにまずいと思って深刻な顔をつくった。

「そんなわけで、ヒキガエル屋敷にはそれ以来、森の連中が住みついている。そうして勝手気ままにやりたい放題！ 半日寝ていて好きな時間に朝食を食べる。部屋のなかは目も当てられないほど汚く荒らされているって話だ！ きみの食料を食べ、きみの飲み物を飲み、きみをばかにして笑い、刑務所やら裁判所やら警察やらをからかう、ふざけた歌をつくって歌う。まったくひどい個人攻撃でユーモアのかけらもない。で、御用聞きがやってきたり、誰か訪ねてきたりすると、『オレたち死ぬまでここで暮らすんだ』って、そう言ってるらしい」

「くそっ、ふざけたことを！」ヒキガエルが言って立ち上がり、棒きれをつかんだ。「落とし前をつけてやる！」

「無理だよ、ヒキくん！」ネズミがヒキガエルの背中にむかって言う。「もどってきてすわりなよ。またごたごたを起こすだけだって」

けれどもヒキガエルは出かけた。もう誰にもとめることはできなかった。肩に棒をかついで、道路をすたすたと進んでいきながら、怒りが収まらずにぶつぶつ文句を言っている。

表門の近くまで来たときに、ふいに柵の陰から、ひょろりと長い黄色いフェレットが顔を出した。

「名を名乗れ」フェレットがぴしゃりと言う。

「ばかも休み休み言え！」ヒキガエルが怒りを爆発させた。

「このわたしに、そういう口を利くとは、いったいどういうつもりだ？　さっさとそこから出てこい。さもないと——」

フェレットは何も言わずに肩で銃を構えた。ヒキガエルが抜け目なく道路に身を伏せた瞬間、ズドン！　弾が彼の頭上を飛んでいった。

驚いたヒキガエルはよろめきながら立ち上がり、もつれる足もなんのその、全速力で駆けだした。無我夢中で道路を走るヒキガエルの耳に、フェレットの笑い声が聞こえてくる。それ以外にも、細くて甲高い、ぞっとする笑い声が風に乗って運ばれてきた。

すっかりうなだれてもどり、ネズミに事情を話した。

「だから言ったじゃないか。無理だよって。見張りを立てていて、みな武器を持っているんだ。いまは待つしかない」

それでもヒキガエルはどうにも気が収まらない。それで今度は舟を出すことにした。ヒキガエル屋敷の表側の庭が川沿いまで広がっているので、そこから入ろうと言うのだ。

懐かしの我が家が見えるところまで来ると、ヒキガエルはオールによりかかって自分の地所一帯を慎重に観察した。どこを見てもまったくのどかで、ひっそり静まっている。そこからは、入り日に照り映える屋敷の前面が一望できた。屋根のまっすぐなへりに2羽、3羽とかたまってとまっているハト。色鮮やかな花が咲きみだれる庭。舟小屋に通じている水路も、水路にかかる木の橋も、まったくひとけがなく静寂に包まれており、主人の帰りを待っていることがわかる。

第11章　涙は夏の嵐のように

　まず舟小屋に行ってみよう。そう思って警戒しながら水路の河口へと舟をこいでいき、橋の下をくぐった瞬間……ドスン！

　大きな石が上から落ちてきて、舟の底を突き破った。水が入ってきて舟が沈み、気がつくとヒキガエルは深い水のなかでもがいていた。顔を上げると2匹のオコジョが橋の手すりから身を乗り出して、うれしくてたまらないという顔でヒキガエルを見ていた。

「次は頭だぞ、ヒキガエル！」大きな声で言ってきた。

　ヒキガエルはかっとなって岸に泳いでいく。岸では2匹のオコジョが腹を抱えて笑っており、お互いの体を支えながら、さらに大笑いしたかと思うと、しまいに発作を起こしたように笑い転げた。

　ヒキガエルはしょんぼりしながら歩いて家に帰り、情けない顛末を今度もネズミに話して聞かせた。

「だから言ったじゃないか」ネズミがひどくいらだって言う。「そして今度はどうだ！　自分のしでかしたことを見てみろ！　ぼくがすごく気に入っていた舟をどこかへやっちまった上に、貸してあげた立派な服ひとそろいも台無しにした！　腹立たしいやつはいくらでもいるけど、なかでもきみは最悪だ。友だちが離れていかないのが不思議だよ！」

　自分は間違った判断のもとにばかげた行動に出たのだと、ヒキガエルはすぐに悟り、自分の過ちと頑固さをネズミに素直に認め、舟を失い、服をだめにしてしまったことを平に謝った。そして最後はあっさりと全面的に降参する。これまでにもヒキガエルはこの手をつかって、友の怒りを解き、それ以上叱る気をなくさせて、再び自分の味方につけてきた。

「ネズくん！　わたしは本当に頑固でわがままなヒキガエルだった！　これからはすっかり心を入れ替えて、どんな行動を取るにもきみの親切な助言に従い、心から賛成してくれることしかやらないことにする！」

「それが本当なら」気のいいネズミは早くも怒りを収めて言う。「さっそく助言に従ってもらおう。もう遅いから、きみはすわって夕食を食べたほうがいい。まもなくテーブルに用意ができるからね。とにかくいまはじっと辛抱するしかないよ。ぼくたちだけでは何もできない。モグラとアナグマが帰ってきたら最新の状況を聞いて、それからみんなで会議をひらき、この難しい問題をどう解決したらいいか、ふたりから助言を仰ごう」

「ああ、そうか。モグラとアナグマ」ヒキガエルがあっさり言った。「愛しの友ふたりはどうなったんだい？　すっかり忘れていた」

「もっと早くに聞きなよ！」ネズミがたしなめた。「きみが高級車で田園をドライブし、純血種の馬を得意げに走らせ、贅沢な朝食を楽しんでいるあいだ、かわいそうに、友情に厚いふたりの友は、どんな天気であろうと、昼も夜も野外にいたんだ。きみの家を見張り、境界線をパトロールして、オコジョやイタチに終始目を光らせながら、どうやってきみの家や地所を取り

もどそうかと、作戦を練っていた。ヒキくん、はっきり言って、こんなにいい友だちはいないよ。実際きみにはもったいない。いつかきっと後悔する日がやってくる。失う前に、もっと大事にするべきだったってね！」

「わかってる、わたしは恩知らずのケダモノだよ」ヒキガエルが泣きじゃくり、苦い涙をこぼす。「これから行ってふたりをさがしてくるよ。寒風の吹きすさぶ暗い夜に出ていって、彼らと同じ苦境に身を置いて、そうすることで――ちょっと待って！　お盆の上で皿がカチャカチャ鳴る音がした！　ようやく夕食だ、バンザイ！　ネズくん、行こう！」

ヒキガエルはかなりのあいだ監獄の冷や飯で我慢していたのだとネズミは思い出し、それならば大目に見てやろうと考えた。ヒキガエルのあとに従ってテーブルにつくと、これまでの不足を補うようにガツガツと食べる友を、その調子その調子と励ました。

食事が終わって、またふたりがひじ掛け椅子に腰を下ろすと、ドンドンとドアをたたく重い音が響いた。ネズミは緊張するヒキガエルに思わせぶりな顔でうなずくと、まっすぐ玄関へむかっていき、ドアをひらいた。

やってきたのはアナグマだった。

ひと目見て、快適な家を離れて野外で幾晩かを過ごしたことがわかる姿だった。いろいろ不便を強いられたのだろう。靴は泥まみれで、髪はぼさぼさで、まったく垢抜けない。しかしもともとアナグマは、どんなに気の張る場所でも、おしゃれにはあまり気をつかわない動物だった。まじめくさった顔でヒキガエルに近づいていくと、握手をして言葉をかける。

「やあヒキガエル、よく我が家に帰ってきた！　おおっと！　いまのは嫌味に聞こえたかな。帰ってきたところで我が家はなし！　おお、なんと不幸なヒキガエル！」そう言うと、ヒキガエルにくるりと背をむけてテーブルの前に腰を下ろした。椅子を引いて、大きなパイの1切れを、勝手にむしゃむしゃ食べだした。

いきなり辛辣で、ぞっとするあいさつをされて、ヒキガエルはびっくり仰天。するとネズミが耳もとでささやいた。「気にしなくていいよ。軽く受け流して、いまは何も言いかえさないで。アナグマさんは腹がすいているときはいつでも不機嫌なんだ。30分もたてば、すっかり機嫌も直ってるよ」

それでふたりが黙って待っていると、またコツコツと、今度はさっきより軽いノックの音が響いた。ネズミはヒキガエルにうなずくと、玄関に出て行ってモグラを出迎えた。モグラはもう何日も体を洗っていないようで、毛に干し草やわらがくっついて、すっかりみすぼらしくなっていた。

「バンザイ！　ヒキくんが帰ってきた！」顔をぱっと輝かせて、モグラが叫んだ。「またもどってきたなんて、びっくりだ！」そう言ってヒキガエルのまわりで小躍りする。「こんなに早くもどってくるなんて！　逃げてきたんだよね。すごいなあ。やっぱりヒキくんは、頭が抜群に切

第11章　涙は夏の嵐のように

　　　　　　　　　　　　れる天才だ！」
　ネズミはぎょっとして、モグラのひじをひっぱったが、もはや遅い。ヒキガエルは早くもうぬぼれて、体をぱんぱんに膨らませている。
「頭が切れるだって？　まさか！」ヒキガエルが言う。「友から言わせれば、ぜんぜんそんなことはない。わたしはただ、イギリス一防備の固い牢獄から脱出を果たした、それだけのことさ！　それから機関車を乗っ取って、それに乗って逃亡を続けた、たいしたことじゃない！　それから変装をして、行く先々で人をだましながら田舎をめぐりめぐった、それだけのことさ！　まったくわたしはマヌケな男さ！　じゃあモグくん、きみにひとつ、ふたつ、わたしの冒険話を披露してやろう、それを聞いて自分で判断してくれたまえ！」
「いいね、いいね」モグラが言って、夕食の用意ができたテーブルに近づいていく。「食べながら聞かせてもらうよ。朝食以来、何も食べてないんだ！　やあ、うれしい！」
　椅子に腰を下ろすと、モグラはローストビーフとピクルスを皿に取って、もりもり食べていった。
　ヒキガエルは暖炉前の敷物の上に立つと、ズボンのポケットに手をつっこんで、片手いっぱいの銀貨を取り出した。「ほら、ごらん！」と言って見せびらかす。「わずか数分の仕事にしては、悪くない稼ぎだろう？　で、モグくん、どうやって稼いだと思う？　馬の売買だよ！　これがうまくいってね！」
「ヒキくん、それ話してよ」モグラが興味津々で言う。
「ヒキくん、頼むから静かにしてくれ！」ネズミが言う。「それにモグくんも、けしかけないで。ヒキくんの性格はきみだってわかってるはずだ。それより、いまどんな状況になっているのか、どうするのが一番いいのか、それを早く聞きたい。ついにヒキくんがもどってきたんだからさ」
「現状は最悪だよ」モグラがむっつりした顔で言う。「どうするのが一番いいのか、そんなのぼくにだってわからない！　アナグマさんと一緒に地所を何度も見て回ったよ。夜も昼も毎日。でもいつも同じだ。どこもかしこも見張りが立っていて、ぼくらに銃をむけ、石を投げてくる。つねになんらかの動物が見張っていて、ぼくらを見つけると、ゲラゲラ笑うんだ！　そ

れが一番頭にくる！」
「非常に厳しい状況だな」ネズミは言って深く考えこむ。「けど、よくよく考えると、やっぱりこれしかないな。やるべきことが見えてきた。やっぱりヒキくんは——」
「だめだ、それはいけない！」モグラが食べ物を頬ばったまま叫んだ。「そんなことは絶対しちゃいけない！」きみはわかってないよ。ヒキくんのやるべきことは、やっぱりほら——」
「もういい！　どうせわたしはやらない！」ヒキガエルが興奮して声を張り上げた。「きみたちにあれこれ命令される筋合いはない！　問題になっているのはわたしの屋敷だ。何をすべきかは、このわたしが明確にわかっている。つまりわたしはこれから——」
　このころには３人が声をかぎりにいっせいにしゃべっていた。みんなの叫ぶ声が耳をつんざくほどになったとき、有無を言わせぬ調子で、ぶっきらぼうな声が響いた。
「うるさい、黙らんか！」たちまちみんながしんとなった。
　見ればパイを食べ終えたアナグマが、椅子の上で体をまわし、厳しい目で３人をにらんでいた。みんなの注意がこちらにむき、自分が何を言うのか待っているとわかると、アナグマはまたテーブルにむきなおり、チーズに手をのばした。みんなが一心に尊敬する頼りになる動物からの命令とあって、口をひらく者はひとりもいなかった。もじもじとして落ち着かないヒキガエルについては、ネズミがその肩をしっかり押さえつけていた。
　やがて満腹になったアナグマは膝の上のパン屑を払い落とし、椅子から立ち上がると、深く考えこむような顔で暖炉の前に立った。それからついに口をひらく。
「なぁ、ヒキガエル」深刻な口調で言う。「まったくおまえはひどく人騒がせなやつだ！　恥ずかしいとは思わないのか？　わたしの友でもあった、おまえのお父さんが今夜ずっとここにいて、おまえの行状を知ったなら、なんと言っただろう？」
　ソファの上に足を持ち上げてすわっていたヒキガエルは、ごろんと転がって顔を伏せ、身をふるわせて後悔の涙に暮れた。
「おいおい」アナグマの声が優しくなった。「大丈夫だ。泣かなくてもいい。過去のことは水に流して、未来に目をむけようじゃないか。だがモグラの言うことは本当だ。オコジョがあらゆる場所で見張っている。あいつらは見張りをやらせたら世界一。そこを襲撃しようなんて考えるだけ無駄だ。強すぎて我々の手に負えない」
「じゃあ、もうおしまいだ」ヒキガエルが泣きじゃくって、ソファのクッションに顔を埋めた。「わたしは兵隊に志願して、もう２度とヒキガエル屋敷を見ることもない！」
「おいヒキガエル、元気を出せ！」とアナグマ。「真っ向から襲いかからなくても、屋敷を取りもどす方法はまだいくらでもある。オレの話はまだ終わっちゃいない。これからおまえに、すごい秘密を教えよう」
　ヒキガエルはゆっくり背筋をのばし、涙をぬぐった。自分は絶対守れないのに、秘密と聞け

第11章　涙は夏の嵐のように

ば放ってはおけずに知りたがる。それと言うのも、秘密は守るといっておいて、陰で誰かにこっそり打ち明けるのがぞくぞくしてたまらないからだった。
「じつはな——地下に——秘密の——抜け道がある」
　アナグマは、わざと言葉を切ってみんなをじらす。
「ここからすぐのところの、川の土手に入り口があって、それがヒキガエル屋敷のどまんなかに通じている」
「アナグマくんったら、またばかなことを！」ヒキガエルが軽々しく言う。「またどこかの酒場でほら話でも耳にしたんでしょ。ヒキガエル屋敷のことは、このわたしが隅々まで、表も裏も知りつくしている。抜け道なんてものは絶対ないと断言できる！」
「わが若き友よ」アナグマがまじめくさった口調で言う。「おまえのお父さんはすばらしい名士だった。オレが知るどんな動物たちのなかでもずっと格が上だ。オレとはとりわけ親しくつきあってくれて、おまえにとても話せないことまで、全部話してくれた。そのお父さんが地下に抜け道を見つけた。もちろん彼がつくったわけじゃない。そこに住みつくより何百年も前につくられたものだ。お父さんはそれを修繕し、きれいに掃除をした。いつの日か、面倒なことが起きたり危険が迫ったりしたときに、役立つと思ったからだ。そこにわたしを案内してくれたあとで、『うちの息子には黙っておいてくれ』と、そう言われたよ。『あの子は根はいいんだが、非常に浮わついた性格で口が軽い。秘密を守るなんてことは土台無理だ。もしあの子が実際に窮地に陥ったらこれがきっと役に立つから、そのときには秘密を教えてもいいが、それまでは伏せておいてほしい』そうお父さんは言った」
　これをいったいどう受け取るか、みんなはヒキガエルをまじまじと見つめた。
　ヒキガエルは最初むっとした様子だった。ところがすぐに顔をぱっと輝かせ、いつものお人好しにもどった。
「そりゃまあね。たしかにわたしは少々おしゃべりだ。これだけ人気者になると、冗談や気の利いたことを言わねばならない場にいつも呼ばれて、ウィットに富んだ話を披露したりするんだ。それでどうも舌が軽く動いてしまってね。会話の才能とでも言うのかな、そういうものを持って生まれたようだ。なんだか知らないが、名士の集いでも開かないかなんて言われてね。いや、これは余談だ。さあアナグマくん、先を続けてくれたまえ。その抜け道というのが、どう我々の役に立つんだろう？」
「最近、ちょっとした情報を手に入れた」アナグマが続ける。「カワウソが煙突掃除人に扮したんだ。それで、ブラシを肩にしょって裏口から入り、仕事はないかとヒキガエル屋敷に御用聞きに行った。そうしたらなんと、明日の夜、屋敷で盛大な宴会がひらかれるらしい。誰かの誕生日で——おそらくイタチのボスのそれだと思うがね——全部のイタチが大食堂に集まって、食べて飲んで笑っての大騒ぎをする。安心しきっているから、銃も剣も棒もなし。みんな

まったくの丸腰だ！」
「でも、いつものように見張りは立つ」ネズミが言った。
「そのとおり」とアナグマ。「そこが大事な点だ。イタチは優秀な見張りを信頼しきっている。それで秘密の抜け道の出番だ。じつはそれをたどっていくと、配膳室に出る。大食堂の隣だ！」
「そうか！　それであそこの床板はキーキーいうのか！」とヒキガエル。「長年の疑問がやっと解けた！」
「じゃあぼくたちは、こっそり配膳室に入るのか！」モグラが声を張り上げる。
「拳銃と剣と棒を持って！」とネズミ。
「そうして敵に襲いかかる」とアナグマ。
「ボカン、ボカン、ボカン！」ヒキガエルが有頂天になって言い、部屋をぐるぐる走り回って、椅子をぴょんぴょん飛び越える。
「それじゃ、話は決まった」アナグマがまたぶっきらぼうな口調にもどった。「あとはもうつべこべ言い争うこともない。夜も遅いことだから、みんなすぐ寝ろ。必要な準備は明日の午前中にすませる」
　もちろんヒキガエルもほかのみんなと一緒におとなしく寝に行った。口答えしてもしかたがないとわかっていたのだ。
　ベッドに入ってもしばらく興奮して寝つけそうにない。けれども今日１日は長く、さまざまな事件が目白押しだった。おまけにシーツと毛布は肌ざわりがよく、とても寝心地がいい。すきま風の入る地下牢の石の床に、申し訳程度にわらを敷いただけの寝床に寝ていたあとでは、なおさら気持ちがいい。枕に頭をつけて数秒で、もう気持ち良くいびきをかいていた。
　当然ながら夢も山ほど見た。歩こうと思った道路がふいに走って逃げていく夢。運河が追いかけてきて自分がつかまってしまう夢。晩餐会をひらいている最中に、自分の１週間の汚れ物を積んだ荷船が会場にすべりこんでくる夢。秘密の抜け道にひとりでいて、前へ進もうとするものの、道はねじれてひっくりかえり、びくびくとふるえてヒキガエルを転ばし、しまいには尻餅をつかせる夢。それでも最後にはどうにかして、ヒキガエル屋敷に無事もどり、勝ち誇った顔で立つ彼を友人たちが取り巻いて、やっぱりきみは賢いヒキガエルだと熱い賛辞を贈られる夢も見た。
　翌朝はすっかり寝坊して、下りていったときには、もうみんなはとっくに朝食をすませていた。モグラは行き先も言わずにひとりでどこかへ出かけていた。アナグマはひじ掛け椅子に腰を下ろして新聞を読んでいる。今夜まさに思いきったことを決行しようというのに、なんの心配もしてないようだった。
　いっぽうネズミは、腕いっぱいにさまざまな武器を抱えて部屋のなかを忙しく走り回り、床の上に武器を集めた小さな山を４つつくっている。「これは、ネズミの剣、これはモグラの剣、

「これはヒキガエルの剣、これはアナグマの剣！　これはネズミの拳銃、これはモグラの拳銃、これはヒキガエルの拳銃、これはアナグマの拳銃！」
　興奮した声で調子よく唱えながらひとりで確認するうちに、4つの山はどんどん高くなっていく。
　「ネズミよ、もうそのぐらいにしておいたらどうだ」アナグマが、広げた新聞のへり越しに、せっせと働くネズミを見て言う。「別におまえを責めるつもりはないんだ。ただ、ひとたびオコジョの見張りとやつらの持ついまいましい武器を回避できれば、あとはもう剣も拳銃もいらない。オレたち4人が棒きれを持って大食堂に飛びこんでいけば、ものの5分で片づくはずだ。オレひとりだってやっつけられるが、楽しみを独り占めするのは悪いからな」
　「大事を取ったほうがいいと思って」ネズミは考え深い顔をしながら拳銃の銃身を袖で磨くと、実際に構えてちゃんとつかえるかどうか確認する。
　朝食を食べ終えたヒキガエルは棒きれを1本つかんで乱暴にふりまわし、自分にむかってくる想像上の敵と戦いながら、「わたしの家を盗むとどうなるか、おまえらに学べてやる！　学べてやる！　学べてやる！」と怒鳴っている。
　「ヒキくん、"学べてやる"じゃなくて、"教えてやる"だよ」ネズミがあきれかえって言う。「そんな言葉はないから」
　「なんだっておまえはいつもそうやって、ヒキガエルにうるさくつっかかるんだ？」アナグマが少しいらだった様子で言う。「やつの言葉のどこがおかしい？　オレだって、よくそう言うぞ。まったく問題ない、おまえだってそれでいいじゃないか！」
　「悪かった」ネズミが下手に出て謝った。「ただ言葉のつかい方として"学べてやる"ではなく"教えてやる"が正しいんじゃないかと思って」
　「どうしてオレたちが、敵に"教えてやる"必要がある？」とアナグマ。「オレたちが思い知らせてやるから勝手に学べと言いたいんだから、『学べてやる』でなんの問題もない。それよりも大事なのは、オレたちがちゃんと結果を出すことだ！」
　「なるほど、言われてみれば確かに」とネズミ。なんだか自分でも頭がこんがらがってきたので、部屋の隅にひっこんでぶつぶつ言いだした。
　「学べてやる、教えてやる、教えてやる、学べてやる！」
　しまいにアナグマから、「いいかげんにしろ！」と怒鳴り声が飛んできた。
　そのあとモグラが部屋に転がりこんできた。すごい手柄を立てたような、得意げな顔だ。「面白かった！」すぐに切り出した。「オコジョたちをおちょくって、怒らせてやったんだ！」
　「モグくん、気をつけてやってくれたんだろうね？」ネズミが心配そうに言う。
　「うん、大丈夫」モグラは自信満々だ。「ヒキくんの朝食がちゃんと温めてあるか、台所に見に行ったときに思いついたんだ。昨日ヒキくんが帰ってきたときに着ていた、洗濯女の古着が

第11章　涙は夏の嵐のように

暖炉の前のタオル掛けにかけてあった。それをぼくが着て、ボンネット帽をかぶって、ショールも巻いて、思いきってヒキガエル屋敷へ出かけたんだ。もちろん見張りが立っていた。銃を持って『名を名乗れ！』ってお決まりの文句やら何やらを吐いてね。『皆様、おはようございます！　今日は何か洗濯物はございませんか？』って、ぼくは思いっきり下手に出て声をかけた。みんなものすごく偉そうにしててね、完全にこっちを見くだして『洗濯女なんぞあっちへ行け。勤務中に洗濯などしない』なんて言うもんだから、『じゃあ、非番の日には、ご自分でお洗濯をなさるんで？』って言いかえしてやった。アハハ、ねえヒキくん、ぼくなかなかやるでしょ？」

「きみはなんて浅はかなことをしたんだ！」ヒキガエルが思いっきり偉そうに言い放った。そのじつ、心のなかでモグラをひどくうらやんでいた。本当は自分がそういうことをしたかったからだ。こっちが先に思いついて、寝坊もしなかったら、できたはずだった。

「オコジョのなかには腹を立てる者もいたよ」モグラが先を続ける。「それからみんなをまとめる軍曹役がすぐやってきて、ぼくに言った。『そこの女、帰るんだ。勤務中の兵の邪魔をして、だらだらとおしゃべりをするようなら、追っ払ってやるぞ』そこでぼくはこう言いかえした。『追っ払ってやる、ですって？　追っ払われるのは、あたしじゃなく、あなたたちの方ですよ。もうじきにね！』」

「ちょっとモグくん、またどうしてそんなことを？」ネズミは目の前が暗くなったように感じた。アナグマは読んでいた新聞をテーブルに置いた。

「オコジョたちが耳をピンと立てて、顔を見合わせるのがわかったよ」モグラが続ける。「それから軍曹が言った。『気にすることはない。この女は自分が何を言っているか、わかってないんだ』ってね」

「『わかってない、ですって？』ぼくは言った。『じつはわたしの娘は、アナグマさんの洗濯を請け負っているんです。そう言えばどういうことだか、おわかりでしょう。まあ、まもなくみなさんは、ご自身で身を持って知ることになるんですけどね！　血に飢えたアナグマが100

匹、ライフル銃で武装してヒキガエル屋敷を襲撃するそうですよ。まさに今夜、放牧場のほうから。さらに船6隻に、拳銃と短剣で武装したネズミが乗れるだけ乗って、川から屋敷に近づいていって庭に上陸する。それと同時に"ヒキガエル頑固隊"や"ヒキガエル決死隊"として名を知られたヒキガエルの精鋭から成る、血も涙もない軍団が果樹園を襲撃し、復讐を叫びながら目につくものをかたっぱしから奪っていく。そうなると、洗濯する物もあまり残らないでしょうね。あなたたちはすべてやられてしまいますから。その前に逃げるのが利口ってもんですよ!』それだけ言って、ぼくはそこから駆けだし、敵から見えない場所までくると、溝を伝っていって垣根のむこうを覗いた。みんなぴりぴり、びくびくしててね、いっせいに走りだしたかと思うと、お互いにぶつかって、みんながみんな誰かに命令して、命令されたほうは何も聞いちゃいない。軍曹なんか、オコジョの一団を敷地内の遠方に送り出したかと思うと、またそれを呼びもどすのに別の一団を送り出したりしている。こんなことを言い合っているオコジョもいたよ——『まったくイタチはずるいよ。自分たちは宴会場にいて、ごちそう食べて乾杯して歌をうたって楽しみのかぎりを尽くしてるってのに、オレたちは寒い夜にずっと立って見張って、しまいには血に飢えたアナグマに八つ裂きにされるんだからさ!』」

「モグくん! なんてばかなことをしてくれたんだ!」ヒキガエルが叫ぶ。「それじゃあ、何もかも台無しじゃないか!」

「モグラくん」アナグマが例の静かな口調でずばりと言う。「ほかの太った動物が全身の知恵をかき集めても、きみのその小さな指1本に詰まった知恵に勝てないだろう。まったくすばらしいお手並みだ。優秀なモグラ! 賢明なモグラ! 期待の動物とはまさにきみのことだ」

ヒキガエルの胸に嫉妬心がめらめらと燃える。しかもモグラのしたことのどこがそんなにほめられるのか、どうしても理解できないのだから、なおさらねたましい。

しかしそこで昼食の用意を知らせるベルが鳴ったので、かんしゃくを起こしてアナグマに皮肉を浴びせられるようなことにはならずにすんだ。

ベーコン、ジャガイモ、ソラマメ、マカロニプディングと、簡単な料理ばかりだが、力のつく昼食だった。

すっかり食べ終わるとアナグマはひじ掛け椅子に身を落ち着けて言った。「さて、今夜の仕事の計画は整った。おそらく長い夜になるだろうから、いまのうちに仮眠をさせてもらうよ」ハンカチを顔に広げると、まもなくいびきをかきだした。

心配性で働き者のネズミはまた準備を再開。4つの小さな山のあいだを走りまわりながらぶつぶつ言っている。「これは、ネズミのベルト、これはモグラのベルト、これはヒキガエルのベルト、これはアナグマのベルト!」

新たな装備がどんどん追加されていって、まったく切りがない。それでモグラはヒキガエルの腕に自分の腕を通して、屋外にひっぱっていった。枝編みの椅子にヒキガエルをすわらせる

第 11 章　涙は夏の嵐のように

と、これまでの冒険について、最初から最後まで話してほしいと頼み、これにはヒキガエルも大喜びだった。

　モグラは聞き上手だったし、ヒキガエルのほうは、本当の話なのかどうか意地悪く疑われることもなかったので、言いたい放題なんでも言えた。実際のところ、話の中身は、"もしも 10 分前にそれを思いついていたら、事情は変わっていたんだがねぇ"といったたぐいのものだったが、そういう冒険話は何よりも面白く痛快だ——それにしても、どうして我々の現実はなかなかうまくいかず、何かしら後悔することが多いのだろうか。

第12章
勇者の帰還

外が暗くなりはじめると、ネズミは何やら興奮した様子でみんなを居間に呼びもどし、自分でつくった小さな山の前に各自を立たせ、目前に控えた遠征にふさわしい身づくろいをするようにと伝えた。とにかく熱心なネズミはなんでも徹底的にやるので、時間がかかって仕方がない。まず各自の胴にベルトを巻いていき、それからそこにひとつずつ剣を差していき、バランスを取るために反対側に短剣を差していく。そこへさらに拳銃2丁、警官の持つ警棒、手錠を数組、包帯、絆創膏、水筒とケースに入れたサンドイッチを追加する。

アナグマが機嫌よく笑って言った。「すごいぞ、ネズミ！ おまえは楽しんでいるようだし、オレのほうも別に支障はない。だがオレは、この棒1本で事をすませるつもりだ」

けれどもネズミは言う。「まあ、そう言わないでくださいよ、アナグマさん。あとで手落ちがあったと言われたくないんですよ！」

準備がすべて整うと、アナグマは薄暗いランタンを片手に持ち、もう一方の手に頑丈そうな棒を握った。

「それじゃあ、みんな、あとに続け！ 先頭はモグラ、きみは頼りになる。次はネズミ、最後がヒキガエル。いいか、ヒキガエル！ いつものようなおしゃべりが始まったら即刻追いかえすからな！」

ヒキガエルは取り残されたくなかったので、文句も言わずに与えられた不名誉な位置につき、一行はいざ出発した。アナグマは川沿いに少し進んだところで、突然、川の土手に口をあけた穴にひらりと入った。穴は水面の少し上に位置していて、モグラもネズミもアナグマのやったとおり、音もなく穴に入った。

しかしヒキガエルの番になると案の定、足をすべらせ、バシャンと水のなかに落ちて、ウ

第12章　勇者の帰還

ワーッと悲鳴を上げた。仲間たちがひっぱりあげ、ぬれた服の水を急いでしぼり、慰めの言葉とともにヒキガエルを立たせる。しかしアナグマはひどく怒っていて、今度へまをやったら間違いなく置いていくとヒキガエルに言う。

それからとうとう一行は秘密の抜け道に立ち、ここからが本当の冒険だった。

道は寒く暗く、じめじめしていて、天井は低く、幅も狭い。ヒキガエルは哀れにもぶるぶる震えだした。目の前に何があるかわからないのが恐ろしいのと、全身びしょぬれのせいだった。ランタンは遠い先頭を照らしているので、足元のよく見えないヒキガエルはどうしても遅れてしまう。するとネズミから声がかかった。「早くしろよ、ヒキくん！」

闇のなかにひとりで置いていかれるかもしれないと、恐怖に駆られたヒキガエルは「早く」しすぎた。それでネズミにぶつかり、ネズミはモグラに追突し、モグラはアナグマにつっこみ、一瞬、混乱状態になった。後ろから攻撃されたと思ったアナグマは、棒や短剣を振り回すだけの広さがなかったので、すぐさま拳銃を構えて危うくヒキガエルを撃ちそうになった。事情を知ったときのアナグマの怒りは大変なものだった。

「今度こそ、足手まといのヒキガエルは置いていく！」

しかしヒキガエルがめそめそと泣きだし、ほかのふたりが自分たちが責任を持って連れていくと約束したので、しまいにはアナグマも怒りを収め、一行は再び出発した。

今度はネズミが一番後ろについて、ヒキガエルの肩をしっかり押さえて進んでいく。

みな手探りしながらすり足で歩き、耳をぴんと立て、手には拳銃を構えている。

やがてアナグマが言った。「もう屋敷の地下あたりまで来ている」

それからふいに、遠くの物音が聞こえてきた。明らかに頭の上のほうから響いており、叫び声や歓声、床を踏み鳴らす音やテーブルをたたく音らしきものが入り交じっている。ヒキガエルは再び縮み上がったが、アナグマは冷静にこう言うだけだった。「イタチのやつら、派手にやってるじゃないか！」

いまでは道は上り坂になっていて、もうしばらく進んでいくと、再び叫び声がどっと上がった。今度ははっきり聞きとれ、彼らのすぐ頭上から響いてきた。「バンザイ！　バンザ

イ！　バンザイ！　バンザイ！」そう言いながら、小さな足で床を踏み鳴らしている。小さな拳がテーブルをたたくのに合わせてグラスがぶつかる音もする。

「まったくいい気なもんだ！」とアナグマ。「行くぞ！」

一行が急いで先へ進んでいくと道が行き止まりになっており、気がつけば配膳室に通じる跳ね上げ戸の下に立っていた。

とにかく宴会場は大変な大騒ぎで、上がる際に音をたてないように気をつかう必要もなかった。

アナグマが言う。「さあみんな、押し上げるぞ！」

それを合図に４人は跳ね上げ戸の下に集まって肩で戸を押し上げた。それから手を貸しあって順々に上がっていき、全員が配膳室に立った。目の前にあるドア１枚を隔てて、何も知らない敵がどんちゃん騒ぎをしている大食堂がある。そのやかましさと言ったら、まさに耳をつんざく大音響だった。

まもなく歓声とテーブルをたたく音が徐々に静まっていき、そこにある声が響きわたった。

「さてそろそろ話も終わりにしたいところだが――（盛大な拍手）――腰を下ろす前に――（新たな歓声）――ひと言だけ、我らの親切な家主であるところのヒキガエル氏について触れておかねばならない。あの有名なるヒキガエル！――（盛大な笑い声）――教養のあるヒキガエル、出しゃばらないヒキガエル、正直なヒキガエル！」（やんやの大歓声）。

「いまに見ておれ！」歯をぎりぎり嚙みしめながらヒキガエルが言う。

「あと少しの辛抱だ！」アナグマが言って、すぐにでも飛びこんでいきたいのをぐっと我慢する。「みんな用意はいいか！」

「――ここでちょっとした歌を１曲」声が続く。「ヒキガエルをテーマに、オレさまが作曲した歌だ」――（いつまでもやまない拍手）。

そこでイタチの親分――声の主――が甲高い声を喉から絞り出す――

　ヒキガエル氏が　お楽しみ
　心ウキウキ、通りをわたり――

アナグマが背筋をすっとのばした。両手で棒をしっかり握ると、仲間に目を走らせて叫ぶ。

「出撃だ！　ついてこい！」

そうしてドアを勢いよくあけた。

なんと！

ギャーギャー、ワーワー、キーキーと、室内に満ち満ちるすさまじい声！

おびえたイタチがテーブルの下にもぐるやら、あわてふためいて窓に飛びつくやら！　フェレットたちは無我夢中で暖炉に飛びこむものの、煙突につっかかってしまって何もできない！

楽しい川辺

　テーブルや椅子がひっくりかえり、ガラスと陶器が床に落ちて粉々になる。そんな恐慌状態のまっただなかに、4人の勇者が憤然と部屋に踏みこんでいった！
　力のあるアナグマは頬ひげを逆立て、大きな棒をびゅんびゅん振り回す。モグラは黒い顔を険しくして、棒を振りかざしながら、恐ろしい鬨の声を上げる。「モグー！　モグー！」ネズミは決死の覚悟を固めた顔。あらゆる時代のあらゆる種類の武器で胴回りのベルトが膨れあがっている。ヒキガエルは興奮と傷ついたプライドで、ふだんの2倍もの大きさに膨れあがり、宙に飛び上がったかと思うと、「ゲロゲロゲー！」と恐ろしいカエル鳴きを発して、聞く者を骨の髄まで震えあがらせている！「ヒキガエル氏がお楽しみ！　敵をやっつけてお楽しみ！」そう叫ぶなり、ヒキガエルはイタチの親分にまっすぐ飛びかかっていった。

　襲撃者は全部で4人だったが、恐怖に駆られたイタチたちには、大食堂いっぱいに、灰色、黒、茶色、黄色の怪物がいて、さまざまな雄叫びを上げながら巨大な棍棒を振り回しているように思えた。あまりの恐ろしさに肝をつぶし、みんな悲鳴を上げてちりぢりに逃げていく。窓から飛び出していく者があれば、煙突から抜け出す者もあり、とにかく恐ろしい棍棒の届かないところならどこでもいいと、必死に逃げていく。
　事はすぐに終わった。宴会場の端から端まで4人の勇者はのしのしと歩き回り、飛び出している頭をひとつ残らず、めった打ちにしていった。5分もすると室内はきれいさっぱり片づいた。割れた窓から、芝生を走って逃げていくイタチたちの悲鳴がかすかに聞こえてくる。床の

第12章　勇者の帰還

上には10匹ほどのイタチがのびており、それにモグラがせっせと手錠をかけている。アナグマは疲れて棒に寄りかかり、誠実そうなひたいの汗をぬぐった。

「モグラくん」アナグマが声をかける。「お見事だった！　ちょっと外へ出て、今朝きみが煙に巻いた、見張りのオコジョたちの様子を見てきてくれないか。きみのおかげで、今夜は連中もおとなしくしていると思うがね」

モグラがすぐさま窓のひとつから外へ飛び出していくと、アナグマは残るふたりに命じて、テーブルを立て直し、床に落ちてゴミに紛れているナイフ、フォーク、皿、グラスを拾って自分たちが夕食に食べるものがないか、さがさせた。それから「腹が減った」と例によってぶっきらぼうに言う。

「ほらヒキガエル、何をぼうっとしてる。しゃきっとせんか！　おまえの家を取りもどしてやったのに、サンドイッチのひと切れも出さないつもりか」

モグラはあんなにほめられたのに、自分はこれっぽっちもほめてもらえないので、ヒキガエルはかなり傷ついていた。きみはすばらしい、じつに見事な戦いぶりだったとアナグマがほめてくれるものと期待していた。自分ではよく戦ったと思っており、イタチの親分にむかっていって、棒の一撃でテーブルのむこうへすっ飛ばしたのは、とりわけ自慢に思っていた。

けれどもアナグマに命じられたので、ネズミと一緒にせっせと働き、まもなくガラスの皿にのったグアバのゼリー、チキンハム、ほとんど手をつけていないタンのかたまりが丸々1本、スポンジケーキのデザートと、山ほどのロブスターサラダが見つかった。さらに食料倉庫を覗いてみると、カゴいっぱいのロールパンに、チーズやバター、セロリがどっさり保存してあった。では席につこうという段になって、モグラが窓から飛びこんできた。ひとかかえの武器を持って、くっくと笑っている。

「すべて片づいたようです」モグラが報告する。「ぼくの見たところでは、もともとおびえてびくびくしていたオコジョたちは、悲鳴や怒鳴り声が響いて大食堂が大騒ぎになっているとわかったとたん、何匹かはあっさり武器を捨てて逃げだした模様です。まだがんばっていたほかのオコジョたちも、イタチたちがまっしぐらに自分たちのほうへ走ってくると、裏切られたと思って飛びかかっていき、イタチのほうは逃げようと、オコジョに必死にあらがったんでしょう。ともに揉み合い殴り合いしながら、ごろごろごろごろ転がっていって、そのほとんどが川に落ちていった！　いまはもうみなどこかへ逃げて、1匹も残っていない。それでこうしてライフル銃を持ってきたわけです。だからもう安心です！」

「でかしたぞ、大手柄だ！」アナグマはチキンとデザートを頬ばった口で言う。「さてモグラくん、きみを見こんで、もうひとつやってもらいたいことがある。それをすませてから、みんなと一緒に夕食の席についてもらえないか。本当はもうこれ以上面倒をかけたくないんだが、きみは頼りになるからつい頼んでしまう。本当はみんなに頼みたいところだが、なかなかそう

もいかない。ネズミが詩人でなければ彼に頼んでもいいんだが。そんなわけだから、きみがこの捕虜たちを2階に連れていって寝室をいくつか片づけさせ、きれいに掃除して、居心地のいいように整えさせてくれないか。ベッドの下まできれいに掃いて、清潔なシーツと枕カバーに取り替える。ベッドカバーの隅は当然ながら折りこんでおく。それから洗面器に熱い湯を入れ、清潔なタオルと新しいせっけんも並べる。どの部屋もそうしてほしい。それできみがもし望むなら、あとはこいつらにゴツンと1発ずつお見舞いして、裏口から追い出す。そうすれば、もう2度とあいつらの顔を見ないですむだろう。そこまで終わったら、きみはここにもどってきて、タンの冷製を食べるといい。極上だぞ。モグラくん、きみがいてくれて本当に助かるよ！」

気のいいモグラは棒きれを1本取り上げると、捕虜を床に1列に並べた。「速歩始め！」と号令をかけて行進をさせ、そのまま2階へ先導していった。しばらくして再びもどってくると、にこにこ笑いながら、どの部屋もぴかぴかになりましたと報告した。「それに、ゴツンと1発も必要ありませんでした」とモグラがつけくわえる。「1発どころか、連中は一夜のうちにいやというほどボカスカやられていますからね。いまさら必要ないだろうとイタチどもに言ったら、ええ、これ以上お手数はかけられませんと、一も二もなく賛同してくれました。ずいぶん反省していましたよ。自分たちはとてもひどいことをしたとわかっているけれど、すべては親分イタチとオコジョたちのせいだって言うんです。償いに何でもしますから、何かあったら言ってくださいとのことです。それでひとつずつロールパンをやって裏口から外へ出すと、みんな全速力で逃げていきました！」

それからモグラは椅子をテーブルに引き寄せると、タンの冷製にかぶりついた。根は紳士であるヒキガエルは、嫉妬心はすっかり忘れて、モグラに心のこもった言葉をかけた。

「モグくん、親切にいろいろありがとう、今夜は本当に苦労をかけた。それに今朝、きみが賢く立ち回ってくれたのもよかった！」

これを聞いてアナグマも喜んだ。「ヒキガエル、よくぞ言った！」

そんなわけで、みな満足して喜びのうちに夕食を食べ終えると、まもなくみんなは、ヒキガエルが先祖代々暮らす屋敷のなかで清潔なシーツにくるまれて安心して休んだ。これもすべて、みんなのすばらしい勇気と、完璧な作戦と、たくみな腕のおかげだった。

第12章　勇者の帰還

　翌朝、例によってヒキガエルは寝坊をし、恥ずかしくなるほど遅い時間に朝食を食べに下りていった。テーブルの上には卵の殻がいくつかと、冷えて固くなったトーストのかけらが残っていた。コーヒーポットのコーヒーは4分の3ほど減っている。ほかにはこれといって食べるものは出ておらず、ここが自分の家であることを思えば、ヒキガエルとしては面白くない。朝食用の部屋のフランス窓から覗くと、モグラと川ネズミが芝生に置いた枝編みの椅子に腰を下ろし、何か話しこんでいるようだった。大声で笑い合って、短い足をばたつかせている。アナグマはひじ掛け椅子に腰を下ろし、朝刊に夢中になっていた。ヒキガエルが部屋に入ってきても、新聞からちらっと顔をあげて、うなずいただけだった。
　ヒキガエルはアナグマの性格をよく知っていたから、そのままにしておき、自分で精一杯おいしい朝食を用意して腰を下ろしてから、いずれみんなには礼儀というものを教えてやろうと自分に言い聞かせた。ほぼ食べ終わった頃合いに、アナグマが顔を上げてあっさり言った。
「残念だがヒキガエル、今朝はおまえに大変な仕事が待っている。すぐにでも今回の勝利を祝う宴会をしなくちゃいけないからな。みんながおまえに期待している——というより、そういう決まりなんだ」
「ああ、いいとも！」ヒキガエルが喜んで応じた。「なんでも言ってくれたまえ。なぜきみが朝っぱらから宴会をやりたいのか、そこは理解しがたいんだが。とはいえきみも知ってのとおり、わたしは自分の好き嫌いは考えずに友が何をしたいのかさぐりあて、それをかなえてやりたいんだよ、わが愛しの友アナグマくん！」
「すでに間が抜けてるんだから、それ以上、ヌケサクぶらなくていい」アナグマがいらいらして言った。「それと、コーヒーを飲みながら話をして、忍び笑いをしたり、つばを飛ばすのはやめろ。行儀が悪い。もちろん祝賀会を開催するのは夜だ。だがその前に招待状を書いてすぐに送らないといけない。それを書くのがきみの仕事だ——そこに青と金の文字で"ヒキガエル屋敷"と、てっぺんに印刷された便箋があるだろう。それに招待状の文面を書いて、我々のあらゆる友人に送る。がんばれば昼食の前には終わるだろう。オレも手を貸すから、仕事を分担しよう。オレのほうは宴会に必要なものを注文する」
「なんだって！」ヒキガエルがうろたえた。「こんな天気のいい朝に、部屋に閉じこもって、そんな面白くもない手紙を山ほど書け

と言うのか。今日は地所をめぐって、使用人をふくめ何もかも、不都合を正して、そのあとはふんぞりかえって愉快に過ごそうと思っていたんだ！　冗談じゃない！　わたしは行くよ——またあとで会おう——いや、ちょっと待った！　アナグマくん、やっぱりきみの言うとおりだ。他人のそれと比べたら、自分の楽しみなど何ほどのこともない！　きみが望むならかなえようじゃないか。じゃあアナグマくんは宴会に必要なものをいくらでも注文してくれたまえ、それが終わったら庭に出て、わたしの気苦労や骨折りなどまったく知らずに、無邪気に遊んでいる若い友たちと合流するといい。わたしはこの気持ちよく晴れた朝を、義務と友情のために犠牲にしよう！」

　アナグマはうさんくさそうな目でヒキガエルをじっと見た。ころりと態度を変えた裏には、何かよからぬ考えがあるように思えたが、相手のあけっぴろげな態度と邪気のない表情から、それを読み取るのは難しかった。それでアナグマは部屋を出て台所へとむかった。ドアが閉まるなり、ヒキガエルは書き物机に飛びついた。アナグマと話をしているうちに、すばらしい考えが浮かんだのだった。

　招待状を書いてやろうじゃないか。そこにさりげなく、自分が今回の戦いでいかに重要な役割を果たしたか、イタチの親分をいかにして倒したかを盛りこもう。さらに、これまでの冒険についても、それとなく書き入れ、遊び紙には今夜の余興のプログラムのたぐいをつけておく。

　　　　　たとえばこんな風にと、まずは頭のなかで次のような流れを考えた。

・スピーチ——ヒキガエル
　（これ以外にもヒキガエルによるスピーチが宴会の合間にはさまれる）
・あいさつ——ヒキガエル
・講演——イギリスの監獄制度について——イギリスの古い水路について——馬の売買とそのコツ——資産家の権利と義務——所有地への帰還——イギリスのある模範的な大地主について
・歌——ヒキガエル
　（自作の歌を披露）
・そのほかの歌——ヒキガエル
　（宴会の途中で……作曲者自身が歌う）

第12章　勇者の帰還

　考えただけでわくわくしてくるので、ヒキガエルはとことん熱中し、昼までにはすべての招待状を書き終えた。ちょうどそのとき、小さくみすぼらしいイタチが戸口に来て、だんな様たちのお役に立てないかと、びくびくたずねているとの連絡が入った。ヒキガエルが肩をそびやかして出ていくと、前夜に捕虜となった1匹が、ひどくかしこまって立っていて、どうしてもお役に立ちたいと言う。ヒキガエルはその頭をなでてから、招待状の束を相手の手に押しつけ、できるだけ早くこの手紙を配ってくるようにと命じた。終わったら夜にでもまたここに来れば駄賃をやるかもしれないし、やらないかもしれない。そう言うと、哀れなイタチは大喜びで、大事な仕事を片づけに外へいそいそと飛び出した。

　ほかのみんながお昼を食べにもどってきた。午前中を川で過ごしたので、みなにぎやかに元気いっぱいで部屋に入ってくる。ただしモグラだけは心がちくりと痛み、ヒキガエルがすねてむっつりしているだろうと思って、こそこそと相手の顔色をうかがった。ところがそうではなく、ヒキガエルは自信満々といった態度で、胸を大きく膨らませている。これはきっと何かあるとモグラは思い、ネズミとアナグマも意味ありげに目を見交わした。

　食事が終わるとすぐ、ヒキガエルが両手をズボンのポケットに深くつっこんで、さりげなくこんなことを言った。「じゃあ、あとはきみたちで楽しんでくれたまえ！　何か欲しいものがあったら、いつでも言ってくれたまえ！」それから肩をそびやかして庭へとむかった。庭でスピーチの内容をひとつかふたつ考えようと思ったのだが、そこへネズミがやってきてヒキガエルの腕をつかんだ。

　ヒキガエルにはネズミのしようとしていることがなんとなくわかり、必死で逃げようとするが、そこへアナグマがやってきて反対側の腕をがっちりとつかんだので、もうだめだとあきらめた。ヒキガエルをあいだにはさんで、ふたりは玄関ホールの先にある小さな喫煙室に入っていき、ドアを閉めてヒキガエルを椅子にすわらせた。ネズミとアナグマはヒキガエルの前に並んで立つ一方、ヒキガエルは口をつぐみ、不機嫌な顔で、ふたりをうさんくさそうに見上げている。

　「いいかい、ヒキくん」ネズミが言う。「今夜の宴会だけど。こんなことを言うのはぼくらとしても非常に心苦しいんだよ。だけど今度ばかりは、きみにはっきりとわかってもらわないといけない。今夜はスピーチも歌も一切ナシだ。これは通告であって、ぼくらはこの件についてきみと議論するつもりはない。それをどうかよくわかってほしい」

　はめられた、とヒキガエルは思った。相手はヒキガエルの性格をよくわかっていて、心のなかを見透かし、先手を打ってきたのだ。楽しい夢は粉々に砕かれた。

　「短い歌を1曲だけ歌わせてもらえないだろうか？」哀れにも懇願する。

　「いや、どんなに短くてもだめだ」ネズミはきっぱりと言うものの、ヒキガエルが失望のあまり唇を細かくふるわせているのを見て胸が痛んだ。「ヒキくん、歌ってもいいことは何もない

んだよ。自分でもわかってると思うけど、きみの歌は自慢ばっかりで、偉そうで、うぬぼれてるだけだし、きみのスピーチは自分をほめるばっかりで——それに——それに、なんでも大げさに話すし——それに——」

「嘘八百」アナグマがいつものように、ぶっきらぼうに口をはさんだ。

「きみのためなんだよ、ヒキくん」ネズミが続ける。「遅かれ早かれ、いつかは心を入れ替えなきゃいけない。今夜の宴会はきみにとって、再出発をする、すばらしいチャンスなんだ。きみの人生の転換点と言ってもいい。こんなことをぼくが平気で言っていると思わないでくれよ。きみと同じぐらいつらいんだ」

ヒキガエルがしばらく黙って考えにふけっていた。それからとうとう頭を上げた。心に強い衝撃を受けているのが、顔の表情からわかる。

「きみたちの勝ちだ」ぽつりと言う。「ただ、わたしはそんな大それたことを望んだわけじゃないんだ——あとひと晩だけ、華やかな席に立って、みんなの前で胸の内を明かしたい。そうして盛大な拍手に心ゆくまで耳をかたむけたい。あれを聞くとね、どういうわけだか、自分の持っている一番いいものが表へ出て来るような気がするんだ。だが、きみたちが正しくて、自分が間違っていることがわかった。これからはいままでとはまったく違う自分になるよ。もう友だちに恥をかかせるようなことは2度としない。だけど、ああ、生きていくのはなんと難しいことよ！」

ヒキガエルはハンカチを顔に押し当てて、よろよろとした足どりで部屋を出ていった。

「アナグマさん」ネズミが言う。「なんだかぼく、ものすごくひどいことをした気分だ。あなたはどうですか？」

「ああ、わかるよ」アナグマが暗い口調で言う。「だが、やらなきゃならなかった。あいつはここで暮らし、自分の屋敷を守っていかなくちゃならない。そのためにも、周りから尊敬されるようでないといけないんだ。ヒキガエルが、オコジョやイタチにしょっちゅう、ばかにされてからかわれ、物笑いの種にされてもいいのか？」

「いいえ、とんでもない」とネズミ。「そうそう、イタチと言えば、ぼくらがあの小さいイタチに出くわしたのは運がよかった。ちょうどヒキガエルの書いた招待状を配達するところだったんですからね。アナグマさんの話から、ぼくも何か怪しいと思っていたから、ひとつかふたつ、ひらいてみたわけです。それがもう、まったく恥さらしな内容だった。ぼくのほうで丸ごと没収したんで、いま婦人用寝室の"青の間"にモグくんがこもって、せっせと書いてますよ。余計なことを省いたあっさりとした招待状を」

いよいよ祝賀会の時間が近づいてくると、先にひとり寝室に引き上げていたヒキガエルはまだそこにすわって、憂鬱な顔をして考えこんでいた。片手でひたいを押さえて、いつまでもむっつり考えていたが、だんだんにその表情が明るくなり、やがてゆっくりと笑みが浮かんで

第12章　勇者の帰還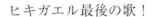

きた。そうして誰もいないのに、くっくと恥ずかしそうに笑った。ついにヒキガエルは立ち上がる。ドアの鍵を閉め、窓にカーテンを引いて、室内にある椅子をすべて並べて半円形にする。それからその前に陣取って胸を大きく膨らませた。お辞儀を1回、咳を2回、それから意気盛んに声を張り上げ、うっとり聴き入る聴衆の顔を想像しながら、思う存分歌った。

ヒキガエル最後の歌！

ヒキガエル様の　お帰りだ！
居間はパニック、玄関は大騒ぎ
雌牛の鳴き声、馬のいななき
ヒキガエル様の　お帰りだ！

ヒキガエル様の　お帰りだ！
窓は割れに割れ、ドアは破れに破れ
勇者の一撃に　イタチどもはどっと倒れ
ヒキガエル様の　お帰りだ！

太鼓がなったぞ、ドン！
兵士は敬礼、ラッパがプープー
大砲ズドン、自動車プップー
勇者どのの　お帰りだ！

今日はめでたい　バンザイの日！
群衆よ口々に、大声で叫べ
我らが誇らしき生き物に　敬意を示せ
今日は　ヒキガエルの最高の日！

　身ぶり手ぶりも大げさに、感情こめて、声をかぎりに歌ったあと、ヒキガエルはもう1度最初から歌いだした。
　やがて、深い、深い、どこまでも深いため息をついた。
　やがてヘアブラシを水差しにつっこみ、それで髪をまんなかで分け、顔の両側にまっすぐきれいになでつけた。それからドアの鍵をあけ、客を出迎えに階段を下りていく。そろそろ応接室に集まりはじめるころだとわかっていた。

ヒキガエルが入っていくと、あらゆる動物が歓声を上げ、彼を取り巻いて、おめでとうの言葉を述べ、その勇気と知恵と立派な戦いぶりをほめたたえた。けれどもヒキガエルはかすかな笑みを浮かべて、「そんなことはありません」とつぶやくばかり。あるいはときに言葉を変えて「その逆ですよ」などと言ってみる。取り巻きたちに囲まれて、暖炉の敷物の上に立つカワウソは、自分がその場にいたら事態は間違いなく変わっていたなどと話をしていたが、ヒキガエルを見るなり歓声を上げて歩みよった。ヒキガエルの首に腕を回し、室内を堂々とめぐる勝利の行進に連れ出そうとする。しかしヒキガエルはそれをやんわりと断ってカワウソの腕をほどき、「指揮官はアナグマさんで、モグラと川ネズミが戦いの矢面に立ち、一兵卒のわたしは、ほとんど何もしないに等しかったのです」などと穏やかな口調で言う。集まった動物たちは明らかにびっくりしており、ヒキガエルのあまりの変わりようにあっけに取られている。客たちのあいだを回って控えめな受け答えをしているヒキガエルにも、みんなの注目が自分に集まっているのがひしひしと感じられた。
　アナグマは何もかも最上の物を注文してくれていたので、祝賀会は大成功だった。あちこちで話に花が咲き、動物たちのあいだで冗談と笑い声が飛び交う。そんななか、ヒキガエルは椅子にすわって会場をながめ、両側から話しかけてくる客に、あたりさわりのない言葉を選んで愛想よく言葉を返している。折々にアナグマとネズミに目をむけるものの、いつ見ても、ふたりは口をぽかんとあけ、お互いに顔を見合わせている。ヒキガエルにとってこれ以上にうれしいことはなかった。
　若くて血気盛んな動物たちは、夜が深まってくるにつれて、昔のほうがもっと楽しかったとささやき合い、なかにはテーブルをたたいて、「ヒキガエル！　スピーチだ！　ヒキガエルのスピーチ！　歌だ！　ヒキガエルの歌！」と叫びだす者もいた。けれどもヒキガエルはそっと首を横に振り、片手を上げて、いやいやけっこうと断り、客にごちそうを勧める。ちょっとした時事問題を話題にしたり、まだ幼くてこういう場には出てこられない客の家族について熱心に聞いたりすることで、この祝賀会は伝統にのっとった、まっとうなものであることをみなに示しているのだった。
　つまりヒキガエルはとうとう変貌を遂げたのだ！

　このクライマックスのあと、4人はまた以前の生活にもどった。突然降って湧いたあの戦いで受けた傷も癒えて、いまではみな喜びと満足を胸に日々を暮らし、あれ以来、暴動や侵略はまったく起きていない。ヒキガエルは仲間たちに相談して、看守の娘に真珠をちりばめたロケットに金の鎖をつけて送った。それに添えた手紙は、控えめでありながら感謝の念にあふれたすばらしい手紙だとアナグマにほめられた。さらに機関士にも、気苦労をかけ、骨を折ってもらったことに対して感謝の言葉と御礼を送った。そのあとアナグマの強い勧めがあって、あ

の荷船の女も苦労の末にさがし出して、馬の代価についてきちんと支払いをした。ただしこれについては、最初ヒキガエルが激しく反対した。紳士を見てもそうだとは気づかない、あのしみだらけのデブ女。自分はそういうやつを懲らしめるために神から遣わされたのだと言って聞かない。実際のところ、地元の馬商人に聞いて女に支払った金額はたかが知れていて、あのロマの男の見積もった額とたいして違いはなかった。

夏の長い夜、仲間たちはよくみんなで森に散歩に出かけた。森はひとまず落ち着いて、彼らが入っていっても、おかしないたずらを仕掛けてくることもなくなった。うれしいのは、森の住人たちが敬意を持って自分たちを迎えてくれることだった。イタチの母親などは子どもを連れて穴の入り口まで出てきて、彼らを指差して子どもに教える。

「ほら、ごらん！　立派なヒキガエルさんが通るよ！　その横を並んで歩いているのが勇ましい川ネズミさんで、敵を蹴散らす戦いの名手よ。それからほら、むこうからやってくるのが有名なモグラさん。お父さんがしょっちゅう話をしているでしょ！」

けれども、子どもがむずかって、まったく手に負えなくなると、母親たちは「いつまでもギャーギャー泣いてむずかっていると、しまいに恐ろしい灰色のアナグマがやってきて食われちゃうからね」などと言って黙らせる。

わずらわしい世間とのつきあいは嫌いであっても、子ども好きなアナグマにとって、これはまったくひどい言いがかりだった。それでもこう言われると、子どもたちは決まっておとなしくなるのだった。

訳者あとがき

　初版刊行から約110年。日本では1940年に初訳された『楽しい川辺』は、ネズミとモグラを始めとする動物たちの友情と、ヒキガエルの破天荒な冒険を描いた、いまや古典と言える動物自然ファンタジーだ。川辺の自然描写が大変美しく、作家の人生哲学が随所に反映されていることもあって、子どもの文学と大人の文学の境界線上にある作品と言われている。

　季節の移り変わりを肌で感じながら暮らす動物たちは、春ともなれば外に飛び出していって自然のなかで冒険をし、疲れれば住み慣れた我が家に帰ってきてゆっくり休む。知らない世界への憧れはあっても、日々の生活に満足しているのは、みな自分の生態にあった環境に巣をつくっているからだろう。多くを望まず、生まれた場所、置かれた場所で得られる恵みをいただきながら、日々生きることを楽しんでいる。そんな彼らの生活にこそ、人間がお手本にすべき本物の暮らしがあるように思えてならない。

　冒頭、春の野に出てきたモグラが、通行料を支払えと言ってきたウサギをからかう場面がある。石井桃子氏が「ネギと煮ちゃうぞ。ネギと煮ちゃうぞ」と、モグラの得意げな表情まで見えるように生き生きと訳している原文が、じつは「Onion-sauce! Onion-sauce!」としか書かれていないことを知ったときの驚きは忘れられない。翻訳にも賞味期限があるとはよく言われることだが、氏の神業のような名訳には期限切れなどあり得ない。それでもあえて新訳に挑めと、わたしの背中を押したのは、ロバート・イングペンの挿し絵だった。

　胸に大きく入ったBのイニシャルがチャームポイントのTシャツを着こなしたアナグマ（Badger）のクールなこと！　モグラが単身で踏みこんでいく真冬の森は見るからに寒々しく恐ろしく、命からがら逃げて迎えられたアナグマの家は、天井から乾燥ハーブやタマネギなどがぎっしりつり下がり、暖炉の熱まで感じられるほど居心地がよさそうなのだ。これは画家が作品を読みながら脳内につくりあげたイメージであって、同じ本を読んでも、読み手の想像力によって物語世界がこんなにも豊かになるのだから驚きだ。

　読書は作者と読者の共同作業だと言われるが、翻訳書の場合、作者と訳者と読者の共同作業になる。訳者が違えば共同作業の産物であるイメージも自ずと微妙に変わってくる。そこに新訳の面白さがあり、ならば自分も原文と正面から向き合って、脳内に浮かび上がったイメージを文章にしてみようと思った。

　国際アンデルセン賞受賞の画家が渾身の力を込めて生み出した挿し絵をふんだんに配したこの豪華愛蔵版によって、古典が新しい身体を得て息を吹きかえし、ひとりでも多くの人に読まれ、少しでも長く生き続けてくれることを願ってやまない。

2017年2月

杉田七重